中国政府出版品国际营销平台精选图书·文学书系　　王昕朋 主编

小幻想曲

Minor Fantasia

张学东　著

中国言实出版社

图书在版编目（CIP）数据

小幻想曲 / 张学东著 . -- 北京 : 中国言实出版社 ,
2021.1

（中国政府出版品国际营销平台精选图书·文学书系 /
王昕朋主编）

ISBN 978-7-5171-3618-7

Ⅰ.①小… Ⅱ.①张… Ⅲ.①短篇小说—小说集—中
国—当代 Ⅳ.① I247.7

中国版本图书馆 CIP 数据核字（2020）第 246343 号

出　版　人　王昕朋
责任编辑　代青霞　李昌鹏
责任校对　张国旗

出版发行　中国言实出版社
　　　　　地　　址：北京市朝阳区北苑路 180 号加利大厦 5 号楼 105 室
　　　　　邮　　编：100101
　　　　　编辑部：北京市海淀区花园路 6 号院 B 座 6 层
　　　　　邮　　编：100088
　　　　　电　　话：64924853（总编室）　64924716（发行部）
　　　　　网　　址：www.zgyscbs.cn
　　　　　E-mail：zgyscbs@263.net

经　　销　新华书店
印　　刷　北京中科印刷有限公司
版　　次　2021 年 1 月第 1 版　　2021 年 1 月第 1 次印刷
规　　格　880 毫米 × 1230 毫米　1/32　11 印张
字　　数　214 千字
定　　价　58.00 元　　ISBN 978-7-5171-3618-7

有风骨讲美学接通全球

——"中国政府出版品国际营销平台精选图书·文学书系"总序

王昕朋

中国言实出版社是国务院研究室主管主办的国家级出版单位，出版定位是：主要出版党和国家重大政策的研究成果以及相关的辅导读物。1995 年成立以来，我们一直坚持这一出版定位，围绕党和国家中心工作开展出版活动，因而，国内外读者很少见到由中国言实出版社出版的文学类图书。但是，近几年文学界对中国言实出版社已不陌生。这源于出版理念的一次变革。习近平总书记在文艺工作座谈会上的重要讲话指出："一部小说，一篇散文，一首诗，一幅画，一张照片，一部电影，一部电视剧，一曲音乐，都能给外国人了解中国提供一个独特的视角，都能以各自的魅力去吸引人、感染人、打动人。"这给了我们启示、启迪，文学也是讲好中国故事、传播中国好声音的重要途径。所以，我们也用心、用功、用力打造文学板块，并将它推向世界。2018年8月，由中国言实出版社出版的李春雷报告文学作品《朋友——习近平与贾大山交往纪事》获第七届鲁迅文学奖，同时入选"丝路书香"出版工程在国外出版，于是文学界发现，中国言实出版社在文学出版领域同样有不俗的表现。中国言实出版社的文学图书品种少而精，中国文学的声音在通过中国言实出版社持续传播到海外，承载着文化和文学信息的《温文尔雅》翻译成英文、日文、俄文、德文、法文、意大利文、西班牙文、葡萄牙文、阿拉伯文等多种语言向全球推介，英文版、中文繁体版荣获第十三届"输出版引进版优秀图书"奖，长篇小说《京西胭脂铺》一举登榜"中国图书世界馆藏影响力图书20强"。付秀莹、金仁顺、乔叶、魏微、滕肖澜、叶弥、戴来、阿袁等8位"当代中国最具实力女作家"的作品集同时推出，之所以在名称中冠以"中国"二字，是出于对外推介的考量，其中付秀莹、魏微、戴来等人的小说集后来入选"经典中国"项目在美国出版，产生良好反响。

近年来，中国言实出版社加快国际出版步伐，与英、美、日等多家国外出版单位建立战略合作关系，近百名当代中青年作家的作品陆续推介到美国纽约、日本东京、德国法兰克福等多个国际书展，被多个国家的图书馆收藏，图书受到国外图书界关注，连续6年入选中国图书世界馆藏影响力百强出版单位。2015年经财政部批准立项，中国言实出版社建设并主办中国政府出版品国际营销平台，为推动"文化走出去"提供支持。2020年，有感于体量庞大的中国当代文学无法快捷地被全球关注所带来的传播学遗憾，有感于年度文学选本出版周期较长，有感于众多具有潜力、实力、影响力的青年作家的作品没有很好的对外传播渠道，中国言实出版社整合资源，决定专门为中国政府出版品国际营销平台的文学板块打造出一种比年度选本出版周期短、对当代文学创作反应更为灵敏的季度文学选本。《中国当代文学选本》应运而生，书名由王蒙题写，选稿编委梁鸿鹰、李少君、王干、付秀莹、古耜皆为业内名家行家，所选作品为国内新近发表的文质兼美的力作。作为一种有公信力的季度文学选本，《中国当代文学选本》因"让国外读者快捷阅读当代中国文学精品"的窗口作用，以及"为中国作家走向世界铺筑交流合作桥梁"的桥梁作用，受到作家、汉学家、国内外读者一致好评。《中国当代文学选本》传播中国声音，讲述中国故事，产生良好社会效益。有鉴于此，中国言实出版社决定打造这套"中国政府出版品国际营销平台精选图书·文学书系"。

出版社并不承担培养作家的使命，但是这套"中国政府出版品国际营销平台精选图书·文学书系"的入选作品多是出自青年作家之手，原因在于，我们始终关注着中国当代文学最具活力与实力的鲜活部分，求取风骨与审美的统一，始终在精心遴选极具当代性的中国文学好声音，始终把推动中国当代文学与全球接通作为出版人的责任，这套"中国政府出版品国际营销平台精选图书·文学书系"的入选作家和作品便是如此。有风骨、讲美学，是选取这套丛书的思考维度。"有风骨"是要对民族精神有所反映，要为人民而文学，要关怀民生，帮助读者把无病呻吟、凌空蹈虚的作品以独特筛选眼光来淘汰掉；而"讲美学"是指中国言实出版社遴选书稿时看重作品的文本质量，内容和形式互为表里，是为美。美为作品飞向全世界插上翅膀，中国言实出版社人始终认为，美是全人类可通融的共同语言，有风骨、讲美学才能接通全球，成为文学精品。这些优秀作品里，都跳动着时代的脉搏，展现着当代中国日新月异的面貌，蕴含着深厚的文化自信。出版是文学生产的终端，对于中国言实出版社而言是文学传播的开始。中国言实出版社将始终秉持"好作品主义"，重视名家不薄新人，盘点、整合中国文学资源，积极开展对外译介和推广工作，自觉地将有风骨、讲美学的文学精品作为永不改变的出版追求。

2020 年 12 月

目 录
CONTENTS

被狗牵着的女人

　　猛不丁地，女儿就把不满周岁的皱皱抱回娘家来了，并且是哭丧着个脸子，央求芬素说："妈呀，我的产假休完了，这回您老好歹帮着带一阵娃娃嘛，不然的话，我真得辞职回家了。"

　　当时芬素只是淡淡地斜偎在沙发上，脸上没有任何表情，怀里照趴着她心爱的卡布。倒是卡布，好奇地扭头望着芬素的女儿，还有被年轻女人里三层外三层裹着的臃肿不堪的棉团儿。一定是婴孩身上奶乎乎的气息诱住了狗，卡布就把鼻头探出老长，一抽一抽的，像一截黑弹簧，它很想挣脱芬素的怀抱，去探究一下那个奶气逼人的棉团儿。

　　在此之前，卡布在这套老式单元楼里，已然吃喝拉撒了两年零五个半月的光景，怎么说也算是老资格了。况且在芬素的眼里，卡布活脱脱是一个不会说话的毛孩子，就跟一首童谣里唱的那样："……也有那眼睛，也有那嘴巴，嘴巴不说话。"整天嘴巴不说一句话的卡布，确有着天生的聪明伶俐，它像是能读懂芬素的喜怒哀乐。芬素快活的时候，它会尽情地绕着她转圈儿，不停地晃动芦花棒样的小尾巴，好像情绪被主人感染得乐不可支；遇到芬素情绪低落了，焦躁了，郁闷了，它又绝对是个善解人意的小姑娘，眼巴巴瞅着主人，两只前爪交替着，一下一下去轻轻扒拉主人的裤管，喉咙里弄出呜呜的轻响，好像在温存体贴地劝慰着什么；一旦芬素忽然恼了怒了，发起了牛脾气，卡布简直诚惶诚恐四足无措，这时它只能将平素搭在背脊上的小尾巴紧紧收拢，然后缩夹在两条后腿间，耷着小脑袋，伏腰塌肩，模样凄惶，眼神哀怜，不到主人的怒火消除之前，它是绝对不会轻易跑过来张狂或冒犯的。

卡布是一条奶白色的二转子比熊犬，据小区里懂狗人士分析，卡布身上至少有三分之一泰迪的血统，同时又兼备三分之一比熊的基因，另外三分之一就有点儿模糊不清了，说它是雪纳瑞也行，说它是别的什么小型犬也成，反正，这乱七八糟的因素造成的直接后果是，卡布的毛色到底不如纯种的比熊那样雪白、那样柔密；嘴鼻呢，也不及人家泰迪那样狭长突出，更不似雪纳瑞总是搞得方头方脑的，乍一看像一只侧立起来会走路的鞋盒子。小区便有人戏称卡布为"比纳迪"，也就是杂种的意思，但芬素并不介意这些。在芬素看来，狗一旦成为家庭中的一员，便跟自己亲生的儿女一般，谁又会在乎孩子的哪一处长得不像爸，哪一处生得不像妈，就无端地嫌弃呢？至少，芬素自己是不会的。非但不会，芬素对卡布简直跟慈母一样体贴入微关怀备至。

芬素上外面去遛狗，说白了是卡布牵着她到处走，卡布走走停停，这里闻闻，那里嗅嗅，芬素就得适时驻足望着它，若遇到别的狗远远扑奔而来，芬素就猛地一提手里的绳子，像是勒住一匹跃跃欲试的小马，一把就将卡布抱起紧搂在自己怀里。芬素不喜欢来历不明的狗亲近她的卡布，那些狗总是脏兮兮的，眼神要么色眯眯的，要么凶巴巴的，吓人。卡布还是个天真烂漫的小姑娘呢，她可不能由着那些野货，随便上身来蹭磨揩油。对于这一点，卡布有时并不十分领情，被强行拘在怀里的它，竟像一台即将失控的机器，发出急切而不满的怨愤声，呜呜嗷嗷，随时要冒着很大的险，从高处一蹿而来，跟那不知来路的野小子去厮混，甚至私奔，这又恰似玩性正酣的孩童，突然被家长喊停，且要硬拽了胳膊扯回家去。这个时候，芬素还要声情并茂地来一句："乖，好孩子，要听话啊，咱不理它，回去妈妈给你奖励一根小香肠吃，好不好？""吃"，这个字对卡布可有着爆炸性的敏感，它完全听得懂拎得清，并且立刻就能够咂摸出那好吃的香肠的滋味，于是，卡布的涎水便汹涌起来，早伸出湿漉漉的小舌尖儿，猛舔几下芬素的下颌。——那可是女人的敏感部位，芬素觉得又酥又痒又麻，感觉那里的皮肤一下子都年轻了好几岁，弹弹的，嫩嫩的，如电视广告里的词，都能滴出水来。当然，这里还有种类似成就感和幸福感的东西，突然将女人的柔情团团包裹，因为亲吻总是会让女人怦然心动的。

女儿进门老半天了，芬素都未肯挪窝，她只是更有力地搂抱卡布，生怕它跳下去莽撞。她懒懒地腾出另一只手来，乱摁一通遥控器，电视屏幕上的画面走马灯似的窜动。

"妈，你咋成天就知道守着电视，那破玩意有啥好看，你也不说快快起来，帮我接接娃娃。"

芬素只得懒懒地侧身下地，可她依旧没有放开卡布的意思。女儿不管三七二十一，径直上前来，把那只包裹得严严实实的棉团儿塞向她，芬素还呆怔着呢，女儿已经要撒手了，倒是卡布急切地伸出两只前爪，像是要去帮忙迎接那孩子。

"妈！你就不能把狗扔掉？"

芬素被女儿的高声大嗓震慑住了，终于不情不愿地松开臂弯。卡布便扑腾一下跳到地板上，习惯性地用力摇摆它那身并不太白的皮毛，这样一摇晃，狗好像比先前大了一圈，看着威风多了。

芬素这才有些不得要领地，接了那只花里胡哨的棉团儿，臂弯竟忽地一沉，吓了她一跳，她压根没有这种心理准备，好像只是去接一个无足轻重的棉布包袱，根本没料到它是有分量的，而且不轻，她才醒悟到裹在那里面的，是一个活生生的肉疙瘩。曾几何时，女儿还是她怀里的小肉蛋啊，怎么一眨眼工夫，女儿就做起了妈妈，她也变成了听起来很有几分刺耳的外婆？

女儿又乘机出去了一趟，等她再回来时，一只水蓝色的婴儿车被推进了客厅，车兜里有一只装得鼓鼓的大塑料袋。女儿呼啦一下解开袋子，像个街头搞促销的女人，一样一样往外拿着，每拿一件就说，这是奶粉，那是米粉，这是奶瓶，那是纸尿裤，还有一些孩子的常用小药，换洗的小衣服，诸如此类。所有东西都挨个展示了一遍，女儿才又极具讨好意味地甜叫了芬素一声妈，然后笑嘻嘻地说，那我可就把皱皱放在您老这儿了。

卡布的注意力都瞄在小婴孩身上，平时从不肯瞎叫唤一声的小狗，因为孩子发出突兀的呱呱啼哭，倒也着实激愤地汪汪了几声。看看日头偏西，芬素决定给皱皱换一次尿不湿，当她把那条湿乎乎沉甸甸的东西，从孩子的小屁股下面像只抽屉一样拖出来的时候，卡布的两只前爪就用力扒拉在她的睡裤腿上，狗偏着脑袋，冲仰面平躺在沙发上的孩子汪汪起来。

这时，芬素早让那股臊臭气熏得鼻头乱颤，嘴里闷闷地数落道："叫什么叫，不嫌臊啊，你俩都是臭狗屎！"芬素将换下来的污物卷起来，径直丢进卫生间的纸篓里，然后哗啦哗啦给自己净了手，方才转身去给孩子更换新的。太长时间没有管护过几个月大的婴儿了，业务完全荒疏，尤其是孩子的两条小短腿，青蛙样乱踢乱蹬，弄得人眼花缭乱，根本不听她的摆布。当初她养孩子那阵，世上还没有发明纸尿裤这玩意，大伙都是用穿旧的秋衣秋裤，裁剪成书本大小的尿片子。如今这纸玩意倒是省事，最大的好处是不必反复清洗。女儿小时候，屋里屋外挂得到处都是，而且那叫一个臊味十足，芬素每天都得蹲在地当间，在铁皮盆里支块小搓板，吭哧吭哧揉弄半天，常常累得腰酸背痛，丈夫有大男子主义，很少动手帮她什么忙，这也是后来他们离婚的根源之一。

芬素的左手跟捉鸡崽似的，终于逮住了孩子的两只小脚腕子，并微微往上一提，右手刚要将一片新的尿片塞入孩子的屁屁下面，这时她却惊愕地发现，孩子的两片屁股正压在一摊碎玉米渣似的焦黄稀便上，她实在是恶心得要吐了，嘴里不由得发狠骂道："小坏蛋！刚才故意憋着不拉，偏偏人家给你换掉了又拉，瞧瞧，都拉到沙发上了！"芬素简直气不打一处来，"我看你跟你妈一个样，就是跑来气人的！"她真想往那小屁股蛋上掴一巴掌才解气，可手掌举了举，到底还是放下了，吃屎的娃娃懂什么呢？她自顾嗳嗳着，终究恨恨地，从茶几上拽出一沓雪白的抽纸，慌忙去揩拭那摊秽物，她明明知道吃奶的婴儿，并没有想象的那么臭，可她死活压制不住腹内的倒海翻江，只那么胡乱擦抹了几下，便又觉得自己必吐无疑，忙用双手直戳戳捧起那些脏纸团，手臂伸展到极致，脸庞竭力往一边撇开，锁着眉头苦不堪言地往卫生间冲去。

不想又一眼瞅见，卡布正埋着头趴在纸篓边上，嘴里饶有兴趣地撕扯着白色的纸团，地上到处是奇怪的泡沫状的颗粒，仿佛谁故意撒了一地发黄的白石头子。原来，卡布早盯上了那片被换下来的纸尿裤，趁她不备偷扒了出来，此刻已经把它撕得粉碎了。狗撕扯那秽物的样子，分明带着一股狂躁与莫名的仇恨。

火气便一下子顶撞到了芬素的脑门上。她愣了两秒，继而抄起马桶边上的一杆紫色塑料笤帚，几乎劈头盖脸地朝卡布身上抡去。卡布毫无防范，凄厉地惨叫了一声，随即，夹紧芦苇花小尾巴落荒逃窜。芬素正在火头上，哪里肯就此饶过，紧跟着也追出卫生间来。

"你往哪儿跑，给我站住，小杂种，看我不捶烂你的皮！"

卡布吓窘了，自从到这个家里以来，还是头一次受到如此严厉的责罚，刚才那一笤帚杆，毫无预兆，正中尻尾根，以至于逃跑时狗的身体严重朝一侧偏斜，连同后爪也不听使唤，瘸子一般拖拉着。可主人还在拼命追赶，谩骂声不止，卡布吓得只能兜着圈子，在客厅与卧室间疯跑，喉咙间发出呜呜的哀鸣，那样子委实可怜。后来，它还算够机灵，一头钻进芬素的睡床底下，半天再也不敢露头了。

芬素也就不好再逐撵它了。气呼呼地扫除了那一地的污物，又闷头打了两遍洗手液，哗哗啦啦冲了半晌，总觉得那双手再也洗不清爽了。至于弄脏了的沙发，最是叫人头疼，这玩意并不好洗，还好是布艺的，海绵垫子外面的布套子可以拆下来。她胡乱把孩子塞进婴儿车里让睡觉去，自己又扭头扎进卫生间忙活开了。

她用圆头棕毛刷子使劲刷，蓝莹莹的皂液足足挤出二两多，以至于水池里腾起的泡沫几乎泛滥成灾。她不顾一切地刷啊，搓啊，冲啊，拧啊。她始终紧抿着嘴唇，像个视死如归的斗士，鼻孔子呼呼冒着粗气，又像是跟谁发了狠似的。在那些丰盛的泛着荧光的泡沫中间，她一不小心，又瞥见多年以前的自己，勤勤恳恳，任劳任怨，成天母牛一样不停操劳着，可以说什么苦都尝遍了，生活就是没有给过她一丝甜头。现在，她刚跨五十，原以为女儿嫁走了——尽管她认为嫁的很不理想——便一了百了，该消消停停享受自己的生活了，该像小区里那些差不多年龄的女人遛遛狗、跳跳广场舞去了，不料女儿又跟讨债鬼似的，把屁大点个婴孩丢在她面前，而且是理直气壮不容商量的。

大人忙得不亦乐乎，孩子倒也睡得甜美酣畅，粉嫩嫩的脸蛋儿活像圆圆的灯泡发着暖光，红小嘴肉嘟嘟的鱼儿似的噘起，时不时吧唧有声，亮晶晶的涎水顺着一边嘴角缓缓滑下，更使得那张小脸憨态可掬。卡布的恐惧和耐心终究是有限的，床底下又黑暗又憋屈，还有好多毛茸茸的老灰尘团儿，它鼻尖微微一触，那些轻浮的玩意就纷飞乱舞，狗禁不住喷嚏连天了。芬素半天不再唤卡布的名字，或者，女人忙碌的时候已经忘记了刚才的事，卡布又不无侥幸地偷偷摸摸爬了出来，一路东张西望，女主人的背影还在卫生间里拼命晃动，水流声仍在持续，沙发上的婴儿不见了。

老远地，卡布就能清晰地捕捉到孩子湿热的呼吸，它亦步亦趋，好奇地朝停在阳台的婴儿车摸索而去。它蹑足前进，像个小偷，尽可能不发出一丝响动，它可不想再去惹女主人生气，刚才那一家伙够它受的。不过，现在卡布已经忘了疼，每次干坏事，它都心里有数，唯独这次，也不知触犯了女人哪根神经。

此刻，猎奇心驱使着，它非得去婴儿车那里细细瞧瞧。聪明的卡布似乎发现，自从这个散发着奶味的小东西到来之后，女主人就变得有些奇怪了，脾气忽然大得可怕，动起手来简直要命。卡布用两只前爪轻轻地扒住车筐边沿，鼻头尽量往前凑近，这样刚好可以看到孩子的模样。孩子薄薄的眼皮一轮一轮地波动着，像是在做什么美梦，梦中看到的神奇画面让孩子应接不暇。

卡布发觉孩子的一只小手突然翘了起来，像是要抓挠自己的小脸，又像是随时准备好去对付谁。卡布便伸出粉红色的舌头，现在只有舌头能帮它的忙。卡布的舌头很长，可以够到老远的东西，这是卡布最有效的秘密武器。机会终于来了，孩子的小手正拧着麻花似的转来转去，终于不受控制地停靠在婴儿车的边沿处。卡布抓住这个有利时机，忽地拉长了舌尖，准确无误地舔到了那只油腻腻的小手，甜、酸、膻，带着浓而诱惑的奶香，似乎是记忆深处的味道，卡布的鼻头舌尖喉管直至胃液都空前活跃起来，似乎那摆在它眼前的，是一只香喷喷的猪蹄或肉骨头……

这时，芬素的女儿从单位赶回来给孩子喂奶，她有母亲家门的钥匙，开门一进客厅，便望见婴儿车和狗了，她的叫喊声大得惊人，好像那狗是条饿狼，要吃掉她的孩子。她以年轻母亲特有的尖叫和疯狂扑向婴儿车，同时挥舞着手掌，作势要揍那狗一通不可。

"滚开！你这讨厌的小杂种，离皱皱远点……"

"妈——你人在哪儿呢？你到底是怎么管孩子的？"

芬素闻声，几乎水淋淋地从卫生间钻出来，她是那种顶爱干净的女人，她的眼中向来容不得灰尘和杂乱无章，近乎有洁癖，她这一辈子都在试图用双手和勤劳让自己的生活变得更美好，可很多时候总是事与愿违。此刻，女儿已经惊魂未定地抱起了自己的孩子，嘴里"乖啊宝啊"地喃喃不止。女儿忽而一抬眼，又瞧见蹲在婴儿车旁意犹未尽的小狗，于是便飞起一脚，拖鞋飞了出去，卡布再次被击中，它几乎从地板上弹了起来，又翻滚到一边去呻吟了。

芬素一只手里拎着清洗已毕的沙发套子，微微涨红的脸庞顿时变得极为难看，她几乎没有跟自己的女儿多说一句话，就迅速丢开手里的东西，快步朝卡布跑去。她蹲下身的时候，卡布的小身体抖得像树叶。"乖，快让妈妈瞧瞧，踢坏了哪儿没有？"因为有过之前的挨笤帚杆的经验，再加上这致命一击，卡布胆怯得要死，似乎对人已失去了起码的信任，即便是女主人的亲切抚慰和怜悯，它也不得不谨小慎微躲躲闪闪，它采取一种平趴身子的低姿态，喉咙里尽量弄出可怜巴巴的呜呜声。芬素早怜爱地从地上捧起狗，一只手不停地在卡布身上摸来摸去，似要确认小狗有没有受伤。

"好端端的，你发啥神经呢，万一踢坏了卡布咋办？"

她觉得很有必要表示一下自己的不满。

"皱皱这小坏蛋，今儿屙了我一沙发垫子，害得我这半天好洗呀，累死人了！"

"哈哈，这只能说明你笨，我们皱皱在家可不这样，对不对呀，我的小乖宝啊？"

女儿仿佛得了什么荣光似的，或者不无幸灾乐祸地朗声大笑起来，同时旁若无人地解开上衣的一溜儿扣子，一屁股陷入沙发里开始给孩子喂奶。

芬素便瞥见了女儿那双大得惊人的乳头和乳晕，它们都像是涂抹了一层黑巧克力汁。孩子连眼皮都未睁，便执拗地叨住一只乳头，小猪似的吧唧吧唧吮得好起劲。芬素多少有些难为情地别开脸去，好像这个镜头很有点儿辣眼睛。倒是卡布正温柔地拿舌头舔她的脸了，那些被舔到的皮肤顿时酥痒而温热，仿佛融化了的奶油雪糕。不知怎的，这微妙的轻舔，倒一下子让她想起女儿小时候嗯她乳头时的奇妙感觉，她的心枯木逢春般漾动了几圈。小狗的舌尖继续顺着脸颊下滑，开始舔吻她敏感的脖子了，她有些沉醉地微闭了双睛，既渴望又故作排斥地扭动脖颈，咯咯地发出绵软的甜笑。

养狗的人其实都差不离，狗既不能像母鸡那样天天给你下蛋吃，又不能像奶牛能挤出新鲜营养的奶汁，可大伙还是趋之若鹜地饲养它们，恐怕图的就是这种情意浓浓的归属感，这条狗完全属于你，它高兴你也高兴，你生气它会害怕，你对它好，它立刻摇着尾巴亲吻你扑抱你，就不像人，有时不管你待他多尽心多好，他要是不领情了，连眼皮子都不眨一下，说跟你分手就跟你分手，多一句话也不讲。狗狗则不同，你就算下了狠手捶它一通，只要你说句"乖啊，过来吧，妈妈抱抱"，它就会立马扑到你跟前，前嫌尽释，照样缠磨得你死去活来。反正，芬素老早就觉得，这世上离开谁都没啥关系，可她就是一天也离不开毛茸茸的卡布了。

卡布刚来家里那会儿，成天跟个孩子似的黏着芬素，只要她的屁股往沙发上一挨，卡布非要闹着让她抱。通常，她躺在沙发上看电视，狗狗准会在她胸口那里盘作一团，时间久了，芬素多少会觉得胸口发热发堵，她顺手把小狗挪到沙发上，自己则采取一种放松的手势，来来回回按摩身体。也就在彼时，她无意间发觉，左胸略微靠腋窝处，兀自生出一个比鹌鹑蛋小不了多少的瘤子，若拿手指用力触弄，竟隐隐地有股被小火苗灼痛的感觉。她后来到底心惊肉跳地去妇科做了次详查，怀疑很快被证实了，那个东西就像块无声的小卵石，淤塞在柔软的身体里，大夫说趁着情况未恶化之前，建议摘除为妙，以绝后患。芬素思前想后，尽管胆怯得要命，但还是去悄悄动了这个小手术，虽然并没有影响到整体美观，可潜隐在那只乳房下端的一道蚯蚓状的疤口，还是让她难过了许久，这种心情说来奇怪，又不是什么黄花大闺女，不就在那个没用的地方拉了一刀，似乎不值得大惊小怪，可那个部位太特殊了，太敏感了，对于一个女人来说，它的象征意义永远要比实际作用深远得多。不管怎么说，瘤子成功摘除了，芬素觉得最应该感谢的就是卡布，若不是这条小狗成天黏着她，她是不会那么早就发现的，而且事后她再回忆，卡布每回黏在她身上睡觉时，小鼻子总会很奇怪地在生瘤子的地方嗅那么一会儿，好像那里藏着一个什么异物，要知道狗鼻子真的很灵。

然而，担忧似乎并没有彻底根除，没事躺在床上或沙发里，她总会有意无意地用双手抚着胸口，画着柔软的圆圈，数着阿拉伯数字，一圈一圈静静按摩，同时狐疑地揣测着里面有无再生异物，一朝被蛇咬，就会十年怕井绳的，老话一点不假。芬素甚至开始胡思乱想，也许是自己寡居时间久了，已经很久没有一双大而有力的男人的手，来温存地抚摩它们了。电视里的养生类节目，她也经常乱看的，那些主持人和所谓的嘉宾啦、专家啦，只要说起什么更年期啊、绝经啦、乳腺癌、宫颈癌啦，总是滔滔不绝头头是道，甚至不无夸大其词的意味，每每让她这样的中年妇女陷入莫名的恐慌，好像是，某种厄运总有一天会降临到自己头上。依照那些个冠冕堂皇的专家理论，女人在更年期前后生活一定要和和美美，夫妻关系自然是越和谐越好，否则，女性的健康状况就要大打折扣了，她的乳房之所以出现了可怕的肿块，她一直觉得，罪魁祸首十有八九就是离异太早的缘故。

　　这种情况下，芬素自然会想起前夫，那个很多年前就跟她破了镜的瘦瘦瘦的男人。在她看来，这个精瘦得浑身找不到一两肥肉的家伙，更像一只灵长目类的干巴猿猴，他唯一的特点是腿长胳膊长，躺在床上臭烘烘的脚丫子永远露在被子外面，活像一具没掩好的尸身，家里任何一条被子都盖不全他的身体。结婚多年，他唯一的贡献就是丢给她一个不太听话的闺女，而正是这个宝贝女儿，竟然又让她这做母亲的赶在五十岁之前，不太光荣地加入丈母娘的行列。之所以有此一说，是因为女儿铁了心把自己嫁给了一个曾有过不幸婚史的男人，这真是莫大的讽刺。早几年的时候，丈夫跟芬素闹离婚，女儿还哭得眼泪一把鼻涕一把的，好像真的到了世界末日，可好像没过多久，女儿自己就先想通了，并且是人大心也大，完全不再理会母亲的感受和反对，死心塌地地去做一个离过异的老男人的老婆。上梁不正下梁歪！芬素想起这档子事，嘴里准会愤愤地冒出这么一句。女儿大了不能留，留来留去是祸害！这道理颠扑不破，流传千古，她算彻底懂得了。所以，当初她才狠下心肠对女儿说："你爱嫁谁就嫁谁，不过从今往后，你休想让妈再操心你跟二婚头的破事！"她的意思再明确不过，不论日后他俩过好过坏，我做妈的都懒得插手。

"我说老妈，你能不能把狗拴起来？刚才要不是我进来得及时，它说不准会咬伤咱皱皱的嫩肉肉！"

女儿琐碎的唠叨声终于将芬素从沉醉中唤醒，她才略带羞怯地放下怀中的卡布，想要掩饰什么似的，转身去阳台晾晒那只湿漉漉的沙发套子。

"哼，你别把咱们卡布说得那么坏，它可是很懂事的小狗，咱这小区谁不夸它？你要不放心，干脆把孩子抱回家得了！"

女儿顿时不满地翻了翻薄眼皮，又熟练地将另一只乳头径直塞进那张红小嘴里，同时撇撇嘴角说道：

"整天就知道护着狗，你老歹歹也是当外婆的人了，怎么说娃娃也比它重要吧，我就没见过像你这样当外婆的……"

听女儿一味地嘟囔埋怨，芬素的气性陡然飚上来。

"哼，你少来这唱高调，想教育老娘，我还憋着一肚子委屈呢，谁愿意当这个外婆，你让谁当去，我可没这好福气！当初我怎么说来的，嫁一个那么老的男人，他爹娘得有多老，将来谁给你看孩子？现在遇到苦处了，就知道让你老娘受苦受累，你的爱情能当饭吃？天底下男的，还不都跟你老子似的——一副屎姿势！"

　　每个工作日的早晨，女儿都心急火燎地把皱皱丢在芬素这边，傍晚下了班再慌慌忙忙赶来接走。如此程序固化的日子，让原本办了病退的芬素忽然失去了自由，至少白天她再也不能牵上卡布信马由缰地到处闲逛了，充其量也就是陪狗下楼厕屎撒尿，而后赶紧回去，毕竟娃娃一个人留在家不放心。以前，她会同小区一干穿红挂绿的妇女，一大早就兴冲冲地往附近的公园里疾走一通，大家伙迈开步子甩起手来，一个个雄赳赳气昂昂的，像是一场隆重的检阅。那时的她手里牵着卡布，狗儿在前面跑得好生欢实，一条绳索绷得笔直，人狗都享受着一天中最惬意的时光。眼下，芬素的日子被一圈圈拧紧了发条，几时该给孩子喂奶，几点该哄小家伙睡觉，因此下楼散步，充其量就是狗撒泡尿的工夫，卡布总是表现出不情不愿，甚至有些厌恶。撒欢的时间太短了，狗还没来得及大跑大跳，弄出一点儿臭汗，女主人便下了回家的指令。

　　虽然主人说一不二，可卡布还是要要要赖皮的，故意远离主人的视线，把白雪团身子藏在绿篱深处，在那些自己做过记号的草丛间，闻闻嗅嗅，乐此不疲，任由芬素把它的名字喊出了火星子，嗓音快要点燃，它也不肯立刻返回。芬素当然会佯装发怒，说什么再不听话就不带它出来了，可卡布并不十分害怕，因为它能辨得出真伪，女人都是刀子嘴豆腐心。必要的时候，它也会委曲求全，反正它只是一条宠物犬，它会使出摇尾乞怜的看家本领，又是讨巧，又是献媚，撒欢儿、打滚儿、兜着圈儿咬自己的尾巴梢，一整套的小伎俩，直到把芬素逗乐为止。

唯独女儿，不那么顾及芬素的感受，凡事都以自我为中心惯了，好像做妈的永远欠着她几百吊钱似的。倒是那个比女儿年长近二十岁的老姑爷，近来变得乖巧了，至少嘴巴变甜了，不似以前愣头愣脑，一来家里就妈长妈短地叫得亲热，弄得芬素心里别别扭扭，其实他的年纪只比芬素小几岁，叫姐倒是更合情理些。老姑爷笨拙地抱着孩子在地板上颠来颠去，他还总爱趿拉着拖鞋，贴身的秋裤造型显得臃肿而又滑稽，臀部那里总是空空地翘起老高，活像个空面袋子，模样怪诞地在芬素眼前晃动，做丈母娘的心里是番别样的滋味。她总会不合时宜地想起自己的瘦猴男人，当初好像也是这么可笑地抱着女儿，跟应付差事一般在她跟前晃来晃去，而她则忙着给他做饭洗涮收拾，到头来怎么样？还不是说散就散？什么夫妻一场，什么父女情分，全他娘白搭。

"我知道你爹娘远在老家，又都是一把年纪的人，可你们整天把皱皱送来接去，也不是长久之计，实在不行雇个保姆吧……"

芬素的话音未落，女儿早积极地插进话来。

“保姆倒不是雇不起，只是上哪里去找合适的？听说她们趁主人不在家时，啥坏事都干，给孩子的好东西，全让她们贪嘴偷吃了，还丧心病狂地喂孩子安眠药，好自己在家睡大头觉！”

芬素噘着嘴白了女儿一眼，“照你那么一说，真是洪洞县里没好人，保姆都成恶魔啦？”

老姑爷见丈母娘气色不对，忙讪讪地冲她傻笑，嘴里不咸不淡地冲媳妇说：“妈她老人家说得在理，回头咱们就去家政中心打问打问。”

回头打问，不过是个托词，再无下文了，甚至于连老姑爷上门的次数也明显减少，他们俩肯定是私下里商量好了，成心给她摆这煮不烂的肉头阵。皱皱一如既往地被送来托管。

不知从哪天起，芬素再往奶瓶里掺兑奶粉，总是不忘多加那么两勺，这样就可以给卡布匀出点儿甜头，一来小狗总是眼巴巴盯着她忙这忙那，二来她觉得卡布也是个毛娃娃，既然都是娃娃，就不能厚此薄彼。当然，在她内心深处，多少是有一些情绪波动的，她觉得自己现在简直就成了女儿女婿的老妈子了，有脾气却没地方去发泄，他们明显是在利用她，还美其名曰：老妈带孩子最有经验、最是知冷知热、自己人到底贴心嘛……呸，她可不吃这套甜言蜜语！她觉得每次从奶粉罐里多扤出的那一小部分，本身就具有了某种仪式感，那是在向过去无情岁月的一次次讨还，这样的讨还也许微不足道，但在心理上会产生一丝微妙的补偿。

他俩倒也会来事，逢个什么小节日比方说国庆中秋重阳的，会送她一样礼物，一只女士小牛皮手包、一双超暖和的卡通造型的棉拖、一件艳粉艳粉的开襟羊毛衫，甚至还说要给她换个苹果，她执意不从，说自己的诺基亚手机好好的，而且也没有几个人给她打电话，花钱买那么贵的东西不值当。再后来，女儿又主动提出来，说每月给她交三百块钱，算作她跟孩子的生活费。她心里暗忖，三百块够干什么的，恐怕连人家保姆的一条胳膊也雇不回来，这话自然是说不出口的，毕竟她们是亲娘儿俩。

　　给皱皱冲奶粉喝时，她便下意识地"浪费"那么一点儿，准惦记着匀给卡布几口喝的，这样心里多少会感到一丝安宁。她想，卡布的心情也会舒服一点儿。天天都能喝上几次进口奶粉的卡布，毛色好像鲜亮了不少，小眼珠子黑亮得好似一对玛瑙，它对芬素越发地言听计从。

　　芬素说"趴下"，它就乖乖趴展在地板上；芬素说"坐好"，它坐得有模有样像个听话的小学生；芬素说"叫妈妈"，它只是懵懂地扇扇小耳朵，仿佛天线宝宝；芬素说"你真傻，不会叫声妈妈吗？"它疑惑地偏着毛茸茸的脑壳，黑眼珠溜圆地盯着芬素的脸，半晌，到底叫不出。芬素就说"笨蛋，不叫妈妈，别想再喝牛奶！"这它听懂了，终于急切难耐，汪地吼了一嗓子，声音很是惊人。芬素故意掉下脸子，却顺手把奶瓶里剩下的乳汁，统统倒进卡布的塑料食盒里。

　　这时门铃被摁得变了调，奏出的乐音像鬼片里的声音，电池早没电了，在那苟延残喘着，她最近确实忙孩子的事，一直没顾得上换新的。芬素丢开手里的东西，慌忙跑去开门。卡布不为所动，独自蹲守在阳台间的窗台下，鼻尖抬得老高老高，喉管不时弄出迫不及待的呜呜声，像只发了情的母猫。今天女儿比平时早回来了，两只手都拎着袋子，进屋就急切地抱起孩子，嘴里对芬素说："妈，从今天起，我打算给咱皱皱断奶。"

芬素诧异地瞅了一眼女儿："为啥？你没奶水了？"

"也不是，人家都说，快一岁大的孩子，不能老吃妈妈的奶，再说大人的奶也没啥营养了，所以，我下午请假去医院开了停奶针，这不又特意跑去多买了两桶进口奶粉和米粉。"

芬素不由得皱起眉头，断奶的事她当然知道，要想让小家伙齐根断掉，那非得狠下心肠不可，而且，最好是孩子要远离妈妈一阵子。想到这里，芬素又关切地问了句："那娃娃晚上咋办？"

女儿胸口的那颗黑巧克力已被孩子嘬得吧唧响了。

"还能咋样，当然得搁在您老这里了，估计弄不好得一周才能断掉呢。"

女儿大模大样地在地板上走来走去，好像要刻意展示这颇具历史意义的最后一次哺乳。"宝宝乖啊，放开了好好吃吧，多吃点儿，全部给妈妈吃光吃净，过了今天，你可就再也吃不着了……"

孩子仿佛意识到了什么，嘬奶声像小猪一样地越发欢畅。

这时，一直在阳台等待喝奶的卡布，突然就冲着窗台汪汪起来，那突兀的声音惊到了孩子，小家伙哇啊哇啊虚哭起来。

女儿边哄着孩子，边朝卡布蹲着的地方走去。"你叫什么叫！真讨厌！吓着宝宝咋办？"可是，卡布依然故我，好像那段窗台得罪了它，不大叫几声不足以平胸中的怨愤。女儿就顺着卡布鼻头所指的方向搜寻，一眼便看见那只红色的狗食盒了，在椭圆形的盒槽里，竟然满满荡漾着什么，女儿的目光立刻在那里定格。继而，她狐疑地探过鼻子又去细闻，这气味当然再熟悉不过，是孩子每天都在喝的奶粉。

"妈！你是不是又给它喝皱皱的奶了？"女儿的质疑声带着一股难以遏制的怒气，直截截地劈头盖脸砸向正在厨房淘米做饭的芬素。

"谁，谁说的，哪有的事啊？"芬素半装傻半嗫嚅道。

"还嘴硬呢，那你说说，这是啥？"女儿气鼓鼓地翻着白眼，随手将那狗食盒一把塞进厨房里来。"你知不知道，这奶粉有多贵？外国进口的，我刚才只买了两桶，就把我半月的工资花没了，你倒大方得很，拿它喂狗！你心里头到底咋想的啊？"女儿的嘴巴如机关枪一股脑扫射过来，让人难以招架。

芬素觉得脸上热辣辣的，她多少觉得有些理屈，但嘴里依旧无力地辩解着："不就是皱皱喝剩的，就一点儿嘛，我怕可惜了的，才倒给了卡布……"其实，只有她心里最清楚，她没有说真话，那可不全是剩的，因为她清楚孩子的饭量。

"喊！还哄我，我是三岁孩子吗？我还不知道你那心思，有啥好吃的不给你的狗吃？哼，连娃娃的奶粉也不放过，妈你太过分了！！"

"嫌老娘过分，干脆抱上你的小崽子滚蛋！"

芬素一下子被逼到死角，她觉得女儿的眼光比刀子还尖，刺得她浑身死痛死痛。她终于没了退路。她这辈子仿佛早已注定不会有什么好退路。自从她跟那个瘦巴巴的男人结婚到一朝离婚，再到女儿长大出嫁，她始终处于被动。她的一生不是太倒霉，就是太软弱了。她一直处于软弱和被动中，尽管她很多时候也想让自己强硬起来，可终归是心强命不强，比如她自己的婚姻，比如女儿的婚事，比如那个老气横秋让她糟心的女婿，一切对她来说都是失败的，她能做的就是逆来顺受。现在，她终于让这段日子以来憋在心里头的怨气破口而出了。

"老娘我正经还不想伺候了呢！"

房间一霎时安静下来，连丝发坠地都能听得真切。但也仅仅只有片刻工夫，芬素就"咣当"一下摞开手里的淘米盆，带水的生米粒撒满了黑色的厨台，她捂着脸一头扎进卧室号啕起来。

卡布终于不再执拗地纠缠于食盒里甜蜜的奶汁，也许是女主人的悲号声怔住了它，小狗竖起耳朵，神情高度紧张，对于两个女人们之间的战争虽然懵懂，但狗到底是有灵性的，它知道芬素为何而哭，或者说，是谁惹得主人伤心欲绝，也许狗的眼里只有两种人，主人和外人，好人和坏蛋。

那个时候，刚喝足了母乳的孩子已经被塞进婴儿车内，孩子的母亲也赌气似的冲进卫生间，且"咣当"一声，随手反锁了房门，哗啦啦的水流声持续汹涌着。卡布先跑进芬素的卧室，两只前爪在床罩边上抠抓了一通，女主人除了埋在枕头里呜呜咽咽不止，完全没有理会它的意思。卡布受到了芬素的冷遇，喉咙和鼻孔间发出百般怜爱的呜呜声，也像是在跟女主人一起哭泣。渐渐地，它的眼圈周围就被类似眼泪的液体浸湿了，那双狗眼竟大得出奇，仿佛能洞悉家里发生的一切。卡布固执地绕着芬素的床边，来回转悠，使劲扒拉，发出乞求的呜呜声，过了一会儿，它终于悻悻地离开了卧室。这种时候，狗的眼神就有些乖戾了，甚至露出那么一丝的凶相，只可惜屋里的两个女人，都沉浸在各自的坏情绪中未能觉察。

卡布后来果断而谨慎地悄悄靠近了那辆蓝色的婴儿车。

吃饱了奶的孩子，跟小鸡崽似的，心满意足地发出一串叽咕声。将要满周岁的小家伙，尽管不会说话，却逐渐有了自己的语言方式，卡布什么也听不懂，非但听不明白，它也许很讨厌这种古怪模糊的声音。它警觉地朝四下张望，卫生间和卧室始终没人走出来，女主人的哭声依旧响亮。它可不喜欢这种声音，它喜欢芬素笑呵呵的样子，因为只要她高兴，她就会和颜悦色地跟它说这说那，喂它好东西吃，抱着它睡觉，还会带它出门尽情地撒欢儿。现在，卡布还饿着肚子，它觉得自己该做点什么了，作为一只有灵性的宠物犬，它似乎很能明白主人此时的处境，它得想法子替主人干一点儿自己力所能及的事，这或许跟它的遗传基因有关……于是，卡布的前爪往婴儿车沿猛地一扑，后腿再用力向下一蹬，便轻而易举地蹿到了小车上。

那时，婴孩小眼迷蒙的睡意盎然，小红嘴嘟嘟着在吹一个唾沫泡泡，小手在胸前拧麻花似的越来越慢……

那件事过去好几个月了，皱皱再也没有被送来托管。

芬素难免会感到空虚和寂寞，没有孩子在身边的自由，突然变得极不真实起来，过去两年多里毕竟有卡布给她做伴解闷，后来又有皱皱需要她整天照料，现在身边什么也没有了，女儿女婿也不再登门，房子空荡荡的，地板白花花的，像一面面空镜子，一个人待着简直有些可耻。

好几次，芬素已然下定决心要上女儿家走一趟，好歹把皱皱再接过来，可每回都下了公交车，眼见要走到女儿家的楼门口了，她又怯懦地低着头匆匆返回。她忘不了那天皱皱的惊天痛哭，更忘不了孩子血肉模糊的那只小手，那场面太可怕了，该死的小畜生，差点没把外孙的小手咬下来……当时简直觉得五雷轰顶，天都塌掉了，当女儿仇恨的泪光猛地射向芬素时，她整个人彻底崩溃了，她听见女儿发疯似的冲她恶吼："这回你该满意了，啊？！"那一瞬间，气贯顶梁，五脏六腑全要炸裂开来，人在气头上，什么事都做得出，她像个女疯子满屋地穷追卡布，即便小狗凄惶地遁入床底，她还是死命揪住一条狗腿，然后，她想都没想，就一把推开阳台的窗户，将浑身颤抖呜呜哀号的卡布，像一袋垃圾似的奋力丢了下去……狗是死是活已不重要，那时芬素唯一的愿望就是，赶紧送孩子上医院去啊。

待事后冷静下来，芬素眼前又开始浮现卡布乖巧伶俐的模样，她不愿意去想，可又总是由不得她自己。她几乎寻遍了所有她能想到的地方，就是没有卡布的影子；她在小区附近到处张贴复印好的《寻狗启事》，甚至不惜承诺当面酬谢，也无济于事。有时，远远看见一只白毛小狗，就心急火燎地追上去细瞧，却都不是她心爱的卡布。也许她把它活活摔死了，可小区内确实没人见过狗的尸体，连保洁员和垃圾清运工都问过无数遍了，人家都摇头说没见过；也许，卡布真的是吓破了胆，也伤透了心，它再也不想回来了……

夜以继日地想狗，让芬素一天比一天消瘦，食欲一天比一天差，本来就她一个人，有时连着两天，她都懒得给自己做一顿正经饭，只随便叼两口什么袋装零食或放干了的饼子，她就觉得腹胀胃痛。她甚至连牛奶也不能喝了，一闻到那股怪味儿，她就又撕心抓肺地想起可怜的卡布。她老是出神地趴在阳台窗前，朝楼下长时间张望，满心希望有天能再看见小狗的影子。

孤零零的芬素再也不能入眠，楼下稍有一丝响动，她都要老猫样警觉地屏气细听。实在睡不着，她就睁着涩涩的眼皮，在黑暗中按摩自己的胸部，顺时针方向，一圈一圈，逆时针方向，又一圈一圈……忽然，她猛地挺身坐起，像极了影片里的诈尸，两只手一左一右神经质地摁住软趴趴的乳房，继而，谨慎地对比着，轻轻揉弄着，反复拿捏着，很快，她几乎完全可以断定了，还是以前动过手术的那个方位，隐隐约约又鼓出了一个比鹌鹑蛋还小的玩意来。

晨曦中，芬素僵成一尊灰色的木雕，甚至连那凌乱的发丛也是一片灰白。

品　客

　　若问逛那些超市和大卖场最吸引人眼球的是什么，还是让我告诉你吧，就是商家们逢年过节总要搞的形形色色的促销活动，尤其是新品上市推出的免费服务啦品尝啦，简直太振奋人心了。

　　快来尝，快来尝，最新口感的妙酸乳上市啦！刚出炉的法式奶酪蛋糕！迷你豆浆机邀您品尝最具营养价值的纯美豆浆……不管什么时候，只要走进商场，这些带有蛊惑性的声音总是不绝于耳，惹得人的购买欲和食欲都空前大增。

　　很多人可能会不屑一顾，那是因为他们口袋里有的是钱。或者，钱夹里塞了厚厚一摞购物卡或代金券，买任何东西都不需要花自己腰包里的血汗钱。只要将卡片在刷卡器或 POS 机上轻轻地那么一滑，推货车里的所有物品就都属于你了，根本不需皱一下眉头，那感觉跟白捡来的差不多。

可我就不同了，从来没有人给我送那些动人心扉的购物卡片，我们两口子辛辛苦苦忙活一个月，拿到手的工资刚刚够养家糊口的。可我这人打小就喜欢逛百货商店，可以说有瘾吧。我迷恋那整日流淌着的浓郁的货品气味，尤其在这种复杂的气息当中，我总是能够感觉到生活是那么甜美，似乎到处充满了幸福的阳光。

当年我父母在世的时候，也是喜欢逛逛商店什么的，他们大概也跟我一样，口袋里根本没有几个多余的零花钱。那时家里孩子一大堆，拖累太重，日子过得紧巴巴的，花起钱来必须小心翼翼，即便这样整天精打细算口攒肚挪，到了月底还是照样米不够吃，面不够用，瓶底里没有多出一点儿油来烧菜。

谁说逛逛商店一定得花钱？这是母亲挂在嘴边的名言锦句，对我一生来说相当重要。当然，我父亲也有一句与之媲美的口头禅，每每母亲在饭桌上又啧着嘴皮艳羡不已地说，某某商店里有什么什么东西，正在削价处理的时候，父亲总是闷声闷气不合时宜地冒出一句：哼，世上再便宜的东西，哪如咱不花一分钱来得便宜呢？

这话真是精辟，以至于到如今我都为人妻为人母了，还是记得清清楚楚，而且，依旧非常深刻地影响着我的生活。有一次，在卫生间里无意中翻开一张旧报纸，忽然看到一个醒目的标题：在疯狂的消费时代，有时不买也是一种境界。

这一行黑字简直来得太及时了，拨云见日一般。正是从那以后，尽管我总是囊中羞涩入不敷出，可到了礼拜天休息的时候，我还是愿意抽空到各个商场里瞎逛逛的。再说，好像也没有哪个商家打出"非买勿入"的霸王条款。

街里的商场和超市越开越多，越开越大，那些被一一细化的商品区域纵横交错蔓延铺展，人一旦闯入就像钻进了巨大的迷阵，有时候花上大半天时间，都不一定能轻易绕得出来。顾客们都跟丢了魂似的，转来转去，走走停停，弄得两眼直勾勾地放着光，简直不够用。

眼前尽是好东西啊！几辈子也吃不完的糖果和糕点，几辈子也用不光的洗发水和沐浴香波，几辈子也穿不过来的衣裤鞋袜，还有几辈子也铺不完盖不尽的床罩和羽绒被……有时可真弄不明白，如今这世上怎么会造出那么多的东西来啊？单单牙膏这一项，就能够满满当当地堆放足足有一面墙壁那么高那么长的一档子，你要是诚心挨个挑选一遍的话，恐怕得花一整天工夫。哪像我们小时候，说是什么百货商店，其实在那简陋的木架上和玻璃柜台里面，根本没有几样像样的东西，随便瞭一眼，就能看得清清楚楚。你若是去买管牙膏，仅有一种，中华牌的，根本无须挑选，交完钱，拿起就走。

或许最大不同的还有，过去人们逛商店与其说是挑选商品，倒不如说是看那些售货员的脸色。她们总是摆出一副牛气哄哄的架势，对顾客爱答不理的样子，万一你哪句话说得不合适不中听，往往惹得那些姑奶奶好不高兴，一双双卫生球似的眼珠子冲你乱翻，你还想买东西，做大头梦去吧，连门都没有！现如今再没有那样的尴尬局面了，那些清一色的涂脂抹粉的漂亮姑娘嘴巴个顶个甜，感觉涂了蜜似的，都恨不得叫你亲姐姐亲姨亲奶奶呢，除了微笑，还是微笑，除非人家要另谋高就不想在商场干下去了。

"阿姨，请您进来随便看随便选，我们这个月正在搞厂家促销活动呢，今天是最后一天，所有商品一律买一送一，送完为止！"

"大姐，只要您在我们店里消费满二百元，就可以参加抽奖，一等奖是天然珍珠项链一条，二等奖天鹅绒高级弹力袜一双……中奖率百分之百，走过路过，您可千万不要错过呀！"

"这位女士您需要点什么……"

类似招徕生意的漂亮话总是此起彼伏，你稍微不留意或意志不够坚定的话，就被这些说得天花乱坠的甜言蜜语，卷挟进一片又一片商品的汪洋大海中了，那感觉简直叫人难以自拔。尤其是，像我这样的女人，看到什么都觉得好奇，都想伸手摸一摸，或试一试。不瞒你们说，我口袋里除了揣着全家人的菜钱，就算让我多花一分闲钱，也是拿不出来的。

但是，这似乎并不能完全影响我逛商场的好心情。每每这种时候，母亲大人的话就在我耳边恰到好处地回响着，还有先父那充满辩证法的精辟言辞。谁规定口袋里不揣钱，就不能大摇大摆地走进一家家商场里去呢？反正，我可是光明正大，一不偷，二不抢，无非是四处逛逛而已，所谓穷逛嘛，也不犯哪门子法。

话也说回来，穷逛归穷逛，出门前还是要稍稍捯饬一下的。

比如穿戴，就算不能穿金戴银珠光宝气，也不能太过随便了，大裤衩子再加趿拉板，不修边幅那可不成。如果蓬头垢面邋里邋遢的，把自己弄得跟要饭的似的，谁见了都会给你白眼的，身上没钱可以，但不能没了精气神，人活一口气嘛。逛街前起码得洗漱干净了，头发梳理得整整齐齐，还要把自己最好看的衣裳穿在身上，没有昂贵的名牌香水也没关系，搽一点花露水总可以吧。浑身上下收拾得立立正正的，这样自己舒服别人也挑不出毛病。好多宾馆酒店门口不都贴着字牌：衣衫不整，恕不接待？老话说人穷不能志短，我父母在世时也常把这个挂在嘴边。

"美女哟，快请进来瞧一瞧，我们这儿正搞季节清仓，全场五折！"

起初，我并没意识到女服务员是在叫我呢。美女在哪儿？我倒是也想看一眼，爱美之心人人都有。可她分明是不停地冲我又招手又堆笑的。我回头朝自己身后张望几眼，偏就我一人。没等我反应过来，早被对方热情洋溢地拉手扯胳膊，跟俘虏一样揽进店铺了。

每每此刻，我心里既有几分忐忑，又有些许晕晕乎乎的感觉，就跟喝了满满一碗米酒似的。对方还在美女长美女短地叫我，实在叫人难为情。我便羞赧地说："还美女呢，都老得快掉渣了。""大姐呀大姐，您这就错了，谁说美女一定要年轻，气质，您懂吗，就是风韵犹存的那种，像您这样就算上了年纪，才更有味道，是美女中的美女。"

实在受不了这种胡诌八扯的奉承。说心里话，我年轻时虽不是百里挑一，可也是我们那条街上远近闻名的漂亮姑娘。那年月都流行留大辫子，我的辫子又粗又亮，长长的一直甩到屁股蛋上，惹得我们厂里那些小伙子，见了面两眼顿时光灿灿的。当时，有个流里流气整天穿喇叭裤的家伙老来缠我，不是今天送张电影票，就是明晚约我参加工人俱乐部的舞会，我禁不住也跟他出去过两三次。父母都说那小伙子不是正路子上的人，让我最好离他远着点。后来，也许是为了逃避那男人的一再纠缠，我便经人介绍，匆匆忙忙嫁给了我现在的丈夫。他确实是个老实呆子，我跟了他一晃快二十年了，虽没过上大富大贵的日子，可他也从来没做过对不起我的事。想一想，那时候该多单纯啊！不像现如今一些人复杂得要命，就跟这商品一样花里胡哨品目繁多，叫人永远捉摸不透。

去年春节，我们原先同一车间的好友聚会，听一个女工友忽然聊起来，说当年追我的那个家伙搞房地产发达了，城里一半楼盘都是人家开发出来的。女工友喷着嘴皮说着说着，竟又拿我打趣。她说："要是当年你跟了那个男的，如今早已是家产万贯的阔太太贵妇人了。"说实话，这种玩笑开得有些不着边际，可我心里多少也有一丝波澜。是啊，若真是那样的话，现在我还会这样两手空空地满大街瞎逛吗？一个人一个命，就认了吧。

那个喊我美女的服务员已改口喊我姐了，她简直殷勤得不得了，不时地给我选这个，又帮我挑那个，生怕怠慢了顾客。我不想浪费人家的时间，就直说，姑娘你千万别忙活，我是随便看看的，也不想买什么，真的。

　　她始终笑容可掬地："买不买又有什么关系，关键是让姐高兴就好。"

　　这些话确实让人心里透着舒服，大商场就这一点好，员工上岗前都得正儿八经参加培训，服务水平那是没得说的。可与此同时，又让我忽然陷入不安。人家手忙脚乱折腾了那么一大通，费心费力的，到头来我可是连一根线一片布也买不了的。想到这里，我急忙撂下她递给我的东西，好像烫手似的，二话不说三步并作两步往外就溜。

　　服务员见状连声叫道："姐，姐别着急走嘛，真有看中的还可以打两点五折啊……你跑什么跑？"

　　"嗤，没见过世面的老帮菜，瞧你那样，好像谁会叨你的钱包！"她最后那两句声音虽然压低了一些，可我还是依稀听得见。

　　这种时候，我是不会跟她一般见识的。她不就是挖空心思要卖东西吗，而我偏偏揣着啥都不买的念头。再说，要是生这种闲气，没准我早就气绝身亡了，哪还敢轻易上街瞎转呢。

　　我一直觉得，上商场逛最好是从顶楼开始转起，这样一层一层走马观花看下来，两手还是空空的，达到了我预期的目的。最后再乘扶梯到地下一层的大型百货超市溜达溜达，半天时间也就差不多了，该到了回家给老公和儿子做饭的点了。老公每日早出晚归，辛苦得要命，儿子也不轻松，不同的是，一个得拼命挣钱养家，另一个还只会衣来伸手饭来张口。

等转到一楼的时候，脚脖子便有些酸疼了，基本上逛不动了。每当这会儿，我就很想找个地方歇歇脚，而最好的去处，就是一进大厅正面摆着的那一长溜多功能按摩椅。

那些黑色的高靠背椅上都被安装了特殊装置，只要你端坐在上面，服务小姐就会让你体验一番现代高科技产品的捏揉敲打，往往是从头到脚，一整套做下来，得需一刻钟左右，这时浑身上下的疲倦感也都随之消失了。

当然，人家的目的可不是单为请你享受的，最好是享受过全方位服务后，你立马就肯掏票子买下这里的一套按摩椅垫。这些东西都老贵老贵的，动不动要好几百甚至一两千块呢，就算杀了我也买不起。不过，我不会把"买不起"三个字写在脸上。这种时候，我只想心平气和地半躺在厚实的皮椅上，尽情地享受一番。我的脖颈，我的肩周，还有我那劳损的腰肌和酸痛的腿脚，都需要好好放松放松。

人坐在这种真皮靠椅上，真的会有一种高高在上悠悠忽忽的感觉，加上无所不能的按摩功能，简直就跟神仙似的。在坦然地接受人家周到服务的同时，我也不是总闭目养神，偶尔也会主动跟对方聊聊天拉拉家常，比如按摩垫的价钱，比如她们一个月能卖几套，公司会给推销员多少提成，等等。当然，我还要尽可能赞美一下对方，比如服务很到位，人长得也水灵，一看就知道是南方姑娘。

话说多了，喉咙难免会生火的，便口干舌燥起来。当我恋恋不舍地离开舒舒服服的按摩椅，忽然就想喝一点什么了。

这个也不用操心，地下一层的超市早替客人想到了，什么咖啡、果汁、啤酒和奶茶都有免费品尝的摊点，尤其是一些厂家新近推出的饮品，正大张旗鼓地搞促销呢，巴不得顾客都来尝一尝他们的新产品，巴不得你尝一口就像抽了大麻一样上瘾，从此生活中再也离不开它们了。前一阵子，电视上还曝过光，说城里一家火锅店老板昧良心，长期偷偷摸摸往底料里加罂粟壳儿。你想啊，这种东西在涮锅汤里咕嘟咕嘟熬来熬去，人吃了咋能不上瘾，若是三天两天不去涮一涮，干起活来都没精打采的。

品尝饮品的时候，千万不要表现得火急火燎的，没深没浅地跑上去只顾伸手，就跟八辈子没喝过东西似的。最好是，装作漫不经心的样子，你是无意中路过，不经意间碰上这种场面的，想躲也躲不过去，才不得不抬眼朝那摊点随便打量一下。打量也就是可有可无随便划拉一眼，不要直戳戳地盯着人家死死不放，最好要等那些销售顾问先开口招揽。

"蒙牛真果粒，喝出营养新滋味，欢迎广大顾客朋友前来品尝；

富含多种维生素的新一代果珍隆重上市啦，浓情蜜意，秋冬居家必备，诚邀各位先尝为快啦……"

直到这种时候，我才会慢悠悠地走过去。

"大姐下午好，您要不要也尝一下，非常新鲜的，口感很棒。"

"不会很酸吧，我牙齿爱过敏，最怕喝酸的。"

"保证一点儿都不酸，不信您试试？"

"好吧，那就给我来一杯。这种时候当然是恭敬不如从命了。"

以前，他们都用普通的大纸杯盛半杯的，后来大概是道高一尺魔高一丈的缘故：一来怕顾客喝得太多不经济，二来也怕有些人只喝一口就随手丢掉太浪费，再说如今凡事都提倡环保主义，所以纸杯就做得很小很小，里面装的饮品几乎一两口就能喝光。这样精致的小杯子抓在手上，更不能大口大口喝了，那会闹笑话的，要浅尝辄止，一点儿一点儿地呷，细细品味。

"怎么样？大姐，没骗你吧，我们这一款口感很不错的，您要不要再来一杯？"

"也说不上……好像还是有点酸，跟以前喝得差不多嘛……那就再尝一下。"

话音未落，对方立刻又把我手里的杯子添满了，而且，还不无细心地叮嘱道："您当心点儿，别烫着手了。"

事不过三，两杯下肚，通常是不能继续再喝的，否则，傻子也能看得出来，你诚心想拿人家的东西解渴呢。我通常会摇摇头，或者直言不讳地说，感觉不是很好喝，就冲对方微笑一下，迅速走开。

超市大了去了，尝完这个你可以再去品那个，反正都是免费提供的，只要你愿意。千万不要嫌人家给的量太少，这样一路杂七杂八品尝下去，肚子也会喝得胀鼓鼓的，跟开杂货铺一样。切忌一条：不要在同一棵树上吊着，最好的策略是，打一枪换一个地方，冷热酸甜统统试一遍。然后，趁别人不留意时，扭过头去，打两个带着碳酸味的响亮的嗝儿，那感觉还真不赖。

离开超市前，也是忽然想起来，昨天炒菜时味精瓶眼看见底了，生姜粉也剩得不多了，好像还需要两袋酱油醋，我正好可以顺路买回家。

我知道这种小物件大超市跟社区小店价钱基本相当，而且，这里的调味品一般会更新鲜些，他们很注重生产日期的。辨别一下方向，我就离开了诱人的饮品区。我逛超市还有个特点，那就是从来不拎食品筐，更不推小货车，即便想买点什么东西，两只手也是很有限的，不会花太多的钱。

跟翻山越岭似的，人在一幢幢高大的货架所形成的悠长回廊中绕来绕去，有种忽然迷失了方向的错觉，一时分不清南北和西东。这些商家总是狡猾狡猾的，凡是不太值钱又不紧俏的小件货品，总是被他们搁在最犄角旮儿的地方，往往你得花上老半天，也不一定马上找得准。

就在我想找个服务员打问一下时，猛然间听到旁边传来一串很响亮的笑声。

本来这没有什么值得大惊小怪的，人们逛商场时，总不能鸦雀无声的，又不是做贼。特别是那些成双成对的男女顾客，他们会边走边选发表各自的意见，什么产品的牌子、生产日期、性价比等等。更多的时候，那些年轻夫妇或小恋人还会卿卿我我地打情骂俏。可以说这里也是谈情说爱的好去处，瞧着满目的商品，心情能得到抚慰，生活是那么多彩多彩，喜欢一个人会变得很容易。我此刻，听到的声音竟那么耳熟，熟得好像昨晚刚刚在梦里听过似的。

这种时候，一个女人的好奇心就开始作祟，那听似熟悉的笑声还在时断时续，只不过被面前的货架隔开了有些模模糊糊。我满脑子都在猜测，到底是谁呢，笑得这么放肆这么快活。正当犹豫之际，一辆推车已径直朝我这一档驶来。一听到骨碌碌的车轮声响起，我便下意识地朝那边回过头去，目光刚一接触到顶头站着的那个推车的年轻人，我几乎马上又弹簧似的撇开头去了。

糟糕！不会看走眼了吧，怎么会是……这小子呢？短时间内，我的脑子跟缺氧似的，有些反应不过来了。

其实，每个人在商场逛久了，都有这种讨厌的感觉，面对铺天盖地的商品，人立刻就渺小起来，简直微不足道，像试图搬食物的小蚂蚁，有种被裹挟其中难以自拔的惶惑。只不过此刻，这感觉于我而言来得过于强烈。

万万没想到，我们娘儿俩竟然不约而同地逛着同一家超市。也可能是急中生智，我顺手从货架上抄起一只轻飘飘的大袋子，不用猜里面是些膨化食品，别看它有个鼓胀欲爆的大肚子，拿起来会哗啦哗啦响，但都是用空气填充起来的，骗小孩的玩意。正好用它半掩着自己的脸面，低下头假装看那包装袋上的字样，也乘机用余光朝那推车的小伙子再扫一眼。

儿子？是我儿子，没错！难怪隔着一幢货架也挡不住他的笑声，若是别人的孩子我才不会那么上心呢。这小子下午出门前，不是跟家里说得好好的，要上图书馆去看书吗，怎么溜达到商场里来了，还兴高采烈推着个小货车，像个快乐的家庭主妇？再瞧瞧他那车筐里花花绿绿的东西，眼看没地方堆了。我眼珠子都直了。

小祖宗啊，这得花多少钱呀？这兔崽子，贼胆子越来越大了，撒起谎来连眼皮也不眨一下，瞒着我们自己满世界瞎逛。

也就我刚一诧异的工夫，又听见一句嗲声嗲气的娇嗔传来，一个姑娘疯疯癫癫径自跑到我儿子跟前，二话不说就给了我那小子胸口一拳头。

啊哟，现在的女孩都怎么了，见面动手动脚的，她那一拳头简直像打在我心口上了，下手真狠啊。

"该死的，一转眼就没影了，想甩了我，是不是！"

她不但打人，还出言不逊。敢骂我儿子该死的，我看她才是。

"人家不过是藏起来逗你玩呢，还真生气了呀！"

"讨厌！谁跟你玩？人家正逛得起劲呢。"

"我总算明白了，你们女人逛街的确有瘾，我都快活活累死了，咱们能不能找个地方歇一歇？"

"哼，才逛这么一会儿，你就受不了了？我妈每次上街能足足转上一整天呢。"

"我又不是你妈——"

"呸，狗嘴吐不出象牙，我当你妈还差不多！"

听听，听听，怎么一点儿家教都没有，怕是墙缝子蹦出来的吧？才屁大一点孩子就想当妈了，真不害臊啊！更可气的是，人家都说要当他妈了，我儿子还嬉皮笑脸的，哪里像个男子汉样，哈巴狗似的，丢人现眼！

"好了，姑奶奶，算我求你了，咱不转了行不行，我真的又渴又累，看在革命的情谊上，稍微来点阶级同情心好不好？"

你瞧瞧，我儿子那没出息的样子，我恨不得立马上去扇他俩耳光呢，低声下气地叫人家姑奶奶，亏他张得开嘴，这要是让他死去的亲姑奶奶听到了，在九泉下怎么闭得上眼啊？

"看你态度还算诚恳，那就先去交款，然后再到肯德基待一会儿。"

"皇后娘娘圣明，微臣简直要五体投地了！"

"就知道瞎贫，别高兴太早，我可还要看你的表现呢。"

"放心吧，你让我追鸡，我绝不打狗……"

这一切简直让我目瞪口呆，肺子差点儿没气炸。

平时在家，我和他爸让他干一点事情他都支支吾吾，要不就讲条件，想方设法问我要零花钱。我们大人能省的尽量省了，可在儿子身上从来都是紧着他的，吃的，穿的，用的，尽量满足他，生怕在学校让别人瞧不起。可眼前，他让那么个乳臭未干的小丫头指手画脚、吆来喝去的，这还是我们含辛茹苦省吃俭用一手拉扯大的儿子吗？都说娶了媳妇忘了娘，他才念到高二，就这副德行了，一个黄毛丫头就把他使得滴溜溜转，将来要是考上大学有了工作鬼才知道会变成什么样呢。

此刻，小货车已掉转车头，骨碌碌朝另一边驶去了。我还站在原地胡思乱想，他们俩早已没影了。

我忽然紧张起来。脑子里猛地蹦出两个可怕的字：交——款。

天哪，刚才我儿子推着的那只小车几乎装得满满的，鬼才知道他跟那个小妖精都买了些什么，估计到款台一算账，少说一二百块也不一定打得住。如今好像什么东西都在涨价，除了可怜巴巴的工资一点指望也没有。这个败家子，他哪儿来那么多钱啊？就算把平常的零用钱都攒起来，恐怕也不够，可问题是他时不时要买这买那，怎么可能存下钱呢？

想到这儿，我简直要崩溃了，我还记得刚才他们说好要去肯德基的，那更是个花钱如流水的地方，听说一只鸡翅膀就得七八块，拳头大的面包里夹块鸡肉和生菜叶子就卖二十来块，简直就是抢钱嘛。不行，可不能由着儿子大手大脚乱花钱，我得跟着他们。

因为是礼拜天，款台跟前早排起了长龙，几乎所有货筐和推车都是满当当的，感觉这里的货物跟不要钱白送似的，一个个欢天喜地乐此不疲。收款员十根手指在键盘上起落有声，每样货品都要经过他们贴了胶带的手指传送，机械地重复着，识别条码挨个打价，再一股脑塞进包装袋，收款，找零，出小票，最后还得不咸不淡地说声谢谢光临和再见。

这里没有情感交流，也绝非礼节需要，只有程序性的设置与敷衍而已。眼前的长龙在缓缓移动，我儿子就夹杂在中间，那个女孩花枝招展地站在他旁边，不时跷起脚尖向款台张望，或扭头贴近我儿子的耳边嘀咕着什么，表情总怪怪的，像在搞什么恶作剧，笑起来咯咯咯像在打鸣，全然不在乎别人的感受。

交款的人一个接着一个被喂进狭窄的款台口，他们在被吞进去时先把身上的钱心甘情愿掏了出来，如数交清后才扔下筐子或推车，心满意足地拎起鼓鼓囊囊的大包小袋扬长而去。我从来没有这样关心过交钱的过程，感觉如此可怕，叫人心慌意乱。我不由得摸了摸自己的裤兜，那里有个小小的塑料钱包，仅装着很少一点的菜钱，但足够下个礼拜花销了。此刻，我莫名地把它攥牢，再攥牢，仿佛怕它随时会溜出去挥霍一空。

正在心神不宁的工夫，儿子前面的好几位顾客突然就神秘地消失了，丢在一边的筐车都空空如也。我儿子变成了身先士卒的排头兵，那女孩正亲昵而又迫不及待地推搡着他，两人欢欢喜喜地往前小跑，黑胶皮轮辘辘滚动，不锈钢车架振得哗哗乱颤，那一串串噪声在我听来简直太刺耳了。事情容不得多想，要当机立断！我像蹩脚的私人侦探，从一开始的鬼鬼祟祟一路盯梢，到现在终于发现嫌疑人露出马脚，必须做些什么了，否则我将贻误时机，造成难以弥补的损失。

我很想加快脚步，可到处都是攒动的人头，到处都是横七竖八的货筐和手推车。别人肯定以为这个女人想来插队，都纷纷拿货筐挡住我，用推车堵塞通道，谁也不乐意将便利拱手相让。商场变成战场，一时弄得戒备森严，个个很不屑地白我一眼，以示最后的警告。

真要命，来不及了！我儿子手脚太麻利了，他早已经将车筐里的东西稀里哗啦堆到收银台上，那里立刻隆起了一座不小的山包。服务员忙得不可开交，手指噼噼啪啪敲击键盘，忙乱中带有一种叫人生厌的职业性慵懒。而那个女孩早等在另一头做接应，将打过价的商品快活地塞进袋子里，俩人一唱一和，我的那颗心啊简直要蹦到嗓子眼了！

这时，我真想扯开嗓门大喊一声，因为长蛇似的交款队伍始终扭动向前，加上货筐推车像囊肿一样壅塞左右，想冲到最前面几乎比登天还难。我一蹦一蹦踮脚朝那款台方向眺望，手心直冒凉汗，心急火燎。一切都太晚了，打票机嗒嗒嗒地发出一连串响音，一张雪白雪白的纸条吐了出来，像无常鬼伸出吓人的长舌。

您一共消费了一百四十七元九角，有会员卡和积分卡吗？付现金还是刷卡？收银员漫不经心地说着，同时用余光扫向下一位顾客。对于她来说，所有顾客都是来这里送银子的。

老天，该结账了！一百四五十块，不是个小数目啊，败家子！这些钱足够全家人一个月菜钱了，真是造孽！

不知怎的，我眼前忽地一黑，一瞬间竟什么也看不清楚，只感到天在旋，地也转，耳朵里嗡嗡作响，好似一大群蚊蝇霎时间包围住了头脑；喉头猛然发紧，舌根直戳戳往上冲顶；肠胃莫名地倒海翻江，一股强大的酸不溜丢的热潮突如其来。想忍住已不能够，也就刚刚捂住嘴，先前被我尝过的那些乱七八糟的饮品便一股脑地从鼻孔喷涌出来。

脚下洁白的大理石地板已污秽不堪，所有排队的顾客都把脖子扭得不能再扭了，既好奇又很厌嫌地盯着我的肚子。这些人发出嘿嘿嘿意义模糊的笑声——他们一准以为我是个不知轻重的高龄孕妇，这滋味简直臊得人不敢抬头。

等我草草收拾完地上的秽物，狼狈不堪地挺直了腰身，再四处找寻时，那俩孩子已消失得无影无踪，仿佛刚才所见所闻只是些幻觉——但愿这一切都是我的幻觉啊！

生活有时候就像一个大卖场，有很多很多新鲜玩意等着人去品尝，有些东西尝过了你还想再尝，可有种滋味这辈子只要一次就够了。

母亲二三事

母亲命大哥打电话，催我们火速赶回老家去。她忽然觉得身体状况很不妙，头晕，心悸，不思饭食，浑身没有一丝气力。她甚至在头天夜里就摸着黑给自己穿好了寿装，任凭儿女们如何劝说就是不肯服药，更不愿意去医院做任何检查治疗，专等我回去交代后事了。大哥的电话是头晚打来的，那时我的手机已自动关机。翌日，又逢周末，一早磨蹭着起了床，吃罢早餐，迟迟开机便见未接电话若干，基本上都是大哥的号码，还没等我反拨回去，电话便心急火燎地响了。大哥张口就说妈叫你赶紧回来，一刻也别耽搁，晚了她生怕见不到最后一面。

于是，当头挨了一闷棍似的，眼皮跳得惊心动魄，仓皇间携了妻子和女儿驱车上路。妻子劝我别太着急，说妈身体一直很硬朗，况且我们春节刚见过面，现在还没出正月十五呢。女儿也猜测说，奶奶可能是突然想咱们了，所以故意让大伯把情况说得很严重。我多少有些沉不住气，人有旦夕祸福，毕竟母亲已是年届七旬的人了。嘴里虽不说什么，可车速一个劲往上蹿，眼看一百八了，一如此刻的心跳。妻子细心觉察出来，便说当心别开得太快。

这条回家的路于我来说已再熟悉不过，可以说闭上眼都能往返自如，自打到外地读书乃至后来参加工作，二十多年间反反复复又总来去匆忙。尽管我已过不惑，却从来没有认真思考过垂垂老矣的母亲。十八岁出门后，我跟母亲在一起生活的时间竟少得可怜，即便是早年有寒暑假时，也都把心思用在呼朋唤友上面了；成家后每年也仅限于中秋、春节之类，才匆匆跑回来同母亲小住三五日。而我眼里或心中的母亲，一直还是记忆中那个年富力强的女人，不消孩子们操多少心，却不想一晃之间，居然接到了母亲大人召唤的消息，叫人始料不及，光阴这东西真是无情啊！

汽车一路疾驶向前，我越发归心似箭，脑海深处那些记忆的碎片被这种急切又伤感的情绪裹挟和激荡。我忽然间意识到，自己已很久很久没有好好想过母亲年轻时的模样了。

细数起来，当年我们家人口最多的时候，每顿饭足有十一二个人围圆在一张桌上同吃。那时爷爷奶奶尚健在，我呢一直和两个老人住在上屋里。大哥二十刚出头便早早完婚，为我们娶回来一位温柔贤惠的嫂子，她肤色白皙，穿着素洁清爽，嘴角时常挂着两弯清澈的笑意。对于这桩由父母一手操办的婚事，大哥一开始还耿耿于怀，也许他那时的梦想有些不切实际。影片《少林寺》的公映让他疯狂地迷恋上了武术，他开始用零花钱购买《武林》杂志和各种拳术套路图谱，见天地从压腿劈叉马步冲拳等基本功一招一式起早贪黑苦练起来。

自从嫂子进了这个家，奶奶做饭的劳碌便逐渐减轻，后来几乎撒开手由嫂子全权接管了。嫂子后来的锅灶实在很棒，亲戚四邻无不竖起大拇指，也许这都得益于奶奶她老人家当年的言传身教。母亲则成天埋在她那永远也做不完的裁缝活里，除了吃饭睡觉，总能见她站在木头案子前给别人裁剪衣裤，或者，坐在那台永不生锈的蜜蜂牌缝纫机前，嗒嗒嗒地踏个不停。这种状况常常要持续到每年春节前夕，也就是年三十那天，孩子们颇多怨言，总觉得她不像别人家的母亲老早就为家人准备过年的事了。

也许家庭担子太重，也许是某种与生俱来的焦虑和纠结，父亲一年四季总是眉头难展。他上面有一双年迈多病且身体每况愈下的老人——爷爷奶奶后来都因患肺气肿和肺结核前后离开了我们；下面又有五个孩子，除了大儿子刚刚成亲，二儿子也离开了学校，底下还有包括我在内的三个孩子在校念书。所以，父亲把更多的精力和时间都花在劳作和想方设法创业上了。

父亲大概过早地意识到，光靠土地是难以彻底改善窘困生活的。于是，很早就跟朋友们从外地往回贩卖木材、家畜和果蔬，当他尝到了搞副业的甜头后，又开始大规模地养羊、养鸡……直到多年后终于攒够了一笔钱，买下那辆葬送了他自己的性命，同时也给一家带来巨大灾难的解放牌大卡车。父亲原想改用四个轮子跑运输，从而加快过上好日子的步伐，但最终事与愿违，不幸殁于一场车祸。可以说，父亲这个人从来没有停止过有关勤劳致富的思考和实践。现在，兄弟们偶尔聚在一块说起过去的事，大伙都认为父亲短暂的一生过得太苦太累太匆忙了，他似乎没有一天停下来去真正地享受过生活，有的只是无休止的奔波和操劳。

　　或许，正是由于父亲长年累月不辞辛苦的奔走劳碌，才使得我们兄弟姊妹在当时能够过着相对宽裕的童年和少年生活，至少不愁吃、不愁穿，一直有学上。大哥和二哥年龄仅仅相差一岁，他们当年一同进校念书，又是在同一间教室里坐了五年，可谓朝夕相伴形影不离。或者，这正是他俩日后关系越来越差的原因，两兄弟到最后竟然形同陌路，你不理我，我不理你，连最起码的日常问候都省略了。这让父亲极为恼火，他想过很多办法，甚至罚他俩面对面跪搓板，目的是想让他俩从此和好如初，可总是事与愿违，这反而加深了他们间的不睦。姐姐是个很聪明的姑娘，她一直保持中立，这多少有点儿像她在大伙中的排行，她是老三，前面有两个兄长，后面是两个弟弟，她处于天平的最中心地位，顾全大局衡量左右似乎是她的宿命。在我们五个人里面，姐姐读书最用功，也最让父母省心，从不闯祸，功课成绩又好。我和弟弟就不同了。我天生愚顽又十分贪玩，开窍也比一般孩子迟，小学念得糊里糊涂，直到升了中学后才有些起色，所以，挨打受罚于我来说是家常便饭。那时，我总幻想母亲能够做我们的保护伞，可她对父亲的坏脾气没有丝毫法子，相反，往往因为她跟父亲不睦，又使得父亲迁怒于我。

唯独弟弟，他年纪最小受到的呵护最多，父母自然最为疼爱，爷爷奶奶也喜欢，就连姐姐没事的时候，也总爱背着抱着他满世界转来转去。再有，兄弟几人中只有弟弟是喝过牛奶的，那时母亲没有奶水，父亲就托朋友在一家工厂订了牛奶月票。

我们每隔一天都要去那个厂子里跑一趟，通常是拿着空瓶子去，换回来满满一瓶新鲜牛奶。奶液雪白雪白的，一路上我们小心翼翼轮换抱着它，像拿着一件很金贵的瓷器，生怕摔在地上碎了。奶奶专门负责给弟弟熬牛奶并喂他喝。我总是站在一旁盯着奶锅里沁着的一圈儿奶皮子，那东西真的很香甜诱人，放进口中即化。奶奶故意把奶锅丢在一边，有时甚至还在锅底剩下浅浅一层奶汁，好让我这只馋猫偷偷享受那么一下。

在母亲没有奶水这个问题上，奶奶她老人家是颇有微词的，她总认为小孙孙受到了天底下最不人道的待遇。一个女人家光生不养（指没有奶水来哺育），还算什么女人？其实，我们那时已隐隐约约知晓，奶奶几乎看不惯母亲的一切，她们婆媳的关系一直都很紧张。但有一点，奶奶要比母亲强得多，就是当父亲横眉冷目"修理"孩子的时候，奶奶总能够竭尽所能迎头拦挡，就像《红楼梦》里的老祖母：要想打宝玉就先打死我吧。每每这种时候，父亲就如一根火红的铁棍被突然间丢进一缸冷水中。我们便可保暂时无碍了。

我们心急火燎赶到家，母亲果然和衣躺在自己的床上，单从气色来看，不太像是大病难愈的样子。母亲见到我，未张口眼圈已红润，声音低沉，有气无力。"咋才回来呀，妈真以为见不到你了……"妻子和女儿忙围坐跟前问这问那安慰她。我趁机跟大哥他们详细打问情况。

原来，母亲前两日偶感头晕目眩，就到小区边上的私人诊所量了血压，确实有点儿高，回来吃了在药店临时开的一种特效降压西药，之后就感觉心跳得厉害，头脑越发昏昏沉沉，便召唤身边的儿女都过来，以为自己快不行了。也许这里还有个重要因素，就是母亲六十岁那年信奉并皈依了佛教。她不顾我们再三劝阻，决意要做一名在家修行的女居士，从饮食上要彻底斋戒吃素，就连葱姜蒜之类也不能在她的锅灶上出现。当时，为了此事我跟单位请假跑回来，希望能说服母亲。我们兄弟姊妹的意见是，她老人家初一、十五吃吃花斋就可以了，别把自己弄得像苦行僧。可是，最终事与愿违，我们谁也未能说动决心向佛的母亲。她到底领受了寺庙师傅的戒律，从此开始一心诵经吃斋。后来我们也私下合计过，辩证地看待母亲的事，都觉得也不是一点儿不可取，老年人心里有个寄托，并非坏事，况且，吃斋于身体不无裨益。

听大哥他们讲，母亲之所以不愿意上医院，理由是听寺庙里的师傅说吃斋念佛的人未来都是要去西方极乐世界的，那里无痛无灾清静美好。这些年母亲一门心思在家诵经拜佛，当然也向往着那样一个去处。当儿女们闻讯纷纷赶来时，母亲已穿好了青灰色居士袍服，她要所有孩子们都跟随她齐声念诵阿弥陀佛，说这样可以让她的魂灵顺利抵达极乐世界。这简直叫人啼笑皆非。按理说，母亲真的还没昏聩到那种地步，怎能固执到一点儿也听不进儿女们的劝说呢。

我心顿生一片迷茫，对于此刻的母亲，或者说，对于记忆中那个性情执拗的母亲，我忽然有些哑然失语了。

母亲属鸡。单从性格方面看，母亲一生喜欢争强好胜，对于别人的过失和缺点总是不肯轻易放过，这似乎也导致了她跟父亲、奶奶等人的关系长期不太和睦。

母亲说她是中卫莫家楼人。中卫在我们宁夏算是个很有意思的地方，这主要跟那里的方言关系密切，人们讲话的时候总是把一张普普通通的嘴使劲往两边拉伸着，每一次发音都很认真且到位，使嘴巴成为一个很扁且长的椭圆形状，看上去古怪而又费劲，还有，那里人发出的所有的声音总是莫名其妙地往"ei"这个音节上黏，这就使他们说出的话全部传染上某种怪味，就像长期吃羊肉的人，一张嘴无疑要散发出很膻的气味。比如，"分"被他们念成"fei"，"门"被念作"mei"，"人"被念成"rei"。母亲说话至今多少还带着一点儿这样的发音特点。

至于中卫是否有过一个叫莫家楼的地方，我们都没有实地考证过，但母亲确认为有，根据是她的莫氏家族在中卫的确像香火旺盛的样子，那些年（经济很不发达的时候）母亲的一些中卫籍的亲戚，总是隔三岔五要来我们家造访，母亲就热火朝天地炒一大桌子菜让远道来的客人吃。在饭桌上她介绍他们的时候，总是脸上很有光彩的样子，这是你中卫二舅舅、那是你中卫小姨媽，诸如此类。可到如今，那些亲戚再也没有露过面，像是都从地球上消失了，连同那个可有可无的莫家楼。

实际上，我们都对中卫知之甚少，对那里全部的回忆总是被火车的汽笛声和大红枣的香甜滋味顽固地占据着，就像我们对母亲的过去也总是绝口不提。我们不想做这种尝试和追寻，虽然我们知道母亲已年届七十了，也就是说，她已经走过了她的大半生，她已经和我们一直拒绝回忆的那个母亲——那个曾经年轻而美丽的女人——之间的距离越来越大了。

我们最早乘坐过一两次火车的经验，是在五六岁以前。那个时候母亲还很年轻，她应该是当时我们队里最洋气的女人。母亲总是被旁人眼热地羡慕着，私下里不住地议论着，估计这些跟她曾是一个地方戏团演员有直接关系。而且，母亲一直坚持穿有跟子的皮鞋，这在当时当地与别人也是格格不入的。依稀记得当年父亲很多次醉酒后吐真言，他满脸通红虎视眈眈地对母亲发出一次次警告：你要是再敢穿高跟鞋，当心我把鞋跟子给你锯掉。可这种疯狂的说法终究未能实现，时至今日，母亲只要出门上街，一定是要穿带跟子的皮鞋的。

母亲陆续生下我们之后，总是甩手掌柜似的，把孩子一个一个扔给爷爷奶奶们照顾。最先，母亲入的是当时在吴忠地区很有影响的一个秦腔剧团，她跟着团里的师傅走乡串镇到处去演出。当然一开头，她自然只是跑跑龙套，演个丫鬟春香什么的。几年后，凭着聪明好学肯吃苦，她出徒了，不论唱《杨门女将》里的穆桂英、《窦娥冤》里的窦娥，还是演《铡美案》里的王宝钏、《玉堂春》里的苏三，总是有板有眼，再加上母亲天生的一副亮嗓子，很快就成了团里的名角。母亲到现在说话的声音依旧十分响亮，有点像跟人吵架似的，我们总是被她的大戏嗓门吓上一大跳。也许唱过戏的人就是这样，这叫江山易改本性难移。我甚至还记得，母亲当年的钱包里一直存着一张穆桂英扮相的黑白小相片，头插雉鸡翎，肩搭狐狸尾，后背是一排小旗子，英姿飒爽，好不威风，想必那是母亲人生最辉煌的时刻吧。

那次，母亲大概是回家探亲的，等她准备返回的时候，家里就把我们这些尚穿开裆裤的小累赘硬塞给她。这一定是个酝酿已久的阴谋，因为母亲一离开家就是数月或半年光景，听说她们的剧团也是满宁夏乱跑，有时候还跑到外面像甘肃、陕北和内蒙古一带巡演。那阵子唱戏也就是勉强吃个肚子，而母亲跟着他们也许就是为了学戏吧。

但是，奶奶在世时对此很不满，她认为母亲这个人只图自己快活，根本就不管家里人的死活。奶奶经常这样像煞有介事地对我们诉说。记得她每每说起母亲的时候，总是带着一股封建家长的口气，她嘴里使用最为频繁的词大概是"贱气"。事实上，她们婆媳之间从我们记事起一直到奶奶下世，甚至到奶奶去世后若干年里，母亲对奶奶也没有彻底谅解的意思，可见彼此成见有多深了。

事实如此，奶奶在世时，她们俩总是剑拔弩张地对峙着，弄得家庭关系危机四伏。我们几个是奶奶一手领大的，她是这个世界上最有权利得到我们热爱和尊敬的亲人；奶奶对母亲的态度从不曾改变过我们对她的热爱和尊敬，就像她虽然对母亲有种种看法，却从来没有减少一分对孙儿们的疼爱和悉心照料。也许，正是她影响了我们对母亲的最朦胧的看法，打一开始就这样。母亲在我们眼里总是不够亲切，不够慈爱，不够真实，甚至不够资格让孩子们敞开了心扉来爱。

在这个家里，似乎除了奶奶以外，其他所有一切都让人感到不舒服，甚至有些恐惧的意味。据说，爷爷早年曾经痴迷过大烟，因为抽烟他几乎败掉了全部家底，巨大的烟瘾也使他爱钱如命，早年他甚至不愿意为我们的父亲拿出一点儿钱来供养念书。听说他的那些该死的月季红色的老钱币（1949 年以前的旧货币）后来在一夜之间变成了用来糊墙壁的废纸。但是，在这个家里只有爷爷才是唯一和我们的母亲站在一起的人。他在关键的时候总会挺身而出，他总是尽可能地站在奶奶、父亲和母亲之间庇护着她，包括答应让她出门唱戏。因为爷爷本来就是个标准的戏迷，后来他还坚持送她去学裁缝手艺。而且，爷爷他一直鼓励我们的母亲多多地生孩子，他大概想以此来重振张氏家族。母亲一生至少生育过七孩子，当然后来健康存活的仅我们兄弟姊妹五人。

父亲年轻时是个脾气不太好的人，有些喜怒无常，总是为一些鸡毛蒜皮的琐事跟母亲争吵。在我们看来，1975年（或更早一些时候）到1985年之间，是父母关系最为紧张的时期，这十多年所发生的无法计数的冲突隔阂，都永远停留在我们的记忆当中，那是我们兄弟姊妹成长生活的很大一部分内容。母亲后来将这一切都简单地归咎于她这辈子没遇上一个好婆婆。婆媳关系历来复杂难断，我们孩子当时更是丈二和尚摸不着头脑。时至今日，逢年过节我们在一起聚聚，总能毫无准备地提及那些不愉快的往事。这个时候，我们大家会突然警惕起来，原本轻松的氛围瞬间凝固了，大家面面相觑，神色谨慎，仿佛一下子又回到了从前——我们都害怕回到过去。

母亲姓莫，跟张、王、李、赵这些最家常的姓氏相比，大概也会显得特别一点，物以稀为贵，也就自然略微带着点儿洋气。加上母亲还习惯于穿那种有一两寸长鞋跟的皮鞋，这个习惯一直近乎倔强地保留至今，即便过了六十大寿以后，她也不肯听我们的劝说而改穿平跟鞋。我们有时在想，母亲身上的种种"洋气"并没有使她完完全全洋气起来，在那种时候，也只是给外面树立了一个扎眼的标靶，成为外人随便拿来议论父亲的由头。父亲曾经是否为此甚是苦恼过，想一想，那时候父亲只是一个普普通通的乡村会计，但他还是一名中共党员，母亲身上所表现出的洋气劲儿，肯定让他经常处于被动，旁人一定认为我们母亲身上很有些小资情调吧，这跟屡次被评为优秀党员的父亲很有些格格不入。

起初，我们家的老房子是在村子里面的，被百十户人家团团包围起来。除了最小的弟弟，我们全都在那里出生。直到1975年初，父亲终于要到了一片新的宅基地，同年初夏开始着手盖房，新房子在深秋时节终于落成。

到了1976年初，我们一家终于欢欢喜喜搬进了新房子。我们从此远远地离开了村子，也远离了许多是是非非，好像与世隔绝似的，总算找到了一块属于我们居住和生活的安静场所。也许，父亲盖这套房子根本就是为了母亲，他不想生活在指指点点的村人中间，当然最重要的是他深知自己不能改变母亲。我们的新房子一下子跟村里的那些住户拉开了距离。那时候，我母亲正挺着大肚子，等待她一生中的最后一次分娩。就在这年盛夏，母亲终于顺风顺水地生下了弟弟——家里就有了第五个孩子，这是我们家的大喜事。这一年其实还发生了很多事，唐山大地震，几位伟人先后逝世了，我们似乎也跟着大人们一起悲伤。

住进新房子以后，母亲再也不用东奔西跑地去外面唱戏了，而是跟我外祖父潜心学了一半年裁剪手艺，再后来她就回到大队服装加工部正式做了一名裁缝。外祖父当年是银川红旗服装厂的老裁缝，大伙都管他叫莫师傅，手艺应该不错，遗憾的是我们好像没有穿过他亲手做的衣裤，倒是母亲后来成为远近闻名的莫裁缝，外祖父当然功不可没。

那时候我们都还不曾想过，母亲为什么突然会放弃舞台和戏曲，而是心甘情愿做一名一年四季都忙忙碌碌地为别人做新衣裳的女裁缝。或许，她不想再看婆婆阴沉的脸色，或许是父亲在夜深人静孩子们熟睡之际，做通了她的思想工作。总之，此后的数十载光阴里，母亲几乎把所有精力都用在做裁缝活上了，直到十年后那家服装部关门歇业，她也没有停止过这项日渐熟稔的手艺，母亲后来就在家里干起了服装个体。

前面说过，我们家当年人口最多的时候，每顿饭足有十多个人围在一起吃，这里面至少有三个大姑娘是母亲招收来的女学徒，她们基本上都是远房亲友家的孩子，我们家负责管吃管住。这都是改革开放以后的事了，那时到处都在提倡发家致富，说起来母亲算是头一批下过海的手艺人。

还记得那时母亲给客户缝一身衣裤，最多能挣八块钱，上衣五块，裤子三块。有时对方还讨价还价，两块半手工费即可以缝一条料子裤，现今听起来简直像天方夜谭。那时，我们上学交学费买文具什么的，都向母亲张嘴要钱，她心情好的时候，往往会多给几毛零花钱的。那时，母亲的手艺早远近闻名了，十里八乡的人都来求她做衣服，可谓趋之若鹜。每天放学回到家，几乎都能看到客户来去的身影，或在衣柜前试穿崭新的衣裤，或耐心等待母亲为他们量体裁衣。母亲埋头干活的时候，嘴里往往不停哼唱着当年演过的戏文，《苏三起解》《辕门斩子》《穆桂英挂帅》等等。这种时候，母亲完全不在乎我们进进出出吵吵闹闹，她的世界凝固在飞针走线的布匹里或脍炙人口的戏曲当中。有一点至今我们也很佩服，那就是母亲绝对心灵手巧，她总是能把自己喜欢的事做到完美。这可能也是我们穷其一生也很难达到的吧。

关于母亲的执着的性格问题，似乎还可以作如下两点补充。

一、父亲在世的时候，母亲做梦都想把自己留了二三十年的长发剪去，怎奈父亲传统观念极强，认为女人要有女人的样子，剪短了头发像个炸毛鬼，她始终没能如愿。母亲一直盘着她不喜欢的发髻，直到1990年父亲离开人世，母亲才终于实现了自己的短发梦想。想一想，母亲其实也活得很压抑，发肤受之于父母，主动权却始终掌握在自己的丈夫手上，这件事父亲若在天有灵，应该向母亲检讨一二。

二、母亲一直是个很爱美的女人，当然也想穿一穿漂亮的裙装，她甚至跟我们的大嫂合谋过一次，婆媳两人居然在同一天穿上了由她精心缝制的齐膝裙。这事惹得父亲大为光火。我还记得父亲当日气不打一处来的样子，甚至不顾我们都在场，几次三番在饭桌上下达了他的最高指示：明天看谁再敢穿上，我非拿剪子给铰了不可！此话掷地有声，我们个个提心吊胆。翻过天，大嫂果然没再穿那条裙子，毕竟她是儿媳妇嘛，母亲却依然如故。我们都觉得母亲十有八九是疯了，竟敢公然同父亲叫板！可偏巧那天父亲外出吃席，回到家已酩酊大醉，大概顾不得朝母亲的腿上看了。说心里话，我们觉得母亲穿裙子并不十分受看，因为她身材一直偏瘦，个头也不很高，倒是大嫂应该常穿的。

我们不得不将诊所的大夫请来，在家里为母亲把脉问诊。大夫初步诊断为降压药吃得不合适引起的不良反应，建议最好带老人到大医院检查检查。几经软磨硬泡，好话说了一箩筐，我们甚至跟她老人家说笑，就算是要去极乐世界，咱也得健健康康地去，别到那边给菩萨添麻烦，佛祖可是管着普天下的芸芸众生呢。母亲后来总算勉强点了头，儿媳妇们又乘机哄着她脱掉了那身看起来有些阴森森的寿装，换上了平日出门的衣裤。

医院到处都是歪歪扭扭的病人和陪同的家属，母亲被儿女们簇拥着，汇入熙熙攘攘的人群中。我忙着排队挂号，队伍龙蛇似的长得吓人，偶然回头，望见母亲所在的角落几乎被人头淹没，她看上去那么瘦小羸弱，头发上闪着灰白色的光，她似乎真的是老了。

上下楼折腾了两个来钟头，包括心电图等常规项目几乎都走马观花地过了一遍。临到验血的时候，母亲确实有些紧张，她这个人一生都最怕见血，年轻时家里宰只鸡，她都不敢正眼瞧。当抽血的护士把那只装满了血的试管递到她手上时，隔着玻璃窗母亲大概没听清对方说什么，便误以为自己的血出了很严重的问题，惶惶地走回来，双手抖索着将试管交到我手上，紧锁着眉头十分忐忑地说，妈怕是不好了，人家把血都退回来了。

我们都笑她，说才刚抽了血，根本还没化验呢。她将信将疑地看了看我们每个人的脸，像是要搜寻到确凿的证据，半晌才舒了一口气。等血样化验结果出来，竟然出奇的好，用大夫的话说，母亲比很多年轻人都健康，我们也都如释重负。后来主治大夫只为母亲开了一些降压和调理之类的药，嘱咐她平时要多注意休息，还得适当地去户外散散步锻炼锻炼。

从医院回到家里，一进门母亲便如梦方醒地叫了声："噢，妈都病糊涂了，今早出门竟忘了给佛爷上炷香，罪过，罪过……"一边嘀嘀咕咕，一边忙净了手，然后虔诚地跪在家中的小佛龛前，又是烧香又是祷告，还接二连三地磕头。

　　这种时候，母亲似乎完全忘记了自己的身体不适，一味地沉浸在另外一个虚幻缥缈的世界里，那是我们一时半会儿所无法领悟到的。或者说，不是每个人都有母亲这样的造化。

　　前面提过，母亲一直是个记忆力超强的人，从早年间记各种戏文，到后来帮人家记精确的衣服尺寸，可以说只要进到她脑子里的东西，从来不会轻易忘掉。到现在她已能够极其流利地背诵《心经》《大悲咒》《地藏王菩萨经》等佛经，她还经常受邀去附近的寺庙里参加各种道场法会。也许是年轻时唱戏吊过嗓子，这个功底对她念经大有好处，别人都夸赞她念的跟唱的一样好听，都说佛音即妙音，这一点上母亲应该很自豪吧。目睹母亲有板有眼地做着那些烦琐的佛法功课，我倒是很希望她的向佛之心能够被神通广大的佛祖知晓，至少，能保佑我母亲大人往后健康平安。

　　看母亲暂时并无大碍，兄弟们都陆陆续续忙各自的事情去了。母亲这边就显得异常宁静，房间里飘荡着袅袅的焚香之气。我们也打算在天黑前赶回省城去，女儿马上就要正式开学了。此刻，母亲将孙女很留恋地搂在怀里，一个劲地亲小家伙的脸蛋儿。

　　过了一会儿，母亲径自去卧室翻箱倒柜，后来就把朱红色的房产证翻腾出来递给妻子。然后，她一本正经地对我俩说："妈这两天跟你那些哥嫂们都商量好了，将来妈不在了，这套房子就留给你们，证书从今儿起就由你们两口子收着吧。"

我和妻子甚感意外，忙一同说："妈，你健健康康的，说这些多不吉利。"母亲似乎没听见，又从自己裤兜里摸索出一串钥匙，再从匙环上取下两把多余的房门钥匙，塞到我俩手里。"人老了，迟早都得走那一步，好好拿着吧，这样妈也就没啥牵挂了。"金属钥匙带着母亲的体温，被我们谨小慎微地攥着，很快就潮乎乎的。母亲做这一切的时候，显得那么风平浪静，好像这种事跟遗嘱之类的丝毫不沾边儿，她只不过将很稀松平常的物件交给我们保管。

我忽然间意识到，做母亲的真是煞费苦心啊，即便是生一场大病也不能糊里糊涂，得时刻惦记着自己的儿女们。或许，她也是想借这样一次机会，趁自己清醒着，来了却人生的最后的一个心愿。说心里话，我们不想在这种时候接受母亲的任何物件，毕竟母亲吃斋念佛，儿女们都盼望她长命百岁呢。可是，我们谁也拗不过母亲，因为她这一生决定过的事情，通常都是难以改变的。

母亲交代完一切，便轻轻舒了口气，手指又灵活地搓动着檀香木念珠，阿弥陀佛阿弥陀佛地娓娓念诵起来。冥冥中似乎觉得，母亲已跟我们隔开了，她似乎在另一种境界之中，而我们只能在这俗世中抬头仰望。

袜子洞

头一回去那种地方，离退休整整还有两个礼拜。

怎么说呢，他这人大半辈子都谨小慎微，可以毫不夸张地讲，就连放个屁也从来不敢张狂一下。跟他在一起的同事都觉得，这人做什么总是那么悄无声息的，每天悄无声息地上班，来了就悄无声息地坐在桌前，然后悄无声息地忙着手头的工作，接电话也是那么悄无声息的，好像在跟谁窃窃地说着悄悄话，离开办公室还是那么的悄无声息，不易引起任何人的觉察，只有领导或别人当面吩咐他去做什么的时候，他才有那么一丝响动，但还是悄无声息的样子。在这种悄无声息的来去中，有一件事却是雷打不动的，那就是每天一到单位，他先要悄无声息地套上那对灰不溜丢的老古董似的迪卡布袖套，离开时同样悄无声息地再抹下来，叠得齐齐整整，才装进抽屉里。偶尔，他的情绪激动了那么一下子，不过是把眼睛睁得比平时圆了一些，将眉头拧得紧了一点儿，至于高声大嗓地嚷嚷几声，于他来说那是绝无仅有的事。时间长了，遇有吃喝玩乐之类的集体活动，大家基本上都不爱叫他，知道叫上他尴尬得很，他自己拉不展，别人看着心里也怪别扭的，那样，简直会败坏大伙欢乐的情绪。

或许，正是考虑到他就要离开这个集体了，想想一起共事那么多年，这次如果再不叫上他去乐一乐，于情于理都是说不通的，毕竟，像他这样的铁杆老革命，是走一个少一个了。下班前，主任满面春风地来部室打了一头，笑嘻嘻地说晚上要去聚富宫放松放松，大伙顿时跟小学生似的雀跃起来，好像老师当堂宣布临时放假的喜讯，而且，还大发慈悲不留一个字的家庭作业。聚富宫算得上是城里新建的豪华洗浴餐饮场所之一，仅外装修已是金碧辉煌，据说里面跟皇宫一样富丽奢华。主任说话间，忽然就绕到那张悄无声息的办公桌前，他对同样悄无声息正低着头摘那双老古董袖套的人说：

"老马，你也跟家里打声招呼，咱们一起去吧，洗洗澡，吃吃饭，那里环境相当不错的哟。"

大伙一时间都收束住笑，纷纷扭头莫名地瞅瞅主任，又瞧瞧老马，感觉今天有些不太对劲儿。"谢谢主任了，我就不去了吧，你们好好玩，我还得顺路捎点儿菜回去……"他的声音小得跟蚊虫哼哼相仿，听起来有些费劲，唯恐其他人也听得到。不过，大伙倒是立刻又把悬着的心放回肚子里，知道他向来是不去那种场合掺和的，这是惯例。

"不成不成，今儿无论如何都得去！人家那里都是自助，个人吃个人的，你尽可以随便些。"主任似乎有点儿心血来潮，偏要强赶这只老鸭子上架。大伙见势，也都跟着七嘴八舌一通附和。

"去吧去吧！潇洒一下嘛！不就是洗个澡吃顿饭，要不了你的命！"

"老马，都干了一辈子革命工作了，也该好好享受享受生活嘛！"

这感觉好像突然意识到，老马这个人的重要性了，他若执意不去的话，肯定会为今晚的欢聚留下天大的遗憾。

事情往往这样。这样的事情其实每天都在发生，有时候也就是领导一句话，只是今天正好落在老马头上，不管他自己乐不乐意。主任自己开车拉着两位漂亮的女同事先行一步，其余的人随后打的去。打车不成问题，问题是老马还有些茫然无措的样子，介于举棋不定之间。可是，主任临走前分明郑重其事地发了话，让他们务必把老马捎上，不得有误。于是，简直形同绑架，推推搡搡，不容分说，死拉硬扯，总算把他塞进了出租车里。

四个人同乘一辆车，老马被挤夹在后排座正中间，生怕他半路逃跑了似的，实在有点儿憋屈，几乎喘不上气来。上车后，三位同事就不太在乎他了，他们欢天喜地地说着男人感兴趣的话题，谁谁谁买了辆新款凯美瑞，谁谁又换了四室两厅的大房子，谁家老婆在网上被人晒了艳照，尽是些乌七八糟的事，跟他没有半毛钱关系，他始终眯缝着眼，或者，打瞌睡似的充耳不闻。下车时，同样又是七手八脚拉拉扯扯，好像他是一个极其重要的人质，尽管看上去碍手碍脚，可为了某个不可告人的目的，大伙一路还得尽量迁就着他。

"要不，我还是回了吧，家里还等着我煮饭呢……"刚一下车，他又犹犹豫豫嗫嚅起来，一副又无辜又无奈的模样。可已经到聚富宫门口了，大伙不可能前功尽弃，万一放他走了，到时候主任怪罪下来，哪个愿意担当责任呢。"走吧，走吧，好我的老马，今天你偏偏不做这顿饭，就不信你家老婆还能把锅吊在房梁上！"这话虽然听起来有些夸张，可他的确做了几十年的饭，已经习惯了，少做一顿饭，他会觉得这一天缺少了什么章程，会浑身都不自在的。生活就是一种习惯，习惯就是生活的哲学，就像他老婆平时吃惯了他做的饭，少吃一顿，肯定也会感到浑身都不自在的，说不定还要跟他怄气。

彼时，主任早办好手续先进去了，他们几个在前台领取了贵宾手牌，换上拖鞋，在彬彬有礼殷勤备至的服务生的引领下，乘电梯到地下一层男宾部。在电梯里，大伙不约而同地注意到，老马的两只袜头上居然有一大一小两个破洞，脚趾欲露未露地在洞口蠢动，好像几只白色的耗子，鬼鬼祟祟探头探脑。人在电梯里，才发觉世界变得超级狭小，目光不是朝上就是向下。他自己也发觉了，便一个劲龟缩着脚趾，生怕不小心把那些耗子放出去乱窜，引起一场不必要的骚乱，叫人厌嫌；有时，又恨不得像芭蕾舞演员那样，把所有脚尖立起来加以遮掩。同事们会心地相视而乐，似乎是，洞察了他犹犹豫豫不肯前来的小秘密，一个个心里好像在说："这个老马，真有他的，袜子破成那样，还好意思出门上班！"他委实懊得慌，毕竟这里是公共场所，穿着破袜子满世界招摇有碍观瞻，早上起床时，老婆明明递给他一双洗干净的，嘱咐他换上，也许自己真的老了，总是丢三落四的。此刻的懊恼就像袜子洞，也在他心里钻了个不小的窟窿。好在电梯速度极快，眨眼已到了更衣室，大伙开始窸窸窣窣宽衣解带了。

　　总算暂时逃离了大伙的视线，他一低头，先把那双袜子迅速扒掉，然后将它们揉成团，见不得人似的，顺手塞进裤兜里，这才慢吞吞地一边解衬衣的扣子，一边用目光怯怯地打量四周。更衣间被整齐有序的高大衣柜分割成一档一档的单个空间，与大型超市的货档相仿，脚下是软绵绵的地毯，中间安放着真皮的软榻，榻上覆盖着一层雪白雪白的浴巾。他的屁股只象征性地挨了那么一个小角坐下来，否则，他简直觉得，对那晃眼的洁白是种莫大的亵渎。手指略微有些颤，像在解陌生人的扣子，皮带轮有些松动，不知什么时候竟已脱开了，裤子上的那条小拉链却跟生锈了似的。关键时刻，拉链头又被可恶的线头卡住了，这东西总是那么讨人厌，僵死在中间，既上不去，也下不来，就像一个人高不成低不就的窘况。他不得不埋起头，一门心思对付它。好在，此刻他并不需要方便，否则那简直能活活憋死人。同事们早已脱得精光，彼此正说说笑笑朝浴池方向奔去。他低头拼命折腾拉链的时候，忽然意识到，自己已经很久很久没有进过一次公众浴室了，或者说，这样当着众人面大张旗鼓地脱裤子已久违了。

早先家里还没有装淋浴器，每次洗澡都得去公共澡堂的。那时街上的澡堂都还相当简陋，不过是个里外大套间，水泥地板，石灰墙，外间通常挨墙放着一排漆皮剥落的木头柜子，柜底满是像小孩撒过尿似的印记；地当间横竖不均地摆放几张长条椅，脚底下一年四季又湿又滑，像泥鳅的背，弄不好就会吧唧跌一跤，摔个四脚朝天；椅子通常不够用的，况且，总有人大大咧咧霸占在上面，吸烟或一味闲扯，害得大伙只好玩金鸡独立，将后背紧紧靠着柜门，跳着脚匆促地套着秋衣秋裤；里间门口永远挂着那么半截白布门帘，舍不得那点儿布似的，还总脏兮兮的像片尿布，剩下的半拉空间，总是被白茫茫的气雾填充；人进到里间，迎面是个四四方方的大水池子，池壁贴了小块的白瓷砖，可池水已经变得混浊不堪，里面跟煮饺子相似，晃动着黑压压的一片脑袋；最里面靠墙会有一排淋浴器，数量十分有限，莲蓬头上永远都水锈斑斑，黄兮兮的，几乎看不出金属的原色；另外，还有那么两张陈旧不堪的搓澡床，总有肥硕的身躯死鱼样或趴或躺在上面。澡堂里都有专门负责搓澡的老师傅，寸头肉脑，身材壮硕，正呼哧呼哧趴在那人身上干得起劲，蚯蚓似的肥泥捻儿争先恐后地往下滚爬，落在湿淋淋的地板上，会有吧嗒吧嗒的响声，人踩上去黏糊糊的，像踩到了肥胖的毛毛虫，直粘脚心。

他一面胡思乱想，一面蹑手蹑脚尾随在几个大腹便便的浴客身后，神情凄迷而又孤单，朝那氤氲着茫茫白雾的金色大厅踱去。刚才在那条拉链上，差点儿没把吃奶的力气都使上，很多时候人就是这么莫名其妙，在一件看起来微乎其微的小事情上，往往要花费巨大的代价，拉链头到底把他的手指划破了皮，一滴血涌出来，他龇了龇牙，赶紧用嘴巴去吸吮。大厅里到处都是美轮美奂的壁灯、吊灯和高大阔气的罗马立柱，到处是拱形的门廊以及雪白的人体雕塑、大幅的西方裸体壁画，像什么温水浴、热水浴、冲浪浴、干蒸房、搓澡间、按摩室应有尽有，还有玉石指压、皇家足浴、泰式理疗、藏药艾灸、精油开背，更是层出不穷。他简直不敢想象，洗一个澡会有如此繁多的名堂。还有那些垂手侍立的服务生，显得谦卑而又温顺，当他们笑容可掬地问候"贵宾您好、欢迎光临"的时候，他几乎有些不好意思起来，这种难得的礼遇实在叫人招架不住，他无法习惯光着身子跟人打招呼。如果不是鼻孔中不时嗅到一阵阵沐浴香波和洗发液的浓浓气味，他真的误以为，自己走进了某个神秘的皇宫了。

大庭广众之下，手里仅仅抓着一条雪白的干毛巾，像临时上台的替补演员，被导演随手塞给他的一个可有可无的道具，当别人的目光似有若无地瞥向他时，才猛然意识到那份捉襟见肘的恐慌与羞怯。过去到公众浴池，他往往会多带一条裤头以便最后换上，这样一来，他就不必将自己剥得一丝不挂，不管什么时候，能为自己留下最后一块遮羞布，总归是好的。虽说到这种地方就是来洗澡的，可难免会遇上一半个老熟人，彼此赤身裸体照面，那感觉总是怪异得很，打招呼时，眼前老晃动着一摊光溜溜的肉身，不管张嘴说什么，都不是那个味儿。当年，他还会随身带一块小肥皂，都是家里用剩的那种小块，得从头到脚打上一遍皂沫，认认真真搓洗完自己，还不忘将身上的脏裤头脱下来揉洗干净。那时的澡堂就是那么简朴单纯，那时洗个澡也是那么直截了当，浑身上下清清白白便好。

此刻，当他身处这样一个陌生得有些怪异的环境，忽然就感到一阵莫名的落魄和惶遽了。眼前的一切都是那么富丽堂皇，叫人眼花缭乱，那夺目刺眼的灯光、那做工考究的装饰、那惟妙惟肖呼之欲出的女人雕塑，还有一池池氤氲着袅袅白气的清泉。似乎是，整个金色沐浴大厅里来来往往的浴客，每个人身上都穿着类似皇帝般的漂亮得体的衣裳，唯独他像个蹩脚的不知羞臊的小丑。尤其是当他发现自己下身的那原本吊儿郎当的玩意，竟不知何时变得直不愣瞪碍手碍脚时，他简直快无地自容了——都怪自己轻薄，刚才朝那逼真的女雕塑像上硕大的乳多瞅了两眼。

情急之下，他不得不用手里的白毛巾遮掩着那个要害部位，同时，跟落难似的向一旁紧走几步，然后不管三七二十一，就近仓皇地跳入那蓝莹莹的椭圆形水池中。顷刻间，密集汹涌的水流迅速将他裹挟，那灼人的热浪仿佛凶猛张开的虎口，将他完全咬噬住，一股股针扎般的刺痛洗劫了全身，他几乎在水中痛苦地尖叫起来——在某一瞬间，大脑一片空茫，眼前似有金屑银星不断飞旋滑落。当他垂死般奋力挣扎着劈波斩浪，才终于将已然烫得发红的身体露出了水面。他惊魂未定，逃窜般攀爬到池沿上，大口大口喘着粗气，浑身上下死里逃生般打着哆嗦。

怎么说呢，这感觉无异于被无情的黑白无常硬架着，猛地投进一口翻滚着油花的炸锅里，全身上下每一个细胞都被炸透了，煎死了，只要微微颤抖一下，从头到脚准会往下不停地掉肉渣子。他这辈子从来也没有想过，这该死的热水池温度竟然高到了这个地步！这哪里是洗澡啊，分明是像褪猪毛，活活要人命嘛！

池中早有人愤愤地斜眼瞪他。显然，刚才一进一出，动作幅度太大，想必那溅起的大朵大朵的水花，一准击落到浴客的脸上和身上，于是对方锁眉白眼，嘴角往下撇着，鼻孔发出不满的哼哼声。他倒是没太在意这些，而是完全被对方泰然自若地浸泡于热水池中的样貌惊呆了，好像是，这个温度根本不值一提，简直是小儿科，只有无知的乡巴佬和细皮嫩肉的小奶娃，才会那么大惊小怪不知所措。

本来，将要转身逃离热水池的老马，在陌生浴客鄙夷的瞪视下，忽然变得无动于衷，或若有所思了。有时的确如此，人总会为一些莫名其妙的不值一提的小事情明争暗斗起来，似乎谁也不想当着别人的面，承认自己先天无能，哪怕仅仅是面对这么一池烫人的洗澡水呢。所以，当老马发现浴客不屑一顾地撇开脸去时，他的内心突然萌生出另一个冲动，或者说是征服欲。他再次小心翼翼地扭转过依旧发红的身子，如临大敌般直面这一池叫他难堪却又不愿服输的热水。他的屁股在大理石台沿上慢慢地艰难移动，像极了英国那位鼎鼎大名的憨豆先生跳水的蠢模样，两只细瘦多毛的腿杆一点一点试探着插进池中，热度丝毫未减，依旧来得那么惊心动魄，可他几乎屏住气息，咬紧牙关，经过三番两次尝试后，终于，果敢地，将两条大腿乃至小腹慢慢地浸入水中。

有时，意志力这东西并不那么可靠，你想争强示勇是一回事，可生理反应却是另外一回事，丝毫不以人的意志为转移。这次，恐怕连老马自己也没料到，一个眼看熬到退休年纪的老头子，会突然小便失禁。当他以那种革命的大无畏精神，再度将自己脖颈以下彻底浸入水中之后，一股前所未有的尿意，竟铺天盖地迅猛来袭。其实，他已然意识到了，却为时已晚：一股焦黄焦黄的尿液，像是从屁股下面的大理石缝隙里一下子蹿了出来，然后渐渐沥沥没完没了。有好几次他想竭力遏制，甚至暗地里拿手去堵塞，却都无济于事，身体完全不听他的了。怎么说呢，他不但尿了个痛快，最后还毫无克制地放了屁，他羞臊地看到一连串古怪而荒唐的气泡咕嘟嘟地浮出水面。与此同时，他还注意到，池中的那名浴客突然奋力起身，掀起大朵大朵的水花，并恶狠狠地剜了他两眼，鄙夷地撇着嘴，骂骂咧咧跨上台沿，拧着肥硕的屁股，大摇大摆而去。

奇怪的是，当他的脸颊绯红了那么一会儿之后，对这池热水的温度已能基本适应了，不再像起初那样烫得心惊肉跳难以忍受。回想一下，自己少说也有十年光景没有这么畅畅快快地泡过一次热水澡了。而过去进公众浴池，主要是坐在大池子里慢条斯理地泡着，边泡边搓，直到皮肤发红，直到身上再也搓不下一捻儿泥垢，才去莲蓬头下淋那么一会儿。其实，当初的热水池也是非常烫的，少说也在四十度上下，一点儿也不比眼下差。看来，并不是水温的问题，而是自己的适应力太差了，连电视上不都说，人类正在慢慢退化吗？比如消化功能，比如生育能力，还说以后的人基本上不能长时间蹲着了。

　　还记得早些年，他老得领着几岁大的儿子一块去洗澡。儿子每次都迟迟不肯下水，忸怩着雀儿样的小身子，胆怯地瑟缩在水池边，嘴里老嚷着怕烫怕烫。他就拿手里的湿毛巾蘸了水，一下一下给儿子撩水擦拭，好让孩子尽快适应水温。儿子有一次不知怎么搞的，进水里半天死活不肯出来，他就督促别磨磨蹭蹭的，说洗完回家还得做作业呢，可儿子的小屁股像用三秒牌胶水粘在水泥台子上一样。

　　那一次，他都淋完浴准备穿衣服了，儿子还是迟迟不愿意出来，他很生气，过去伸手硬拉他。才发现儿子正垂着小脑袋，在那里悄悄抹眼泪呢，小脸憋得通红。他方知情况不妙。后来问之再三，才知儿子的小麻雀硬撅撅得像根筷子，儿子越是拨弄它，它就越发挺得雄赳赳的。他真是又好气又好笑，就说："你别理它，一会儿自己就老实了。"儿子将信将疑，再后来，他连扯带拽硬把儿子弄到莲蓬头下冲水，水温稍稍有点儿凉，儿子一挨水就打了个响亮的喷嚏。他嘿嘿一笑，指着儿子的两腿间说："看吧，一个喷嚏就把你的小麻雀吓跑了。"儿子很惊奇地盯着那个软塌塌的物件，一脸的迷惘。好像没过多久，儿子再也不跟他一同去浴池了。儿子似乎一下子长大了，有了很重的羞耻心，生怕大人发现了他身上的那些正在生长的小秘密。

"老马啊老马，你挺会挑地方嘛，我们还满世界找你呢，你倒一个人在这儿享受上了，好啊，好啊，这样泡着才舒坦……"

主任话音未落，同事们已簇拥着他来到热水池边。有人伸出脚尖率先探测着水温，嘴里立刻吱吱叫着："烫死了，烫死了，怎么这么烫啊！"显然这个温度需要慢慢来适应。因为尝过了水温，大伙似乎都对老马淡定的样子，有些刮目相看的意思。

"厉害呀老马，这么热的水你也能挺得住！"

"真是人不可貌相，海水不可斗量！"

"你们知道什么呀，人家老马这叫天生的皮糙肉厚，不怕烫！"

大伙听了都放肆地嘿嘿起来。他呢，则不好意思地往上抬了抬身体，算是跟大家打过招呼了。主任眯缝着眼说："你们一个个学得油嘴滑舌的，开玩笑也得有个分寸，别没大没小的！"说完，他一屁股坐在老马身旁的池台上。

这个人属于五短身材，近两年官场得意，人又发了福，以至于坐在那里好像抱着一个圆溜溜的大西瓜，小腹下攒了数道肉褶子，跟围着鼓鼓的泳圈似的。主任的忽然到来，让老马有些不知所措。他嗫嚅着说："这水可烫人，主任当心些。"主任像是没听见，只将双脚垂下去池去试水，间或弯一下腰，再用手掌掬些热水不紧不慢往身上洒着。或许是人太胖的缘故，他并没有那么矫情地吱吱怪叫，相反，脸上露出非常受用的神情。其他几位同事也都像主任那样依次坐下来，哗啦哗啦往身上撩水，也会故意使坏把水泼到别人脸上身上，彼此嘻嘻哈哈哈嬉闹着，集体活动理应亲密无间，毕竟他们都还年轻。看着这些叽叽喳喳的年轻人，老马又不由得想起了自己的儿子。

如今，儿子已在外地念了三年大学。就在上一个暑假，儿子居然领回一个水灵灵的大姑娘。儿子介绍说是他同学，人家想趁放假时间来咱银川玩玩，儿子当着女孩的面说，要带她去趟镇北堡影城和沙湖。他觉得有些不妥，就把儿子唤到另一个房间，关起门来细细盘问。儿子说："老爸你烦不烦，不就是一个女同学嘛，值得您老大惊小怪的？我们大学里都允许学生恋爱结婚了。"他说："男女授受不亲，人家一个黄花大闺女住在咱们家，将来还怎么嫁人？"儿子白了他一眼，撅着嘴咕哝道："老爸的意思是把人家撵回去？"他说："当然不是，实在不行的话，就在咱家附近给她登记个宾馆住下吧。"儿子乜斜着眼说："你纯粹是钱多烧的，根本没那个必要，谁又吃不了她。"他还想说什么，儿子已气哼哼地拉开门准备出去。老伴见他们爷儿俩闹得剑拔弩张的，赶忙进来打圆场："干脆晚上我跟人家姑娘住，你们爷儿俩挤一个屋吧。"儿子的头摇得像拨浪鼓，嫌他夜里爱扯呼，影响睡眠质量。家里连同客厅一共三个房间，条件有限。最后，在老伴的建议下，儿子临时睡了沙发，姑娘单独住一间，他们夫妻俩照旧。

头两天儿子睡得还算老实，倒也相安无事。可是第三天夜里，老马起夜时顺便扫了一眼客厅，沙发上竟空荡荡的，儿子踪迹皆无。他朦朦胧胧冒出了一身冷汗，忙蹑手蹑脚试探着去推姑娘的房门，该死，竟从里面给锁死了。他想叫儿子的名字，又怕三更半夜影响不好，迟疑半晌，只好返回房间将老伴弄醒，商量着看怎么补救。老伴迷迷糊糊的，半晌打着哈欠说："你个老不死的，不都打年轻时过来的嘛，咱儿子肯定是喜欢她，要不也不会领她回家来；再说，人家姑娘不喜欢咱儿子的话，也不会千里迢迢跟了来，你情我愿的事，就由着他们去吧。"他觉得老伴太宽厚太仁慈了，简直就是在纵容。他阴着脸说："咱当父母的可不能糊涂，毕竟还都是学生娃娃，咋能这么随随便便的呢？"

第二天一早，他真就去外面宾馆预定好了一个标间，非要请姑娘搬过去住，说那里条件好，住着舒心些。姑娘倒是没啥意见，一个劲说谢谢叔叔。儿子好像也没再说二话。可是，就在当晚，直到子夜一点半，儿子也没再回家住，害得他一宿没合眼，楼道稍有一点儿动静，他就跟老猫似的竖起耳朵听着。老伴就打趣他："真一个老封建，折腾来折腾去，反倒给他俩做了好事，活该！"后来他实在没辙了，只好又厚起脸皮，偷偷去药店买了两盒子避孕套，硬指使着老伴去交给儿子。他永远不会忘记，药店女售货员瞧他时的那副古怪眼神，充满了狐疑和戏谑的味道，好像他是普天底下最最不正经的男人。

主任此时并未参与到年轻人的嬉闹中，而是"扑腾"一声下水了。老马依稀听到主任大概也吱了一声，却是很轻微的，似被什么尖状细物猛不丁刺着了。不过，一看就知主任是经常泡澡的，经验非常丰富，因为对方自始至终也不像其他人那样龇牙咧嘴大惊小怪的。

"时间过得真快，说话间您老就要退了，还真有些舍不得啊！"主任睁开双眼，温和地盯着老马，好像他俩头次见面似的。"这两天一直在合计，你就要离开这个单位了，总得好好表示表示吧，我也正好想征求一下你的意见，看你手头需要个啥，我会尽量考虑的……说心里话，这些年对你关心不够，还请您老多多担待啊。"

怎么说呢，老马一点儿思想准备都没有，他完全没有料到对方会突然说起这事。主任比他至少小了一轮，在他眼里这个人很机敏，八面玲珑的，擅长走上层路线。平时他跟部里的大姑娘小媳妇关系也很亲密，群众基础也不错。而对待他这样的老同志，也就是见面点个头，更多的时候不苟言笑。事实上，这是个极爱热闹的人，时不时就要出去聚聚餐、唱唱歌什么的，这种时候老马又总不露面，所以，对于主任的了解也是一知半解，仅限于表面而已。现在人家突然很热情很主动地关心起自己来，无论如何都叫他有些受宠若惊了。

"有啥想法尽管提，咱们之间千万别客气……"这话说完，主任的整个脑袋突然就在他面前消失了。老马吃惊地盯着那一片正在不断冒着泡泡的热水。

其实，老马的表情既严肃又慌张，严肃得有些可怕，紧张得有点儿夸张。他也是忽然意识到一个十分严重的问题，就是先前自己出的那档子糗事。主任他们一伙刚才猛不丁走过来的时候，他还没来得及有任何反应。此刻，当他亲眼看见主任竟然一个猛子扎进这水池里，他才惶恐起来。毕竟大家伙同事一场，毕竟今天是主任好心好意点了他的名，又再三叮嘱同事们捎他过来的。最让他感动不已的，当然还有主任刚才那一席话，让他感受到那种来自集体的关怀和温暖了。受人点水之恩，总不能恩将仇报。他现在简直如热锅里的蚂蚁，良心突然受到前所未有的拷问和煎熬。他为人处事一贯笃信真诚和良善的原则，可以毫不夸张地说，他这辈子也没有跟谁撒过谎，丁是丁，卯是卯，坑蒙扯谎的事想都没想过。

扑哧——主任简直像一条神出鬼没的海豚，突然又从水面上蹿出来，同时，嘴里喷出一股细细的清泉。

"这、这、这水脏、脏了……不卫生！"老马几乎满脸通红地盯着刚从水中钻出的男人，磕磕巴巴地说。

"真他娘过瘾啊！"那双肥厚的手掌，自上而下抹着脸上密密的水珠。"你才说什么来着？我耳朵好像进了水，听不太清楚。"

"我、我、是、说……这这水好脏的！"他终于鼓足了毕生所有的勇气，喊叫起来，"主任，你可千万别再那样了，里面好脏的！"

"噢，这没什么的，我打小就爱这样。小时候那会儿，我父亲带我去浴池泡澡，我总是在大池子里胡乱狗刨，扑腾得到处都是水花子，有时把父亲惹火了，就想逮住收拾我一顿，我呢一个猛子栽进水里，憋住气半天也不出来，弄得他怎么也抓不到，哈哈，那阵子可真有意思。"

说到这里，主任很调皮地冲老马笑了笑，简直像个憨态可掬的大男孩似的。在单位多年了，老马似乎从没见对方这样坦诚地笑过一次，此时此刻，真有种坦诚相待的意思。主任说完话，便作势要再度扎进水里。老马赶忙抢先冲过去，一把抓住了对方的手腕子，那感觉就像是豁出去了，非要救人于危难之际。

"这，这都怪我，怪我没出息，刚才太狼狈了，没想到，水那么烫，我真是，该死！"虽然羞于启齿，但他总觉得不该隐瞒，有些话不说出去，会把人憋疯的。"我……我实在憋不住就……就……那个……了。"最后，老马的声音几乎小得像个害臊的姑娘在嗫嚅了。

主任的嘴角微微张了一下，表情多少有些怪诞，或者说，是老马那副吃了苦瓜似的古怪表情，把他给怔住的。与此同时，其他同事早都迅速反应过来，一个个简直像惧怕感染艾滋病似的，争先恐后地逃出水面，嘴里哇哇怪叫着，手脚飞快地爬上池台，第一时间冲到旁边的莲蓬头下，开始抓狂地淋浴起来。

主任半天一动不动，依旧静静地泡在水池中。摇摇晃晃的水面渐渐恢复了平静，满池水光简直蓝得有些耀眼。主任的脑袋突然一晃又一次消失了，老马紧张得几乎失声大叫起来："主任！主任你……我……哎呀！"好在对方很快就露出头来，依旧先用双手抹了抹脸，然后将湿漉漉的目光转向老马。

"其实小时候，我也老往这池子里尿，可从来也没勇气说出去，那时我总在瞎琢磨，别人是不是也像我这样？今天终于有答案了，哈哈哈……"

这种时候，他们谁也不再说话了，都被袅娜的雾气笼罩着，都若有所思地盯着那一池动荡不安的热水。唯独蓝莹莹的水面，还在神经质地晃荡。

到家后很晚了，屋子里黑得有些陌生，唯独墙上的石英钟，啪嗒啪嗒敲得起劲，还是往常的节奏。老伴一准躺下了。他摸着黑蹑手蹑脚穿过客厅，径自钻进卫生间里。站在那儿撒尿的时候，又无意间瞥见那几根露出来的脚趾，似乎是在聚富宫泡的时间太久了，脚趾白得邪乎，像一双妖怪的爪子，正在破袜洞里探头探脑，鬼鬼祟祟，看起来非常险恶，尤其是在这夜深人静时分。

稍一分神，竟又撒到坐便器外面了，而且还溅了一脚背。他不由得恶狠狠地骂了起来，操你娘的！这样怒骂的时候，他的心情简直坏到了极点，他觉得自己整个晚上都被这两样该死的玩意折磨着，龌龊的破袜子，还有淅淅沥沥不受控制的尿液，也许自己真的不顶用了，是该退休了。一旦想到人老了，会有那么多难以自控，会变得像个懵懂无知的孩童，他着实感到心慌了。

接下来，他甚至没来得及放水去冲便池，便一屁股坐在马桶盖子上，气急败坏地把两只脚上的袜子统统扯下来，想也不想就团成一团，然后极其厌恶地丢进纸篓内——这在他一生中也尚属首次，一双袜子穿破了，总是会补那么两回的，而且，十有八九都是他亲自动手。

有那么半晌工夫，他始终一动不动地坐在卫生间里，仿佛在很严肃地面壁思过，这一天的过失的确需要好好检讨。直到老伴在卧室里嘟嘟囔囔唤过他两次，他才如梦方醒地缓应了一声。可是，就在他起身的一刻，那种淅淅沥沥没完没了的湿热感又突如其来，他觉得自己的小腹以下，就像真的有根水管子出现了无法修复的裂缝，正滴滴答答滴滴答答不停地往外渗漏着。

　　深更半夜的，他突然有种要大哭一场的冲动。

别人的风筝

1

若不是追逐那只风筝，小庄注定不会一口气跑到这僻静湖畔边的树林里。

大金鱼风筝也是刚刚断了线。

起初，它在高空中还是强劲振翅英姿勃发的样子，后来忽然向一侧猛然倾斜，继而，又急剧向下翻转。那时，风头似乎起了变化，无缘由地，又像是谁给了它很致命的一击。于是，这只拖曳着长长红尾巴的大金鱼便一路翻卷急下，径直朝着东南方向旋落开去。

还是初春的一个礼拜天，早晚时节还有相当的寒意，只有午间太阳普照大地的时候，才会叫人感到春日的丝丝暖意。风总是没头绪地乱刮，若是站在屋舍或高楼的阴面，那冷凄凄的滋味真叫人禁不住要瑟瑟发抖。这节气放风筝的便会多起来，一时间燕子、老鹰、蝙蝠、蜈蚣、金凤、长龙……还有像刚才那只脱了线的红金鱼之类，或形单影只，或成双结对，都争先恐后点缀着春日寂寥的天空。大金鱼风筝颜色极艳。小庄最先看到它的时候，几乎被它的色泽刺着了双眼，加之彼时风头正健，他竟倏地闪出几朵泪花。大金鱼风筝飞得又高又远，已无法细辨那尼龙线绳的具体方位，就像它天生就该飞得那样高远，自由自在，毫无牵绊。

一开春，湖畔这里就成了男女老少放风筝的理想去处。湖水依旧冻得瓷瓷实实，冰面又坚硬又厚实，双脚踏上去仿佛置身于钢铁巨轮的甲板上，跑起来震得脚心生疼。孩子们在上面尽兴地推冰车、甩老牛；也有穿了冰鞋而来的业余滑冰爱好者，绕着巨大的椭圆形湖面，一圈一圈自由而潇洒地奔跑；当然少不了钓野鱼的，他们老早就来到湖中心，选定了恰好的位置，用钢钎子凿出水桶大小的冰洞，下了吊钩和诱饵。垂钓者则端坐于事先备好的一只小马扎上，眯缝着双睛，嘴角斜叼着半截烟卷，任凭那青烟在眼前缕缕飘升，摆出姜太公的那种淡然自若，有时跟睡着了似的，那些喧闹的孩子丝毫也打扰不了垂钓者内心的宁静。

树林就在湖的东南端，此时那些杨树河柳沙枣树都光秃秃的，树影孤绝黑瘦，去年冬天生就的虬枝枯杈，冰冷地刺向天空和四野。大金鱼风筝脱线后，让西北风裹挟着，一路吹卷到这地方。糟糕的是，它并没有立刻着地，而是被挂在一棵很高很粗的杨树上了。远远望去，简直就是一条被巨大的鱼竿高高钓挂起来的大鱼，有些奄奄一息，却又是那么的招人耳目。小庄抹了下眼睛，手背上有一丝清凉的液体，他顾不得多想，便撒开腿脚，朝的东南方狂奔过去。

身上还穿着毛衣毛裤，一双棉鞋也捂在脚上整整一冬了，鞋帮子早在年前就趿拉坏了，袜子头也破了好久。他的大脚趾天生就长，从小到大，所有袜子一沾到他脚上，准会先从那里顶破两个洞。母亲时常唠叨，说他是一头费缰绳的驴儿，衣裤上身总烂得勤快。他还不会缝补什么，如今母亲自身难保，也就管不了他许多，日子是将就着往下过的。他身上的毛衣毛裤还是母亲前些年身体没毛病时为他织下的。那时他刚被父母辗转接到城里，又总算是进了城郊的一所很不起眼的小学校。母亲说在城里念书得有个样子，不能穿得臃臃肿肿的，叫旁人笑话，便把父亲穿旧的毛裤拆洗翻新了，才给他添了这一身过冬的穿戴。

多数时候，小庄总是将自己的袜子左右脚倒换着穿，实在对付不了那些破洞，就由着脚趾露出去。此刻，为了第一时间撵上那只大红金鱼，他才不在乎鞋袜的尴尬状况。他跑得十分卖力，如同运动员听到起跑时的发令枪声，箭一般飞蹿出去。大金鱼在前方向他频频招手。早起时毛衣毛裤还有些难以抵挡料峭寒意，可此时一旦拼命跑动起来，它们就同蟒蛇缠身似的，捆得人浑身不自在，都快透不过气了。

风筝的确高挂在杨树上，犹如一面胜利的旗帜，不时随风飘荡着。金鱼那仿若鼓皮的身架，被几根竹撑子撑得饱满，就像它并不是被树枝钩住的，而只是在此稍作停留，随时都要展翅高飞。无论从做工、大小、绘图，还是面料和色彩来看，这都是一只叫他欣喜若狂的好玩意，他几乎能断定这只风筝至少得花二十来块甚至更多才能买得到。可问题是，这家伙也挂得忒高了！眼前这棵钻天杨有五六层楼那么高，树干粗壮笔直，从根部到树头分叉的地方，几乎完全是光溜溜的，连一点儿想用来借助攀爬的结疤都没有。

爬树之前，小庄先把外衣和鞋袜都脱了，光脚爬树相对要灵活稳便些。他可不想为了摘那只风筝，把自己仅有的鞋子也搭进去，想想鞋子若是张着黑洞洞的大嘴进门，母亲发现了不活活气死才怪呢。他知道她本来整日病歪歪的，根本受不得一丝气。接着，小庄朝自己两只手掌心啐了几口唾沫星，又拍了拍粗壮的树干，才抬起头不无怯畏地朝树头方向瞅了瞅。此刻，树林里寂静异常，唯独高悬在上的风筝时而随风摆动，时而簌簌有声。

虽说是正午，可节气毕竟还在春头上，光着脚站在地上的滋味有些让人惊心动魄。小庄最后龇着牙朝林子四周看了一圈，连个鬼影也没有。也许，失主早已放弃追寻这只金鱼风筝了，只是这该死的钻天杨着实忒高了。

2

金鱼风筝完好无损。小庄就没那么走运了。左脚心不慎被粗粝的树枝刮破了，血还汩汩地流着。

当他的右手好不容易颤颤巍巍够到上面的风筝时，毛衣底边恰好又给树枝死死勾住了，他却一点儿也不知情。等他迫不及待地顺着树干一气溜下来，整个人气喘吁吁背靠大树坐在地上的时候，才忽然发觉，一根紫红色的毛线正从高高的杨树头垂悬而下，就像是红风筝留下的蛛丝马迹。这件毛衣本来就小得可怜，又因为一圈一圈扯脱了线，毛衣几乎短得到了胳肢窝里，现在他的样子看起来简直跟马戏团的小丑差不多了。

小庄觉得自己活像一只丑陋的风筝，此刻正被什么人摆布着，而那个放风筝的家伙好像故意躲藏在某棵大树后，虎视眈眈盯着他望。那根长长的红线就系在他的胳肢窝里。他用力拽了好几拽，才算把毛线扯断了。再瞧瞧沾满灰尘和血迹的左脚板，这简直叫他懊恼不已。

嘴巴早就干得起了焦火。他用了很大力气，才往手心里吐出一小口白唾沫，然后他把唾沫全部敷到自己的伤口上，又轻轻摁着揉了揉，钻心的痛感再次袭来。他龇着牙抱起受伤的脚板，又细细察看起来。伤口就在脚心最柔软的部位，约有两寸来长，伤口向外翻开，那血洞深深不可测的样子。他咬了咬牙，从屁股下面抓起一撮干燥的浮土，用手指细细捻碎撒到伤口上，再用拇指一下一下按着，直到殷红的血将黄土慢慢渗透，又重复捻撒上去。过去他还在乡下的时候，遇到磕磕碰碰出血的情况，都是这么干的。

老人们常说土这东西最干净能止血，乡下人从生到死一辈子也离不开土的。可他就不明白，为啥乡下人都爱往城里蹿，就像自己的父母来了城里就再也不想回去种地了，他们总说种地没多大意思，一年到头起早贪黑的，连个零花钱也攒不下几块。不光他们不回去，到底还是把他也接来了。说心里话，他还没有喜欢上银川这座城市，这里的高楼、汽车、大商场的确很多很多，可一样都不属于他。而原先在乡下的时候，他感觉那个世界完全是属于自己的，一山一石一草一木都亲得很，至少在那种地方他从来不会害怕什么、担心什么，家里的日子虽不宽裕，可好像活得也不算太惨。

大红金鱼就在他眼前平静地躺着，它仿佛在湖里游累了才爬上岸来歇息的。那又圆又大的鱼眼，斑驳美丽的鳞片，还有长长的尾巴，简直活灵活现，跃跃欲试。狗东西，为你可没少吃苦头！这回你可是我的啦……心里这样想着，已摸索着套上了袜子，丑陋不堪的几孔袜洞，不论如何摆弄，都那么龌龊显眼。也就刚穿好棉鞋，忍着脚底的伤痛一点一点站起来，一片阴影忽然飘过来遮住了他。起身时，他顺手拿起大金鱼风筝，几乎是下意识的，想从那片突如其来的阴影里二话不说冲脱出去。

"你拿的好像……是我的风筝吧？"

阴影狐疑的口气多少显出几分怯懦。

他觉得自己应该立即走开，无须开口多言，因为他还没有学会如何单独跟一个细声嫩气的城里女孩子说话呢。

"没错！是我的金鱼风筝，我刚眼看着它往这边飞来的。"

女孩一直盯着他手里的东西，说第二句话时的口气已变得毋庸置疑了。他有点儿不知所措地晃动了一下手臂，几乎飞快地扫了对方一眼，目光马上又转视到自己手里的风筝上。

"凭啥说就是你的？"

他为自己瓮声瓮气的发问感到满意。

"我刚在那边没留心把线放完了，想再续接一轮新线，不小心没抓牢，它就朝树林这边飞来了……"

"你少跟我说那些……反正这是我的东西！"

未等女孩把话说完，他就斩钉截铁地打断了她。与此同时，好像为了确定这个事实似的，他低头看了看风筝，随即又垂下手臂，并迅速将风筝倒背到自己身后。

"这明明就是我的金鱼风筝，你这人……怎么能这样赖呀？"

女孩见状分明有些急了。

如果对方是个男孩子，或换成任何一个大人，他的口气都不会这样拗的。

可眼下，他真一点儿也不想跟这女孩啰唆什么。他扭过头刚往前迈出两步，脚下的伤口又疼得他龇牙咧嘴了。这让他不得不放慢脚步，或者，一跛一拐地像瘸子似的落荒而逃。

"你别走！"

"喂——快把我的风筝还给我！！"

女孩的声音猛地尖厉起来，她边喊边快步追上来，张开手臂拦住了他的去路。

"你有啥凭证非说它是你的？上面写了你的名字了，还是你能叫得应它？"

话一出口，他觉得昧着良心说话其实并不太难，只要脸皮厚些，口气足够强硬，或者，仅仅嗓门大点儿就行。他听父亲有时在饭桌上唠叨，说那些城里有钱人经常蛮不讲理，欠了人家工钱还跟爷爷似的。

"你——你——你是个无赖！"

"好啊，你说我是无赖，那我今天就当一回无赖。这风筝是我从那棵大杨树上摘下来的。"说着，他不无炫耀地给女孩指了指身后那棵高耸入云的钻天杨。"你要是也能爬得上去，那我就把它还给你！"

女孩根本没有心情去看那棵大树，而是恶狠狠地盯着他略带得意和狡黠的脸，好像要把他的模样吸进眼眶里似的。过了几秒钟，她的眼圈竟倏地红了，随即用一只手捂着嘴，脚步蹒跚地一路跑开了。

那一刻，小庄的心忽然不受控制地扑腾了那么几下。没有胜利者的喜悦，更不是快乐的源泉。他原以为对方会喋喋不休，会撕破脸跟他大闹一通，却没料到两人之间的对峙刚刚开始，便戛然终止了。

女孩的背影已渐渐远去，远处的天空中有好多风筝依然自在地飞来飞去。天色蔚蓝无垠，有阵阵鸽哨声传过来。小庄呆呆地张望了很久。半晌，才有些惶惑地举起他手里的金鱼风筝。

阳光下，这只大金鱼害了羞似的竟一片通红。

3

自从上次爬树左脚受伤后，很长时间小庄再也没有去过湖畔那边，当然也就没有心情去追寻别人放丢的风筝了。

父亲每日早出晚归。那片居民小区有二十多幢单元楼，每天产生的垃圾都堆成一座座小山丘等着他去打理。父亲蹬着三轮车，带上脏兮兮的铁锹和扫帚，一趟又一趟往返于小区和垃圾处理场之间。回到家，眼皮几乎都快抬不起来，往往匆匆扒拉两口饭菜，便倒头昏睡。父子间几乎很少有时间说句完整话。母亲整日病痛缠身，可还得强打起精神头，硬撑着给他们爷儿俩做顿热饭吃。

当然，小庄放了学一进门，就会给母亲搭手帮忙。究竟是男小子，家里的力气活都能干得了，比如提水、买米、买面、买煤、倒杂物、刷锅洗碗，等等。母亲白天洗完衣物，也要等着小庄回来给拧干了晾晒。这一点上，母亲稍感欣慰。小庄其实也不得消停，每晚都要趴在家里唯一的小圆饭桌上，写写画画，直熬到很深的夜里。母亲总觉得儿子不易，在城里念书还真是件很苦的差事，作业好像永远都写不完。

风筝挂在小庄睡觉时靠床的那面昏暗的墙壁上。鱼头朝上，尾巴自然垂悬下来，几乎落在了那张用废旧木板拼凑起来的小单人床上。当初，把他从乡下接来，一家三口便挤在这间不足十五平方米低矮的小平房里。父母将房间稍作改动，在屋子当间拉了一道布帘子，为他单独支起了板床。就连床腿也不过是废旧的木头箱子和几摞子砖头瞎凑合起来的。平时做饭都是在门外的窗台下生一只小煤炉，点蜂窝煤。吃饭呢，就在小庄的这个狭小空间里解决，因为他的床很小，让出的空地相对多一些。最重要的是，家里仅有这一张小圆桌，吃过饭小庄还得趴在上面对付作业呢，城里学校唯一不好的地方就是作业死多。

金鱼尾巴被小庄睡觉时扇被子卷起的风吹了起来，整个风筝仿佛蓄势待发，暗中鼓足了风力。小庄还是头一回如此专注地凝视它。那天从湖畔边回来，小庄总觉得哪里不太对劲。有时，又感到莫名的失落和怅惘，明明白得了一只很漂亮的大风筝，可他却无论如何也快活不起来。

就在头一天，小庄所在的学校组织学生在操场举行放风筝比赛，班上别的同学都带了各式各样的风筝，一群老家雀似的集聚在操场，叽叽喳喳，吵吵闹闹。唯独小庄独自站在人群外，只是远远望着欢呼雀跃的同学，还有已经放起来的各色风筝发呆。老师要求每个人都得带一只，小庄本来可以带上大金鱼的，可临出门前又将手里的东西款款挂回到墙上。老师大概也知道他家的情况，农民工子女嘛，又是城边子上的三流小学，当和尚撞钟罢了，只要学生不调皮闯祸，很多事情也就睁一只眼闭一只眼。

夜晚，墙壁上的那只大眼睛总无时无刻打量着小庄，好像它也洞悉了所发生的一切，明了他满腹的心事。小庄猛地从被卷里翻身而起，疾喘不休，目光有些胆怯地看着那风筝，又急忙撇开头去，复又倒身躺下，同时，拿被头蒙住头脸。但在近乎窒息的黑暗中，那鱼眼愈发明亮，且愠怒异常，继而泪光点点，眼圈泛红了……

小庄忽地又拨开被子，腾一下坐起来，随后径直去摘挂在铁钉上的风筝。由于用力猛了，身下的床板吱吱叫了起来，又搅扰了邻面刚刚睡下的父母。"你小子翻腾啥呢？不好好睡觉！"父亲不满地嘟囔起来。小庄吓了一跳，忙屏住气息，复又轻轻躺下，随手将那只风筝塞到床板底下了。事实上，那天从湖畔回来，他也是这样悄无声息地将脱了线的毛衣藏在床板下面的。

父亲沉重的鼾雷此起彼伏。母亲的老病一定又犯了，正咬紧牙关，哼哼唧唧，佝偻着羸弱的腰身，如煎炸在油锅里虾似的。或者，她又把被子窝成一团，紧紧顶在自己的腹部，汗珠子不停地滚落到枕巾上。疼得再厉害了，她就摸黑吃上一粒去痛片。当初，母亲身子还硬朗的时候，每日天蒙蒙亮就爬起来，到附近的小街巷赶早市摆小菜摊。蔬菜都是父母头天晚上从郊区菜农手里用很低的价批出来的，早市小菜摊就摆在街路两边，城里人爱图方便，他们一早下楼来锻炼完身体，顺带着把一天要吃的菜买回去。这样虽说奔波劳苦，可总比在正规市场租赁摊位实惠得多。

不知何时，小庄终于停止了无谓的挣扎入了眠，冗长的梦魇却又死死缠住了他。眼前蹿来一条似鱼非鱼的怪兽，张开血盆大口，白牙狰狞，嘶嘶吼哮……

4

父亲干活时腰扭岔了气，疼得嘴里整天咝咝响。恰逢放"五一"小长假，生活垃圾比往常堆得尤其夸张，本想请个假歇缓一半天，可雇主不允，让他好歹先克服克服。父亲只得硬着头皮蹬上三轮车出发。母亲忐忑不安，就对小庄说："你快跟着去，也好搭把手。"小庄便撂下手里的书本，一溜烟跑出屋子。母亲还是不放心，又跟在后面叮嘱，千万别让他累着了。

那些堆山填海般的垃圾，让每幢楼前的垃圾箱均物满为患、臭气熏天。父亲弯腰已十分困难，整个身子都直戳戳的，自始至终汗珠子噼里啪啦滚豆一样落。小庄还是头一回跟父亲干这种活，一阵阵恶臭简直要把他熏趴下。他皱着眉头尽量屏住呼吸，专门去捡起那些塞得满当当的塑料袋，然后一只一只扔进车厢里，剩下的零碎杂物，则由父亲用铁锹一下一下来对付。之后，小庄拿起扫帚将垃圾箱周围打扫干净。

她是在他们父子俩忙活的时候出现的。

准确地说，当时那个女孩神色慌张地从一个单元门洞里飞奔而出，一下子撞在了埋头干活的小庄父亲身上。小庄看见父亲趔趄着，斜身跌靠在三轮车一侧，嘴里发出一连串痛苦的呻吟，"哎哟哟……我的腰要折了……"父亲绝望地龇着牙，一手抓住三轮车扶手，另一只手搭在腰间痛苦地揉捏。

小庄气不打一处来，出门时母亲嘱咐他要照顾好父亲的，没想到半路竟撞上这么个冒失鬼。"喂，咋不长眼睛，你瞎跑啥？！"

女孩仿佛刚从噩梦中醒来的样子，一时间还未回过神来，她只是无比焦急地朝四下里不停张望着，好像在找寻什么人，眼神充满了不安和迷茫。

这阵也就清晨八九点钟光景，由于节假日，楼下的空地和甬道几乎看不到什么人影，城里人还在尽情享受懒觉的滋味。

女孩四顾无援，她又往前跑出十来步，忽然才意识到什么，急忙转身又跑回到小庄父亲身边。"对不起，对不起……大叔，你能帮帮我吗，我爷爷倒在房间里，好像快不行了，求求你了，爷爷要是有个三长两短，我可怎么办呀！"女孩说着，忽然跟抓住了救命稻草似的，死死拽住了父亲那只脏兮兮的手。

小庄也是这一刻猛地认出对方来的，她就是礼拜天在树林里向他讨要风筝的女孩。

他简直不敢相信自己的眼睛，可事实又不容他置疑，这个曾骂他无赖的女孩就站在父亲面前，苦苦央求着，几乎快要哭出声来了。他当然不会认错。其实，自打那天他拿走了金鱼风筝，这个眼睛大大的、口气多少有些傲慢的女孩就深深印在他的脑海里了，只要闭上眼睛，她准会不期而至。有许多次，他甚至在课堂上莫名其妙地想起了她愠怒的模样，脸皮悄然发烫，思想开了小差，被老师当堂罚站。

就在小庄胡思乱想的工夫，父亲竟然爽快地答应了女孩的请求，已经扔下他跟随女孩一前一后走进了那个单元门洞了。

小庄半天不知所措，甚至想在她没有认出自己之前，赶紧逃之夭夭吧。可他毕竟是跟来做帮手的，父亲腰疼得那么厉害，再说他们还有好多活要干的，他怎能一走了之呢？小庄前思后想，左右犯难。可能人家也许早就忘了那件事了，至少刚才她确实连看也没看他一眼，听她说家里还有个病危的老人，哪里还顾得上这些鸡毛蒜皮的事呢？侥幸地想到这里，小庄总算鼓起勇气，亦步亦趋地走进那楼门洞里。

小庄刚犹犹豫豫刚走完楼道的第一组台阶，便听见一串重重的脚步声由上而下砸落下来。父亲负重而来的脚步中透出腰痛难忍的哼哧声，女孩早已经呜咽起来，其间，夹杂着她不时呼喊爷爷的悲伤泣音。很快，小庄看见父亲背着一个奄奄一息的老人，脚步踉跄地走下楼来。他急忙贴着墙壁让开道，父亲身上的汗馊味，母亲亲手贴在他腰间的麝香膏味，以及老人身上沉郁而腐朽的草药的苦涩气息，几乎一股脑地钻进了他的鼻孔里。

当女孩最后经过他身旁的时候，一丝淡淡的类似水果味的清香，才让他从木讷中回过神来。他忙飞快地跑出楼道，三步并作两步撵上了前面的父亲，尽可能多地从身后给父亲搭把力气。

5

真不明白一切是怎么发生的。冥冥中，小庄又似乎感觉到，正是那只风筝，将一根看不见的绳线带回家来，它的一端系着那个女孩，另一端则牵扯着自己一家。这回父亲彻底累垮了。帮着女孩把爷爷送到附近的医院，父亲回来就不能动弹了，他的腰没有丝毫知觉。父亲早私下里交代过小庄，压根不让他在母亲面前提及此事，生怕母亲会抱怨。

出门前，小庄悄悄地将床下的风筝取出来，拆掉支撑风筝的几根竹竿子，然后小心翼翼地把它收卷起来，塞进书包里。放学后，他直奔那家医院，可护士说病人早已经走了，也说不定是转到别的医院去治疗了。医院里的药味让他透不过气。当初母亲犯病的时候，也在医院住过一阵子。一进去先交了两三千块押金，不足三天时间，那些钱就没影了，护士大声嚷嚷着叫家属赶紧补交，不然就要停针停药。父亲把家里仅有的一点积蓄都取出来，也没能抵挡几日。母亲死活不肯再住下去，说天天白白花钱，有那些钱能买多少好吃的好穿的，强比在这医院里整天又检查又化验的活受罪。母亲狠下一条心，忍着胃里那个据说有小核桃大的瘤子的折磨，一个人偷偷溜回了家。父亲后来就算说破了天，她也不肯再上医院去，说什么死也要死得踏踏实实的。

这天晚上，小庄跟往常一样趴在桌上写作业，翻书包时先摸到了那被卷成团的风筝。他小心地拿出来，慢慢地将它舒展开来。灯光下，风筝变得熠熠生辉，活像一条大鱼静静伏在桌面上。不经意间，小庄突然有了新的发现：就在那风筝面上，竟写有两行娟秀的小字，笔迹在布面上略微洇开，看起来模模糊糊的，但仔细辨认还是能认得出来：

祝爷爷身体快点儿好起来！

也愿风筝能带走爷爷的所有病痛！！

小庄的手不由自主地抖索起来，仿佛那双手沾满了病人的血迹。他始终默默地盯着那两行秀气的小黑字。刹那间，一股前所未有的愧疚感涌至心头，开始强烈地撞击着他的每一根细小神经。他眼前又电影镜头般浮现出女孩拼命跑出楼门时惶恐无助的神情。他忽然意识到，自己的父亲是这天底下最好的一个人，他真的发自内心地感激他，那天若不是他肯伸手援助，女孩真不知会怎样呢。

其实，在父亲背送老人的路上，小庄也一直紧紧跟随，但他始终不敢抬起头来，更不敢片刻正视女孩。当然，在那样特殊的时刻，想必女孩更是无暇顾及他。只有他心知肚明，自己欠了人家一只大金鱼风筝。而现在，小庄终于醒悟到，这风筝于女孩来说意味着什么，也正因为如此，他觉得自己那天在湖边的言行太过分了，简直就是个十恶不赦的强盗。他的心事变得愈发沉重不堪了。女孩在树林里说过的话又不时在他耳边响起，自己是多么愚蠢而又残忍地伤害了对方！从小长到这么大，他还是头一回为自己的所作所为感到羞耻和无地自容。

吃过饭，母亲依旧在帘子那边忙碌着。她不时地用热毛巾在父亲的腰背上暖敷。帘子那边蒸汽缭绕，母亲的背影印在帘布上，起起落落，像极了乡下的皮影戏。后来，她还在碗底倒了些烧酒，用火柴点燃了，蘸在自己的手指上，一遍一遍替他擦拭揉摩。每每用力按摩的时候，父亲都要忍不住呻吟几下，在母亲面前他孱弱得像个大男孩了。

"还疼得厉害不？要不咱明天上医院，让大夫给好好瞧瞧？"

"哼，你死活不去那地方，倒好意思让我去？再说，我这又不算个啥，歇个一半天，照样能干活。"

"家里现在可就指望你呢，咱可不能大意。"

"哎哟哟……你手能不能再轻点儿……疼死人了！"

"好，好，好，都怪我不小心。"

整间屋子里充满了热烘烘的酒气，家中的一切物品连同他们三个人，好像都在静静地发酵和沉醉。小庄觉得父母好像已经很久很久没能像现在这样，你一言我一语地在一起拉拉话了。

不巧的是，这时雇主竟怒不可遏地寻上门来问罪。说小区垃圾堆成山了，问父亲到底还想干不想干。父母一副唯唯诺诺低声下气的样子，生怕得罪了人家，软和话说了两箩筐，就差跪地磕头作揖了。

雇主临走时又不无讥讽地"嘁"了一声："就你这身板，还逞能学雷锋呢，都啥年代了？"又不屑地说："那老头脑中风瘫在家多少年了，连他的儿女们都不愿意来操心，要不是那个小孙女懂事端屎接尿伺候他，怕是根本熬不到现在！"

钢笔尖猛地刺到小庄的指头蛋上。一颗滚圆的黑红色血点涌出来，渐渐地变得又圆又亮，继而挣破了似的，顺势流淌到雪白的本子上，洇出好大一圈红来。

他迟疑地将刺破的手指含进嘴里，轻轻吮了吮，染了墨水的血液有种奇怪的苦味，就像某种神秘的药水，正一滴一滴渗透进小庄的五脏六腑，让人心神不定。

再也不能安心趴在桌前做功课了。后来，他飞快地卷起那只金鱼风筝，拿着它蹑手蹑脚地离开了昏暗的小屋。

6

远处的楼房静谧在星星点点的灯火中，此时城里的房子忽然变得空灵起来。

小庄始终将风筝揣在怀里，一只手牢牢地攥着那两根笔直的细竹竿。它们可是风筝的脊梁骨，一旦失去了金鱼风筝就跟瘫痪了似的，再也飞不起来。那个小区离他们租住的小平房并不很远，小庄几乎一口气就跑来了。在渐浓的夜色中，小庄最先看到的是摆在那幢楼下的一溜儿花圈。那些雪白的花朵在晚风中簌簌作响，它们仿佛被赐予了新生命，在一条条写满黑字的挽联的映衬下蓦然绽放。

还是头一次看到那么多花圈，他内心顿时生出一种莫名的恐惧，这让他半天都止步不前。他怯生生地站在水泥甬道上，手脚忽然变得冰凉的，脊梁骨渗出阵阵寒意。他抬头望了望楼上，从三楼靠右手边的两扇窗户里，依稀可见晃动的人头和身影，间或传来含混不清的哭诉声。

过了一会儿，他总算稳住了心神，并从怀里摸索出风筝卷儿，蹲在地上悉心地展开，再将细竹竿认真地插进槽孔里。金鱼风筝立刻起死回生，在黑沉沉的水泥地微微震颤起来。这时，打那楼门洞里便接二连三拥出一群披麻戴孝的人来，窸窸窣窣，在楼前的空地上跪成白花花的一大片，紧跟着火光一闪，哭爹唤爷的声音立刻汹涌起来。这种情况小庄过去在乡下经常见到，但凡谁家完了老人，头七的每天傍晚，孝子孝孙们都要在外面烧纸磕头祷告。印象中，所有亡人好像总是要比他们生前风光得多，平日再不孝顺的儿孙们也会哭得死去活来。

就在那片骤起的号啕声中，唯独一个女孩的声音简直叫人心碎，直到烧完纸钱，大伙都默默起身往回走了，她还趴在地上，呜呜咽咽，迟迟不肯起来，瘫在那里似的。尽管有好几个大人在旁边纷纷劝说着，可那哭声依旧撕心裂肺持续不断。小庄看不清她的面目，但完全可以断定，她就是自己要找的女孩。

后来她到底是被两个大人硬给架了起来，当她摇摇晃晃经过小庄面前时，他的心打鼓一般狂跳起来，刚才想好的话竟一个字也憋不出来，脑海一团空白，喉头上下抽动，却发不出任何有效声响，就连捧在手里的风筝，也急得哗哗乱颤了。借着甬道尽头的一盏路灯，小庄看到女孩似乎从很深很深的梦境中而来，泪眼红肿，神情凄迷，也许刚才过于悲痛的号啕痛哭，让她神志恍惚，一时间根本无法回归到现实中来。

"风筝！"小庄不知道嘴巴是怎么张开的，"这是你的红金鱼，我还给你。"

女孩愣住了，或者她始终沉浸在巨大的悲痛之中不能自拔。她的身体近乎逃避似的往旁一闪，同时，用那种忧伤至极的湿漉漉的目光打量了一下小庄，泪水再度夺眶而出。她急忙仰起脸，好像怕别人看到自己流泪的样子。

半晌，他听见她喃喃地说："爷爷走了，再也没有人看我放风筝了……风筝把爷爷带走了，他再也不用受罪了……呜呜。"说着，犹如梦游者那样一摇一摇，朝着昏暗的楼门口而去，很快那门洞就吞噬了女孩孤独而又瘦小的背影。

小庄并没有回家去，他几乎一路狂奔到湖畔边。

湖水早已解冻了，在月色笼罩下闪着清冷的幽光。他解开事先准备好的那只线团，将金鱼风筝高高地举过头顶，然后在空旷的湖畔边奔跑起来。

金鱼的腹部已鼓足了夜风，那条长长的尾巴也在黑暗中呼啸有声。小庄就那样拼命地跑啊，跑啊……可不管如何努力，反复尝试，这只风筝就是飞不起来了。

　　它像一只失去灵魂的空壳，再也没了原先那种自由翱翔于天空的灵光了。

死水未澜

"咋又跑出来了，都给你说过多少遍啦，怎么好赖话听不进去！"她一股脑地嚷着，活似个嘴碎的小媳妇。也许是刚才受了一番惊吓，此刻她脸色尚在微微发青，鼻尖上密密地沁出一层细汗。她死拽住对方萎缩得比鸡脚杆粗不了多少的小臂，那架势跟年轻的母亲扭住一个十分淘气的小男孩相仿，硬是把九公从外面连拽带扯弄回敬老院来。

"这回你可给我听仔细了，要是真跑丢了，我可没工夫满世界找你去！"她的语调始终生硬得很，她觉得起码要装成生硬的样子，她绝不能再给对方留一丝妥协的余地，"我就奇了怪了，你胆子咋就那么大？万一让路上的车给撞着了，责任到底算谁的？你想害人早早言传一声！"

此话绝非危言耸听，这家敬老院门前唯一的那条并不宽的
沥青公路，一头连着最东面的一片村庄，一头通往西头的街镇，
一年四季农用车和三轮蹦蹦挟着呛人的土烟往来奔驰，村镇上
的人大多没有驾照，一点不懂遵守交规，只顾把车辆开得风风
火火。

"你就不能给人省省心，啊？我不就是接个电话的工夫，你
一道金光就跑没影了……哼，你就知道给我装聋作哑，鬼知道
你脑瓜子里整天都在琢磨啥呢！"

两人刚一进院子，她就愤愤地用力将铁栅门甩合上，金属
碰撞的声音刺耳极了。透过一老一少身后的那扇铁栅门，可以
清楚地望到公路对面的一片旱柳林，因为长期疏于修剪，旱柳
们长得狂野恣肆，全都是披头散发的疯模样，一刮西北风更是
张牙舞爪呜哇呜哇怪吼，跟一群夜猫子似的，听着甚是凄凉；
倘若往敬老院后面步行一刻来钟，倒是有一处规模不小的鱼塘，
逢节假日总有城里开来的车辆横七竖八地泊在塘畔，一团团花
花绿绿的遮阳伞荷叶般绽开，罩住那些垂钓者孤注一掷的身影，
那里不时地传来一阵阵男女纵情嬉笑或孩童追逐的喧闹声。

不过，这些都跟她的生活没有丝毫关系，唯有眼前这幢被
一圈生了锈的铁栅栏包围起来的三层简易小楼，才是她每天要
坚守的阵地。当然这里没有什么战争，可有时候她又分明觉得
每天都像是在打仗。敬老院的房子看起来未免有些呆头呆脑的，
原先的涂料皮开始大面积剥落了，总是不无险恶地露出最里层
砖灰色的水泥墙体，远远望去，倒像是墙上挂满了世界各国的

地图，东一坨西一圈的，很不规则。而多数时候，她觉得这地方活像一座监狱，生了锈的钢筋栅栏和大铁门、死气沉沉的水泥院子，还有同样死气沉沉的一群七老八十的人。兴许是这里老年人扎堆的缘故，就连小院里的空气也是滞涩黏稠毫不流动，总有种叫人喘不上气的压抑感。起初待在这里的那几个月，简直度日如年，她做梦也想不到自己会落到这偏僻的敬老院来伺候人。

拉拉扯扯，走走停停，总算是把这个皮包骨的瘦老头塞进了房间，二话不说帮他扒掉鞋子，几乎带有强迫性地将他摁在床上。这种房间都跟医院的小诊室差不多大小，面对面摆放着两张单人床，两床中间仅留下一条窄窄的过道；在靠近窗户那面墙下有一张简易书桌，上面放着大大小小的药瓶药盒和茶杯漱具之类；另外，门背后的地方还有一只绿漆皮剥落的铁皮柜子，可供这里住着的两个老人共同使用，不过无非是塞一些需要更换的衣裤鞋袜等杂物。一年四季房间的气味总显得陈腐又腥腻，又好像床底下塞着什么放馊的食物，或者一只死了很久很久的耗子。

"你要好好躺着，要听话，不许再乱翻腾了，听到没有？！"她顺手拉过一床颜色暗淡的薄被，像照顾幼儿园里的孩子似的，替老头盖在身上。此刻，被子下面的老人很乖地平躺着，单薄而又老态的身体轮廓透过被面隐约可见，如果不是他还执拗地睁着眼睛，呼哧呼哧喘息着，那感觉简直跟亡人没有两样。"快，闭上眼睛睡吧，算我求你了。"她口气明显不再那么硬了，想想跟一个老人较真真没劲，恰恰相反，这会儿倒是露出几分女性特有的柔情与怜惜，尽管这个叫九公的瘦老头，总是在她值班期间一不留神就往外乱跑，或者猛不丁做出一些让人匪夷所思的事情，可她并不很讨厌他。人都有老的时候，一旦老透了就缩回到孩童时代，很多时候不得不依着他们哄着他们。到这里一段时间后，她慢慢地学会让自己这样去思考问题，否则的话，真是多一天也待不下去。

"——吵死了，吵死了！"一个仿佛嘴里含着痰块的极不满的粗鲁的声音，突然冒出来，"连个午觉也睡不踏实啊！"一直头朝里睡在对面床上的老程神不知鬼不觉翻身下了床，她闻声侧过脸的时候，对方已经光着脚板站在她面前了。

"都怪九公这老棺材瓢子，放着好好的午觉他不睡，累害得谁都别想安生……喂，别装了，快给老子起来，别在这里挺尸身了！"说话间，老程那只皱巴巴的大黑手，径直越过女护士的身体，猛地抓住了刚给九公盖好的被子，"呼啦"一把扯了个精光。"快点起来，不让别人睡好，你也休想落自在！"

她一时怔住了。忽然让人揭去被子的干瘦老头，依旧平展地躺在她眼前，那感觉很像电视《探索发现》节目里新出土的一具千年老尸，干巴皱褶，面容枯槁，这情形实在叫人哭笑不得。尽管她早就晓得九公跟同屋的老程素日不睦，俩人常有口角，主要是老程天生一副火暴性子，眼里不揉沙子，一点儿亏也吃不得，在这院里，他什么事也看不顺眼，瞧谁都觉得别扭。

譬如，某些家属前来探视老人，他就撇着嘴说假惺惺的；

谁若是想家想儿孙了，多唠叨两句，他就马上嗤之以鼻，骂人家矫情，没出息；偶尔，也会有单位组织人员热热闹闹来搞搞节日慰问，他呢又嫌人家虚头巴脑跑来捞好名声。总之一句话，在他眼里，世上几乎没有什么好人。"哼，我就不信，好人能把自己的爹娘老子往这鬼地方塞哇！"这几乎是他的口头禅，他就是这么咬牙切齿愤世嫉俗又不可理喻。所以，私下里大伙都管他叫"程咬金"，还真是形象得很。院里经过一番摸索和筛选，他好像跟谁也合不来，最后也只能凑合着同默默无闻的九公搭伴住在一起了。不管怎么说，九公这人话实在少得可怜，真是三杠子下去，也砸不出一个响屁来。

"老程，你到底想干啥？怎么能随随便便揭人家的被子呢？太过分了吧！"女护士猛地将语调提高了八度，脸紧绷着，尽量声色俱厉，以起到震慑对方的效用。老程理直气壮地扬了扬抓在手里的被角，"这怪不得别人，谁叫他自个不老实，跟疯子一样，见天瞎往外跑个啥，有种就跑出去别回来。"说罢，赌气似的一丢手，又恶作剧般把整个被团堆在九公的头上。"我看他就是个老害人精，难怪儿孙们不要他，活该，把他撂在这个鬼地方干耗等死。"她实在听不下去了，猛地回过头去，几乎狠狠地瞪着老程。

"你也老几十岁的人了，咋跟三岁娃娃似的，嘴头上就没个把门的，听你胡咧咧些啥呢！"

或许是发觉对方正直直地盯着自己，老程的威风劲突然锐减，脸上讪讪的，口气也不似刚才那样跋扈，嘴里像含着黏黏软软的糖块，半晌咕哝着，"你又不是不知道，这能怪着我吗，一到睡觉时间，他准犯病……"

"好了好了，还有完没完？越说你还越来劲了是不是！"没等老程把话说完，女护士就毅然决然地打断了他。

老程见对方脸色愠怒，口气很生硬，才吐吐舌头，不再吱声了。她呢，也懒得再搭理，急忙把堆在九公头上的被团拿起来，又轻轻展开了款款地盖在九公的身上，那副消瘦的身骨在被子下面依旧安静如初。幸亏九公这人性子坦，很少咋咋呼呼，不然的话，还不知会闹出啥事来。她不由得这样想。

出门前，女护士又若有所思地转过身，拿手轻轻按了一下坐在床沿上还在生闷气的老程的肩膀头，也许只是想稍稍安慰一下他。这算什么，扇一巴掌再喂一颗甜枣吃，她觉得这简直像是对付小童的把戏。手指碰触到对方的时候，她能清晰地感觉到老人皱褶而又松弛的皮肤，一点弹性都没有，干巴巴的，甚至是枯焦的，怎么说呢，不像是人的肌肤，而是用了很多年的老布片，一不小心就会捅破的。一个人的老去那么不可思议，活生生地枯萎下去，像北方入冬前的植物，那么义无反顾。眼下虽已入秋，但天气还热着，老程身上只有一件圆领的老头衫，已看不出原先的白色，倒像天生就是这副黄黄的汗渍色。

"听话啊，你也再躺下歇会儿吧，才一点刚过，时间还早呢。"

老程始终不吭气，坐在那里头朝着门的方向，眼神里有一种很无奈又很委屈的东西，尽管这个"程咬金"脾气一直很倔，可她并不觉得他有多可憎，相反地，每次他闹腾得凶的时候，只要她及时板起脸孔撂句硬话，他还是能听得进去的。刀子嘴，豆腐心。"程咬金"大概就是这么一个人。她一边思忖一边朝着走廊尽头的护士值班房走去。

开春的时候，她才正式到这家敬老院做事。

这里的所有事物看上去都光秃秃的，路对过那片旱柳还没发芽，到处都是干树杈子，院里仅有的几株新疆杨和国槐上，还零星地挂着去年秋天的枯枝败叶，加上一群步态蹒跚的老者，可以毫不客气地说，这里除了衰老和颓败，一丁点春色和生气也没有。她在职业护校学了两年的护理专业，毕业前夕校方把她们这些小年轻安排在一家不错的甲级医院实习，当时大伙还信心满满，一个个摩拳擦掌，要大干一番，原以为只要表现出色，将来就能留在大医院上班，可后来除了极个别颇有门路和背景的同学如愿以偿，绝大多数都是哪儿来的照样回哪儿去。她在家闲憋了好一阵子，也不知面试了多少回，最后还是通过父母的朋友的亲戚介绍，才不得不到这家敬老院工作。敬老院，这个名称对她简直就是一种莫大的讽刺和挖苦，同样是学护理专业的，同样是伺候病人，她却只能在这天高皇帝远的鬼地方，成天守着一群老头老太太吃喝拉撒，而且，他们有时候还那么不听话，那么调皮捣蛋，叫人操心上火，还不能有一点儿脾气。

护士值班房比火柴盒大不了多少，里面仅能容得下一床一桌一椅，外带一只小得可怜的床头柜。值夜班的护士晚上都要在这里过夜的。兴许是人老了瞌睡就少，有些老人不到五点钟就摸黑起床了，那时楼门当然还没有打开，他们不能上院子里去，就在走廊里趿拉着来回遛弯儿，间或发出一些咳痰声。她来敬老院三个月后才被转正的，此后才被安排每隔两三天值一个夜班。照理说，值这种夜班不过是临睡前挨个查查房，问问大伙身体情况，给个别老人量量血压把把脉息，督促他们别忘了吃降压药、救心丸和安定什么的。

可是，在这里值头一个夜班，她就碰上那个"程咬金"半夜三更来敲门。还以为出了什么大事，人从梦中惊醒，吓得眼皮直跳，却见老程穿着大裤衩和汗衫子，黑着一颗脑袋僵在门外，"小护士，我要跟那个老家伙分开，他半夜里不好好睡觉，一阵坐起来，一阵躺下，快把老子折腾死了"。对方的口气像个虎头虎脑的小学生，却又不容置疑，她不得不惺忪着睡眼，跟着老程去房间看看。

那时也就夜里三点来钟，楼道里一片死寂，仅有的几盏昏暗的脚灯有气无力地照着走廊地板，四周黑乎乎的，由于灯光是从脚下打上来的，老程的黑脸上青一块亮一块的，看上去都有些狰狞的味道，好像刚从一场肉搏战上下来，加上他正气不打一处来，哼哧哼哧地，也许同屋的老头快要把他逼疯了。她的心里在不停地打鼓，手脚开始发凉，毕竟是个二十岁出头的姑娘家，这种状况简直不知道该怎么应对。

果不其然，她进去的时候，看见九公早已穿戴得整整齐齐，甚至头上还端端正正扣着一顶铅灰色半新不旧的鸭舌帽，正塞塞窣窣往脚上套袜子呢。"程咬金"瓮声瓮气地拿手指着九公嚷：

"瞧，我没编瞎话吧，他纯属生物钟混乱了，损人不利己。"那是她第一次近距离地靠近九公，之前也听别的护士叨叨过两句，说这个干瘪的老头，被送来之前刚殁了老伴，他整天沉默得像块石头不声不响的，唯独一双湿漉漉的老眼，总是很无辜地眨啊眨，好像在乞求所有人的怜悯。

"大爷，你起得太早了，再躺下睡会儿好不，离天亮还有好几个钟头呢……"可是，不管她如何反复劝说，九公就跟个聋子相仿，只顾穿好了鞋，起身往外走，那感觉就像，外面有谁正等着他去会面呢。老程不无夸张地冲她吐了吐舌头道："哼，看到了吧，就是这么个老怪物，让他滚好了，反正我把丑话撂在前头了，他爱上哪儿就上哪儿去，反正休想再进我这个屋！"

那晚后来她再也没有睡。九公执拗地摸着黑下楼去了，然后就像一个急于出去放风的老犯人那样苦苦等待，双手热切而焦灼地扒在那扇玻璃楼门上，望眼欲穿地盯着黑咕隆咚的小院出神。"听话，跟我上去吧，楼门天亮以后才开呢……"她一面说，一面从一侧挽起老头的胳膊，可黑暗中她分明意识到，这个表面上弱不禁风的老人，内里却潜伏着一股罕见的倔劲，任凭几头牛也休想拉他回去。

"你到底咋回事，还让不让别人休息嘛……"她的忍耐程度似乎到了极限，一股无名火兜头盖脑地蹿上来。也就在那一刻，她不经意间瞥见对方老泪横流的样子，怎么说呢，她长那么大，还是头一次亲眼看见一个老年人伤心成那样。她后来扭头朝一边的门房看了一眼，那间屋黑洞洞的，显然门卫师傅睡得正酣。

可她犹豫了片刻，最终还是走过去敲了门。

门卫师傅是个腿脚不太灵便的退休职工，听说跟敬老院的头头多少是沾亲带故的。对方在里面磨蹭了好大一会儿，才佝偻着腰身紧锁眉头，从房间钻出来，用狐疑的目光上下打量她，嘴里接二连三打着黏稠的哈欠，每一次张开嘴，都将一股浓浓的烟臭味喷到她脸上，她简直快要窒息了。

"这个老人心里不太舒服，我想陪他到院子里透透气。"

她用手指了指孤零零地扒在玻璃门前的九公。

"姑娘，你搞啥名堂，也不看看才几点？要是都像你们这样瞎尿闹，敬老院还不乱了套了！"门卫师傅朝大门方向不屑地扫了一眼，便头也不回地一跛一跛回屋去了，随即"咣"的一声响，那扇门被愤愤地磕死了，整个一楼大厅再度陷入午夜特有的死寂和黑暗。

那夜后来她好说歹劝，就差下跪了，才勉强把老头弄了回来。不过，她也着实没敢再去打搅"程咬金"，那个粗声粗气的老头，看着就让人发怵。她想，还是让九公到值班房待一会儿算了，反正天也就快亮了。

整个下午她几乎再没消停过。

先是一楼的老奶奶硬拉住她的手说把假牙弄丢了，老人有明显的健忘症，平日总是丢三落四的。老人有一张又小又皱的脸，远远看去像极了一只陈年的山核桃，如果不是那双三角眼跟鱼一样懵懂地睁着，就会叫人误以为那脸上全部都是皱纹的天下。每次，她看见老奶奶总会产生一种错觉，好像老人的整个大脑正在马不停蹄地萎缩，变小，越来越小，以至于快没有一丝多余的地方存储记忆了，所以，老人的记性才越来越差。

"别着急，老人家你再好好想想，是不是今天吃午饭的时候，不小心落在餐厅里了？"

老奶奶蠕动着毫无血色的薄嘴唇，混浊的眼神中满是疑惑，灰褐色的眉头拧得几乎要吱吱作响了。过了好一会儿，她才发出跟老母羊一般低沉喑哑的声音。

"餐厅……我吃晌饭……可我想不起来，吃饭那会儿，我戴没戴牙去……"

这种痴痴呆呆的回答，实在是让年轻人感到非常沮丧，她知道面对这样的老者自己最好是闭嘴，因为你休想从他们嘴里问到任何有价值的东西。于是，她不假思索地迅速跑向餐厅。大概今天是周日的缘故，头头不来上班，那里的十几张餐桌竟然还没有收拾干净，桌面上胡乱堆放着东一撮西一撮的米粒和菜屑，几只黑头亮翅的苍蝇，正自由自在地盘旋于杂物之上，嘤嘤嗡嗡，好不热闹。她蹙了蹙鼻子，只好挨桌查找了一遍，甚至连那两只深蓝色的塑料垃圾桶也没放过，老半天也没有任何发现。

还没等她走到丢假牙老奶奶的房间，女卫生间那边突然又传来一阵大呼小叫声。她闻声一怔，连忙一路小跑过去察看。

原来，是一只坐便器严重淤塞，弄得恶水遍地横流。那个身材又矮又胖、嗓门是全院最高的老妇人，正在里面大为光火。

她平时唯一的爱好，就是唱那些革命歌子，什么《北京的金山上》《翻山农奴把歌唱》，还有《太阳最红毛主席最亲》，平日里她只要待在淋浴室或卫生间，那种古怪的、有些跑调的歌声准会四处飘散。上回劳动节，院里在活动室搞过一次卡拉OK比赛，数她唱得最欢，麦克风就跟长在她手里似的，唱了一首又一首，那以后大伙就送给她一个雅号：革命老麦霸。

一旦看见护士进来，革命老麦霸便更加有力地叫嚣了起来，"你瞧瞧，你瞧瞧，这都堵成战场了，让人咋上？你说说，这是哪个丧尽天良的干的，要是让本老太太我逮住，非把她的臭屁股塞进马桶去不可！"

她的眼前顿时闪过一幅怪诞的画面，因为对方描述的这一情景太暴力又太荒唐了。她又实在觉得可笑，但毕竟是在卫生间里，况且对方已然火冒三丈了，不能再火上浇油了，她只得屏住气息，朝便池瞥了一眼。黄色的一池污水，已经从边沿漫了出来，地板上脏得令人惊心动魄。老麦霸正气呼呼地用两只手拎起自己肥大宽松的花睡裤的裤腿，脚尖踮起老高老高，像是在练习什么奇怪的舞蹈。

"这鬼窝窝子，老娘我多一天也待不下去了，你们到底还管不管，啊？真是有处吃没处屙啊，我算是遭了八辈子罪了！"对方的声音越来越高，越来越响，好像一首激昂的歌曲曲调即将冲向高潮，对方恨不得把一腔的怒火全喷燃到女护士身上。

她忘了自己后来是怎么当着老麦霸的面，套上有些发黏的胶皮手套，两只手死死攥住那只黑胶皮拔子，不停地在便池里上下抽拔起来。咕噜咕噜的下水声，让人不由得想起那些垂死挣扎者被卡住的脖颈。几番折腾，依旧无效，最后她不得不孤注一掷地，把一只手伸进最下面的出水孔里拼命摸索，硬是将一团肉粉色的玩意从里面扣挖了出来：假牙。

居然是一副假牙！那一刻，她再也无法抑制腹内那翻江倒海般的恶心，猛地对着便池口干呕起来。

等清理好一楼的卫生间，她几乎头也不回地冲上楼去钻进值班房，用力关上房门。泪水止也止不住，淌得稀里哗啦的，伤心、难受、委屈，甚至还有一种类似受辱后的尴尬，都一股脑涌上心头。她把头埋在雪白的被单上，不停地抽泣着，像个懵懂无知的小姑娘一样无助。在家里，她虽说不算娇生惯养，可这样的活，她是一次也没亲自动过手的。

早在午间，她确实接到过一个电话，是男友打来的，那么不近人情，那么自私又自利，可惜自己白白跟他好了那么久，到头来就因为她这该死的工作，她听他那种急不可待不容置疑的口气，大概是想好了要跟她最后一次摊牌了，他一定是不想再跟一个浑身上下散发着腐朽的老人味的女孩好下去了，因为每次他俩约会，他都会像猎狗一样抽着鼻孔，在她身上嗅来嗅去，还总嘀咕说她身上有股味儿。后来，他们两人的通话硬是让九公的事给掐断了。"先就这样吧，以前我跟你说过的，那个瘦瘪老头又跑得没影了，我得赶紧去把他找回来，不然的话……"她就这样心急火燎地挂断了男友的电话。其实，整个下午，她的思绪还纠集在通话内容中。

今日的晚饭，照例是稀饭馒头加两道炒菜：清炒菜花和肉末炖粉条。一楼的老奶奶跟丢了魂似的，端着饭盆，在餐厅里颤巍巍地踱来踱去，嘴里不停地嘀嘀咕咕。不用问，她还在满世界寻那副假牙呢，但她终究没有告诉对方实情，那实在是让人恶心。她想，还是等明早自己下班回城后，照着原先那副去医院帮老奶奶订个新的算了。所以，她只是耐心地劝老人先将就一下，说自己会替她再好好找一找，让她放心吃饭。老人茫然地看着她，因为没了假牙，嘴巴周围那一圈青灰色的褶皱，看上去就像晾干了好些天的包子皮，密集而又僵硬。

很多时候，她总是被这些人衰老的相貌震惊。比如说眼前这个老奶奶，她也曾年轻过，也曾花枝招展过，可当她最终别无选择地住进这里，那种触目惊心的苍老就此定格了，等待她的不过是去日无多的孤寂，还有连吃饭也成问题的即将掉光了的牙齿。

或许，就因了这些，她才迟迟没能做出那个断然的决定——一去了之，甚至于就在午间跟男友通电话时，她还在迟疑不决。她知道这些老人真的需要她，需要她的搀扶与帮衬，否则，他们待在这里也太凄凉了些。当然，这些念头不是一开始就有，她知道自己没那么高的境界，来这里不过是当天和尚撞天钟罢了，但事情往往就是在过程中发生微变的，也丝毫不以人的意志为转移。平日，遇到这样那样棘手的事，她也确实感到心烦气恼几欲逃跑，就像先前从马桶里掏出假牙时，她简直觉得快要崩溃了，犹如受了奇耻大辱，但此刻，连她自己也弄不明白，为什么忽然又对这位老人心生怜悯，并且非想帮她一把不可了。

餐厅摆放的，都是快餐店最常见的橘蓝色相间的固定式餐桌椅，四个人两两相对而坐。她从窗口打好饭菜，转过身去找座位的时候，远远瞧见"程咬金"跟革命老麦霸正坐在同一张桌前，边吃边聊，看来老程已经从午休的不快中解脱出来了，此刻谈兴正酣，嘴边挂着厚厚一圈白沫子；而那个老妇人呢，大概也忘了卫生间的龌龊场面，腮帮子一鼓一鼓地，盯着老程那张动作夸张的黑嘴，因为对方的一个笑话或什么趣事，她就发出一连串又古怪又响亮的笑声。或许，皆因这老妇人旁若无人的大笑，老程愈发地喜形于色挤眉弄眼侃侃而谈了。

其余的人倒是不为所动，老年人的耳朵一般都不太灵光，他们只顾低着头，慢条斯理地扒拉着饭菜，碗碟和筷勺之间叮当作响，空气里充满了进餐时的专注与沉闷。事实上，老年人的用餐气氛就是这样沉默，甚至也有点儿死气沉沉，这种氛围更让她没啥好胃口，加之饭菜都为照顾老人的饮食习惯，统统烧得又软又烂，且口味异常清淡，像是忘了撒盐，嚼着实在没一点儿劲道。

好在这种时候，倒也算是她一天中最消停的时刻，那些老头老太太总是吃得又慢又细，短时间里没人会来打扰她，她大可以靠窗一个人坐着，想想心事，或发发呆。这时，她又莫名地想起男友的父母来，自打他们知道了她是在这种鬼地方上班的，对她的热度也是一落千丈。记得上回，她随男友去他家里做客，他们就有些爱答不理的，还说什么像这种伺候人的活，根本不是人干的……她真的又失落，又伤心，却又无从辩解。

突然，她的耳边传来一声巨响，"咣当"——不用看就知是饭盆之类的东西，被谁奋力地砸在桌面上，继而，又迅速滚落到地板上去，着实吓人一大跳。她忙回过神，循着响声望去。竟是老麦霸用手指戳着老程的鼻子，大骂不止。

"真不要脸，你算个什么玩意？"

"老流氓——！"

一时间，大伙全都怔住了，碗筷的叮当响音顿时销声匿迹了，空气中弥漫着十足的火药味，每个人都抻长了脖子，好奇地朝他们俩张望着。

"我活了这么大年纪，还没见过像你这么不正经的货色！"

老麦霸始终用她那唱卡拉 OK 的女高音怒斥着老程，可是谁也不知道刚才究竟发生了什么。唯独一向脾气火暴嘴不饶人的老程，就像变了一个人似的，他的头脸和衣服上被溅上了雪白的米粒，还有湿乎乎的汤汁，整个人都蔫不唧的。他始终不声不响地畏缩在蓝色的塑胶椅凳上，又好像屁股被很厉害的胶水粘住了，动弹不得，任由对方气急败坏地指着他鼻子骂骂咧咧。

"我说你俩跟娃娃过家家似的，咋说翻脸就翻脸啦？刚才不是还有说有笑的吗，吃顿饭也不叫人安生！"她不得不赶紧跑过去调停。

老麦霸一副不依不饶的架势，臃肿的胸脯斗鸡似的向外挺出，像是有一团火在里面燃烧。

"哼，谁跟他有说有笑的，你瞧他那副丑狗德行，也不撒泡尿照照自己！"

她不无狐疑地就将目光移到老程身上。

"老程，你到底怎么人家了？每天就数你能惹是生非。"

她边说边没好气地翻了他一眼。她还从来没见过老程这副熊样呢，心里又多少觉得有点儿好笑。

半天，老程头都不敢抬一下，嘴里咕咕哝哝含着糖块似的，"也……也没啥……不……不就是句玩笑话嘛，她就认了真了。"

"呸，你还好意思说，老娘我才不稀罕开啥狗屁玩笑，我看你真是白活了几十岁！不嫌丢人！"老麦霸最后梗着脖子，一口气骂完，才怒气冲冲地猛地扭转身去，她那双粉红色的泡沫拖鞋，嘎吱嘎吱踩着洒了遍地的米粒，大步流星地冲出了餐厅。

大伙有嘿嘿发笑的，有窃窃低语的，也有人故意起哄架秧子。

"程咬金，你一世英名，今儿可算栽在老娘儿们手里喽……"

"这老小子，八成是异想天开想吃人家老麦霸的豆腐了！"

于是，嘿嘿的一片嬉笑声，又稀里哗啦放浪起来。

她回头见老程那张脸越发涨得紫黑，仿佛霜煞过的长茄子，吊得要多难看有多难看。这种时候，她一句话也不想说，只是默默地从地板上捡起被磕掉了瓷片的饭盆，顺手搁在老程面前。

天边的秋阳终于蹒跚着衰退下去了，那片歪歪扭扭的旱柳林便在最后一丝昏聩的天光里低垂静穆着，空气中忽然多了一股秸秆焚烧了的烟味，这气息很像是从一些老人穿了几十年的老棉袄里散发出来的，糜朽而又沉郁。

出了敬老院沉重的大铁门，她始终双手插在裤兜里缓步向前。每次值班吃罢晚饭，她都会出去散散步，也许只是想借机缓解一下自己的情绪。如果今天没有那个接了一半的电话，如果没有那副龌龊的假牙，抑或没有刚才餐厅里上演的一幕闹剧，她的心情并不比任何一天坏多少。

事实上，她已经慢慢学会怎样打发这种漫长的日子了。很多时候，与其说自己是在这里照顾老人，倒不如说她要面对的是一群特殊的孩子，顽皮、倔强、弱不禁风、喜乐无常，反正不管怎么说，她并不感到那么厌恶，而是恰恰相反，她越来越觉得这些老头老太太委实可怜，不管他们子女的初衷如何，只要是被送到这里来的，每一个人都是那么的孱弱和孤单，都需要像她这样的人时时去关照。

又过了半个来钟头，她才平静地漫步走回敬老院里，可来自一楼大厅的某种死寂却又悄无声息地将她攫住了。按说平常这阵子，院子里和大厅都是最热闹的，因为老人们刚吃过晚饭，正三五成群地四处溜达消食呢，直到电视《新闻联播》开始，人们才会重新回到活动室去。但此刻，那种罕见的空洞和宁静多少显得有些异样。

当她不无狐疑地，一个人穿过那条幽深的走廊，心跳忽然变得潦草起来，继而，不得不快步跑上楼梯，刚到二楼走廊口，她一下子就愣住了。好大一大群人，黑压压的，全都拥堵在走廊中间，他们不时地发出啧啧声和叹息声，甚至还有人在断断续续地抽泣，她忐忑而迟疑地挤进人群中去。大伙如见救星，马上七嘴八舌地嚷嚷开了。

"护士你可来了，九公快不行了……"

"喂，你们几个快把门口让开，好让人家小护士进去啊！"

狭窄的房间里，同样塞满了老人，空气几乎都凝滞了，感觉就像不小心掉进了一群羊里，而所有的羊儿正怯生生地缩成一团，彼此身体紧挨着。她不知道自己是怎么挤进去的，隐约听见一个老男人在里面呜哇呜哇干号，那种悲恸苍老的哭声，叫人不寒而栗。她当然听得出那是老程的声音，这个一向得理不饶人的"程咬金"，居然还会痛哭？她的心立刻就像被一根皮绳从四面猛地给抽紧了。

她好不容易才靠近九公床前。她忘了自己是怎么战战兢兢伸出手，又怎么去试探对方的鼻息的。那个柔软的部位，变得平坦而荒凉，手指几乎立刻就反弹了回来，又像是被滚烫的气流给灼痛了似的。

老人的睡姿看上去有些决绝，瞳孔已经散开了，又像是刚刚跟谁瞪着珠生完气的样子。她尽量忍住，不让眼泪流下来，再次将手指很专业地搭在九公露在外面的一只手腕上，感觉仿佛触到的不再是人的皮肉，而是一片薄得不能再薄的塑料纸。不知是谁顺手摁下了墙上的开关，一团刺目的荧光霎时将床上的老人笼罩起来，那清癯晦暗的脸庞，那瘦小孤单的身体，完全朝内里一味地瘪进去，仿佛有什么神奇的物质，正躲在躯体里面，不顾一切地吸住老人的皮肉……

平静就这样让死神打碎了，这里的一切似乎都变得不再寻常。

至少，接下来的两三天就是如此，上报民政部门，通知死者亲属，办理所有的丧葬手续，包括清理九公生前的生活用品和床铺，等等，总之又烦琐又忙碌，她一连几日都没再轮休。

这是她在敬老院经手的第一个亡人。

事实上，九公入住敬老院的时间，跟她参加工作的时间几乎等同，因此，她总会莫名地陷入某种不能自拔的幽暗状态，时间仿佛就停止在她把九公从外面拉扯回来的那个昏昏欲睡的午后，老人薄如布片的皮肤和骨瘦如柴的胳膊，都让她挥之不去。

后来她还是从家属嘴里得知的，那一天正好是九公亡妻的祭日，他们说这样也好，老爷子一定是追随老伴去了。这个理由倒也合情合理，可她就是无法让自己平静下来。接下来，她还发现，那天之后，老程简直变了个人似的。有一次，在楼道里，老程忽然拦住她问："护士你说，他会不会记恨我，我没事老数落他，欺负他，还把他从房间里撵出去，我还扯过他的被子，九公一准恨透了我……"老程的样子愁苦而迷茫，多少有些失魂落魄，毕竟，他跟九公同居一室好几个月啊。

"现在说啥都晚了，你往后可别再那样对待旁的人了。"她也只是淡淡地回了一句。

其实，她心里同样感到空茫，这感觉总是让她觉得没着没落的。她真有些后悔，自己从来没有好好跟九公聊过一次，至今，她都不明白老人为何一趟一趟往外跑，外面的那个世界到底怎样吸引着他？他是想回家去呢，还是要到别的什么地方？而几乎每次，她都跟训斥不懂事的碎娃那样，尤其是在九公临走的那一天。这样胡乱思想时，她又猛地记起那个长着山核桃脸的老奶奶来，该死！她竟把假牙的事忘得一干二净。

腥 膻

牧羊人来自黄金草原

头颅像一棵树根

把羊抱进谷仓里

然后面对黄金和酒杯

称呼你为女人

女人，我知心的朋友

风吹来风吹去

你如星的名字

或者羊肉的腥

——海子 1986《黄金草原》

清脆的马蹄声过后，一串苍白的烟尘就从远处摇曳着升腾起来。在远方的路上，马先是像一个黑点一样移动着，黑点逐渐扩大，越来越大，像一团黑色的云彩兀自飘移在正缓慢散开的白色烟云之上。

剽悍的气息骤然侵入使得空气变得滞重起来，帐篷顶也似乎有了塌陷的可能稍微抖了一下。马在帐外长时间打着响鼻，奔跑而来的马一时半会儿还不能完全停歇下来，马的内里还在不停疾驰或咴咴长嘶。

多数时候女人并不先开口。她不说话的样子很美，耐人回味。女人的沉默如水加上康巴汉子的闷声闷气，使得整个帐篷充斥着一种紧张和肃然。这期间，女人已出去给马添了草饮过水了。那是一匹黑色的成年马，康巴汉子就是骑着它赶回来的，它被拴在帐前的一棵树下，树荫遮住了马出了汗的水亮的身子，马渐渐恢复了平静，响鼻也消失了。马站在树下开始很悠闲地吃草，甘爽的草汁染绿了马的嘴唇。马在咀嚼中恢复了特有的雄性风度。

康巴汉子一钻进帐篷就盘起腿来先摆弄出那种很呛人的自制纸烟，半晌也不说一句话，这是他的规矩。抽完一整根，他才觉得有了力气，马一样咴咴地清清喉咙和鼻腔，便把头扑向炕桌上的饭食。女人坐在毛毡上抱着娃娃。娃娃在她的怀里鱼一样一刻也不消闲。她总是把娃娃的手指头挨个放进她的嘴里轻轻地吮着。娃娃的脸蛋子通红，胎发橘黄，鱼样的眼珠子在她面前滑来滑去，红润的小嘴里发出咿呀的叫声，间或还有咯咯的笑。

　　这时，女人解开了衣襟，一只乳房白亮亮地裸露出来，那乳蒂红透得枣一样被她捻在指间又塞进娃娃的嘴里，香甜的气息渐渐在空气中袅袅地飘溢着，她的脸因此变得有些模糊不清了。吃奶的时候娃娃显得很乖，那些乳汁也是漫不经心地在他的嘴角荡漾飞溅着。娃娃的两只显得奶腻的小手将母亲的乳房紧紧地抱着，他的手太小了，根本抱不过来。鲤鱼般的眼珠子死死盯着手里的东西，嘴里发出的欢快的吮咂声响，明亮而又张扬。

　　康巴汉子吃饭的速度快得惊人，一大碗肉汤加上两大块油馕全部填进了他的肚子里。吃足的男人接连打着响亮的嗝，像是活吞下了一条条肥大而又活泼的鱼，而此刻那些鱼正在他的肠胃中翻江倒海呢。康巴汉子的口腔里发出类似于漱口的哗啦哗啦的声响，他还用一根黑长的手指甲插进嘴里剔牙，他的指甲上果然就挂出一根黑绿色的菜叶儿，他复又将它塞进嘴里细细嚼了。他抬头愣怔地看着坐在自己对面的母子俩，仿佛自打进来后第一次才发现了他们的存在。渐渐地，他的一张宽阔皱糙的黑脸上荡卷起一层游牧人特有的自足和欲望。

　　这时，女人恰好低着头将自己的另一只奶头塞进了娃娃的嘴里。他猛地向前探身，两只脚坚硬得像木桩一样钉在毡垫上，胳膊套马绳似的拉长了，一把将女人连同娃娃套过来。女人发出不满的尖声。女人只能这样，在自己的男人面前，她永远都是一匹乖巧的母马，温顺，风情万种。而她怀里的娃娃也因为这突来的震动失去了平静的哺乳而委屈地哭闹着。女人的乳房也暂时失去了控制，在娃娃沾着奶渍的嘴和她自己的衣衫之间毫无目的地晃来晃去。康巴汉子坏坏地死盯着那只晃动着的乳房，像在看一只扭动着身体的雪白的羔羊，一些晶莹脆亮的奶汁滋射到娃娃膛红的脸蛋子上。女人还未来得及拉下衣服，男人的另一只巨大的手掌已经乌云般迫不及待地罩在那上面了。

女人又发出一声极细微的被撅住时的叫喊，那声音刚喊出一半就被男人巨大而厚实的身体撞了回去。

他一味体会着濡湿和温暖，还有女人兔子一样剧烈的心跳紧紧贴在他的胸口上。

他嘿嘿地咧开阔嘴。嘴大的男人才能游走四方，才能征服草原上的一切生命和自己心爱的女人。

娃娃被撅在炕头的一边终于无助地哭号起来。

不知什么时候，拴在帐篷外面的马的身下又兀自长出一条腿来。

与此同时，骑越野摩托车的旅行者正孤独地爬越一道巨大的坡梁并朝着牧民居住的地方靠近，长时间推着摩托车徒步跋涉使他感到无比疲倦。摩托车的发动机出了他暂时无法克服的毛病，很多次，他气馁地停下来毫无把握地捣鼓自己的车，然后，像一匹无处发泄力量的怪兽用一只脚连续踹发车器，可几乎每回他都很快就放弃了自己愚蠢而盲目的行为，然后等待下一次修理的冲动。

他一直无助地朝四周顾盼，什么也没有，他知道，除了鸟和这广袤的草场，他休想碰到半个人影，即使碰到了又能怎么样呢？他不太指望那些人能帮他什么忙。他的心里一点底也没有。他不知道自己还要这样坚持多久。事实上，他的旅行才刚刚开始，或者，他的旅途永远也不会结束。他太痴迷这种孤独地四处游走的行动。广阔无垠的草场上时常飘荡着像他这样孤孑的身影。因此，在这个故事里，他的名字并不重要，他只是一个单身的入侵者，他像一只迷途的羔羊正一步步朝主人公居住的帐篷方向移动。

　　现在已过了晌午时分，旅行者终于将摩托车推上了眼前这道巨大的草坡。

　　他仰面躺在坡上，身下的草发出细微的声音。他喜欢这种草被压迫的叫声。他现在竟然想起了城市里的家，美丽的妻子，可口的饭菜，席梦思软床，挥手即停的出租车，充满气泡的碳酸饮料，还有……还有什么，他不愿意再无休止地想下去了，这种徒劳的想象只能让他倍感失落。他告诫自己，他现在正躺在渺无人烟的草场腹地，躺在他身边的还有一只空瘪的旅行包和一辆毫无生气的老爷车。如果运气差的话，在夜晚到来的时候，他还走不出这茫茫的草地或者碰不到一户人家，而面对他的将是饥饿、清冷潮湿的长夜、黑压压扑向他的蚊子，或者，还有偷偷爬向他的草蛇和眼睛贼绿的狼。有时候，他对那摩托感到痛恨，甚至有几次他想把他扔在路上然后一直徒步走下去，可他毕竟没有那么去做。他明白，今后他将更需要它，旅途才刚刚开始。

太阳把他烤得遍体滚烫。他打扫完了包中最后一根火腿肠和半块馊面包（它们是他在进入草场前的头一天路过一个小镇子时购买的）。他在咀嚼的时候，意外地发现面包里有两只蠕动着的蚂蚁，他觉得它们也像他那样在对于它们而言庞大无比的面包上爬来爬去，在他看来，蚂蚁的行为充满了盲目性和不自量力，他觉得它们正如他此刻一样。他给两只蚂蚁留下很小的一块面包，并连同它们一起放进草丛中。他突然感到内心翻过一种莫名的无聊和诡秘感觉，他不知道这两只可怜的小家伙是什么时间钻进自己的旅行包中的，也许它们是来自城市里的一对相亲相爱的情侣，它们一路跟随着他是为了免费旅行结婚。反正，就是因为一小块面包，它们将要被移居到地球的这一片地方落脚，它们的命运是否因此而被完全改变了呢（它们今生今世恐怕再也走不出这片草地）？或者，对于一只蚂蚁来说，在地球的任何一个角落生活都无足轻重，重要的是它们还有面包可吃。而我自己呢？由此，旅行者想到，也许只有人才是最脆弱不堪的。

有一段时间，他全神贯注地观察着面包上的两只蚂蚁，它们始终在有条不紊地忙碌着，而且，并没有因为面包的体积陡然缩减而惊慌失措，它们的劳动依旧显得自足而快活。

旅行者苦思冥想着什么，他觉得自己多少有些残忍，起码应该再多分给它们一些面包才好，这样想的时候，他终究觉悟到人是为思想所累的，蚂蚁或许因为没有思想，所以永远快乐不减。而就在这时，他突然有了更新的发现，他看到草丛中的面包块上居然出现了第三只蚂蚁，而正当他怀疑自己起先是否数错了的那一刻，第四只、第五只蚂蚁已经出现在了那块面包上，而且很快那一小块面包就被黑压压的蚂蚁覆盖了。他就是那样眼睁睁地看着那一小块面包消失不见的。

面包消失的时候，旅行者已酣然入睡。

他在梦中发现自己变成了一只硕大无比的蚂蚁，他在一个四面都是墙壁的铁盒子中爬来爬去，盒子上面围满了密密麻麻的脑袋，它们遮挡了头顶唯一的一片蓝天，而且，它们的长相完全不同于自己的模样。它们正往下探着脑袋看着他，它们发出唏嘘的不屑声音，它们的大惊小怪令他感到难过。后来，它们各自将手中的馊面包块、臭果子，还有白森森的骨头全部掷下来，他被各种食物打得头破血流，他疯了一般乱喊乱叫，疼痛和惊恐折磨得他筋疲力尽，可他最终也未能爬出那只盒子……它们都在嘲笑他，他的身体被沉甸甸的杂物完全覆盖住。

旅行者后来把自己在白天做的梦原封不动地说给了那个帐篷中的女主人，他觉得这是他所有梦里最奇怪的一个。事实上，他在见到那女人之前，他已经快有一整天多没有跟人说过话了。他看到那个女人静静地坐着，怀里抱着昏昏欲睡的孩子，她像是在专注地聆听一段神秘的传奇故事。女人的样子激起了他诉说的欲望。

此刻，他终于从噩梦中苏醒。

长时间的暴晒让他浑身大汗淋漓，他把睡前遮盖在脸上的旅行包拿开，他看到自己的裤裆那里竟顶起了一只帐篷，他无奈地看着天上的太阳，太阳已偏了许多，所有的光芒都滚烫地舔裹着草地，草色明亮而又热烈，草的浓烈气息在烈日下四处流淌并使他着迷，蒲公英、太阳草、野菊花和一些不知名的碎花儿开得璀璨无比。他将一片绿绿的草叶衔在嘴里，然后站起身解开裤子冲草上撒尿，他的身体抖得像一根被风吹动的芦苇。很长时间之后，他身上的那个硬撅撅的帐篷再也看不见了。摩托车晒得连手都挨不上去，他推着车下坡的时候，脑子里依旧装着半拉面包和两只黑色的蠕动着的蚂蚁。

接下来，旅行者的目光被前方的一块不规则的明亮光泽深深吸引，他的脑子里出现了晶莹剔透的玉或一面平躺在大地之上的椭圆形镜子。起初，他有些不相信自己的眼睛，但那明亮实在太耀眼了，就在那坡底下。他惊喜不已，要知道他整个上午都没有喝进一口水啊。

水！

他喜不自禁地冲自己咬牙切齿地大声说着。顿时，疲惫随之锐减，他将车扔在路上，旅行包也从背上解下来，他越来越轻盈，甩掉了汗渍斑斑的T恤衫、踢落了脚上的运动鞋——他似乎还在诅咒着该死的运动鞋，因为他的双脚快要着火了，他已经开始解皮带，裤子像一对孪生的蛇蜕似的萎靡在草地上。

旅行者开始朝那面清凌凌的湖水飞奔。

其实，那并不能算是一面湖，它只是一处蓄积着清水的草洼子，这样的草洼子在这里经常可以见到。但此时，它的出现对旅行者具有非同寻常的意义，如同一份意外的奖赏。他不管三七二十一便从它的边沿浅水处一步步蹚进去。水洼里立刻从他的第一脚踏进开始朝着中心或更远的地方泛起了一圈一圈美丽的漪澜。那水是碧绿的颜色，此刻正犹如一块晃动着波纹的玉石，阳光洒在水面上，天空深处一堆堆的云彩全部映在里面。但是，随着他的进入，那些美丽清晰的图景全部消散了，好像刚才目睹到的一切只是一次虚幻的海市蜃楼。

　　旅行者已经迫不及待地一头扎进面前的深水里，他让自己至少屏住气息在水中央停留了六十秒。当他从水中浮出水面后，他的嘴里早已灌满了清凉的水，他海豚般地将嘴中的水喷向天空，他觉得天空立刻变得更加绚丽起来，在飘飞着的细密的水珠中，他看到了七色的光彩，不，远远多于七彩，赤、橙、黄、绿、蓝……全部颜色都聚集在里面。而当他的身体完全暴露在阳光下面，他才感觉到自己浑身的肌肉在蓝天和碧水之间放射出的熠熠光采。他勾着腰身并用双手连续掬起清水畅快地吞咽起来，之后，他开始在水中徜徉，他不停变换着游泳的姿势。水并不很深，最深的地方也不过刚及他的肚脐，可这对他来讲已经足够了。这时，他想起一首曾经流行的歌曲：

　　　　也许一杯清清的水，
　　　　一杯清清的水就能让我满足
　　　　……

鱼。

好大的一条鱼啊！

旅行者突然叫出声来。他听到自己激动的叫声在空旷的草场上一次次回荡。远处的天空中一只被这喊声惊起的雄鹰正振翅翱翔，有那么一刻，鸟的翅膀遮蔽了太阳的光辉，把一片巨大的阴影投射到地面上。意外的发现和高度的兴奋使得他全身的肌肉顷刻间拧紧似的跳跃起来，他感到刚才跃出水面的鱼好像已经整条钻进了自己的胸腔里了。他无法按捺那种最原始的捕捉的欲望。他强迫自己一动不动地站在水中，水底深处的藻类植物在他的两条腿之间裙带般游动，他感到它们正在无比温柔地抚摩着自己的腿脚。

水逐渐回归了平静。一些蜉蝣生物在其间自由地浮动。

他俯低身子观察水面的动静。水上浮现出一张脸，陌生而又狰狞。这张面孔让他感到不适。很快，他又感觉到了鱼的真实存在。也许是鱼精致而又滑溜的尾鳍无意间拨动了他腿部稀疏的汗毛。总之，他感觉到了鱼。一条很大的鱼正在水中挑衅。

草洼里清澈见底。

这回他真的看到了几尾游弋的鱼，它们像芭蕾舞演员那样踮着脚尖在水中移动，准确地说，那是鱼的背脊，宛如一线青丝在水里不深的地方静静地摇摆，它们哑然无声，停停走走。他强迫自己镇定并鬼祟地摸向其中一条鱼静止的方位，他几乎看清了鱼腹部淡淡的白色。他确信自己一定能抓住这条鱼。可是，他落空了，青黑色的鱼脊立刻潜到他未知的地方。他愣怔地伫立在水中央，一时间感到了巨大的空茫，眼前的水变得雾气森森，甚至有些鬼魅地摇晃扭曲着。太阳把他的身影平摊在水上，他发现自己的影子瘦长瘦长的，而且，看上去酷似一条死鱼的脊背毫无生气地浮在水面上。

蓦地，旅行者被一股冰凉的疼痛感撅醒。他一时无法确定疼痛的具体方位，浸泡在水中的一双腿脚已接近麻痹。他知道这正是未知的危险有机可乘的地方。他奋力游向浅水。当他急不可耐地从水中拔出腿脚上岸后，他看到自己的两条小腿和脚踝上吸附着的黑褐色的蚂蟥，足有五六只啊，还有，那种让人恶心的墨绿色的藻泥斑驳地黏在他的脚趾之间。他手忙脚乱地去撕拽那些稳若泰山的吸盘，疼痛再次袭来。他龇着牙，后来他发现，他必须用巴掌使劲往那些东西上扇，这样用力拍打的时候，他也打痛了自己。那些可恶的东西终于越缩越小，最后像一个个浑圆的橡胶丸似的落在草地上。他的腿上出现了若干个紫红的血印，每只印子上都冒出几滴鲜艳的血，汇聚到一定的时候才顺着他的腿滑落下来。

他懊恼异常。

正是在他精心算计那些鱼的时候，可恶的蚂蟥叮上了他。

旅行者重新穿好了衣裤。整个人却显得疲沓了许多，饱饮那种草洼里的生水给他带来的是前所未有的口干舌燥，还有被蚂蟥叮咬过的伤口肿痛难忍。当他重新推起摩托车前行的时候，他感到了晕眩阵阵袭来。

现在，他又迎着西斜的太阳上路了。

旅行者知道，自己此刻最需要的就是饱饱地吃上一顿，然后再躺下来安安生生地睡一大觉。

黄昏悄然降临在寂静的高原草场。无边无垠的草突然沉默为大片金黄，在天的尽头，牧人正扬起鞭子，牛羊拖着圆圆的肚子，它们满足的叫声在风中回荡。

女人听到帐篷外面传来的狗的狂吠和渐近的脚步声，她知道那不是自己的男人。那时，她正在帐内忙于烹煮，她用铁钎子不时翻动着锅里的羊头和羊蹄子，香膻的气味溢满整间帐篷。在水气缭绕的昏暗中，女人从帐口处探出半拉脑袋呵斥住自己的狗。娃娃正在帐内的毛毡子上玩弄着手里的几只粗大的羊拐骨，那些骨头发出近似于汉白玉般的荧光。

她看到一个落魄的陌生男人正站在自己的帐篷外，狗始终不肯罢休地与他对峙着。她不说话，用探询的目光上上下下看着他，脸上的表情凝重而又紧张。

陌生人上前叫了她一声大嫂，他表明自己是个外乡来的旅行者，因为他的摩托车坏在路上，他整整徒步走了一天的路程才找到这里，他只是想进来喝口水或者稍微歇一歇脚。

女人依旧不露声色地端详着他。片刻后，她发现对方的脸上的确流露出乞求和无助的神色，而且，他浑身上下都散发出馊臭的汗味和那种来自草原深处浓烈的草的气息。女人太了解这种气味了，这是一种让她感到放心和可靠混杂着的味道。但是，她依旧一声不吭，就在旅行者再次绝望地看了她一眼并准备转过身去的一瞬间，她却轻轻地将门帘掀起了一角。

女人清澈地说，来吧。

在这间藏民的帐篷里，饥乏不堪的旅行者一口气喝下了女主人为他端来的一大碗甘甜的羊奶。他觉得这是自己一生中喝过的最甜美的饮料。很快，他的眼神中有了富饶的光泽，面部表情恢复了文明人所特有的自信和轻松，他一边津津有味地咀嚼着香脆的油馕，一边开始给女人讲述自己一路上的种种经历，后来，他还讲到了面包上的蚂蚁和自己在白天做过的那次怪诞不经的梦境。

整个过程中，那个被女人抱在怀中的娃娃给旅行者留下的印象是：孩子的眼睛很像他所见到过的所有鱼的眼睛，明亮、鼓凸、转来转去，而且，孩子鲜艳的红脸蛋总让他联想到太阳下面一切可以红透的果子，比如桃子、苹果、番茄、山楂或枸杞之类的。至于孩子的母亲，她显得矜持、羞涩、敏感而又沉默寡言，她更善于聆听别人的表达。她的脸色总是因为对方喋喋不止的讲述和故事中的细节或高潮而起伏变化却又不失端庄，当然，她也表现出对他近似漂泊生活的不解和困惑。总之，旅行者越来越觉得，他这一天来的不顺利完全因为眼前这个女人的盛情接待而化解殆尽了。

女人已经点亮了油灯，晃动的灯光将帐内照得温馨而别致。这当间，女人几次起身去翻弄煮在锅里的东西，帐内始终弥漫着暖热的膻味。他借机打量整间帐篷和背对着他的女主人。他发现她那躲藏在裙袍里的背影非常生动，她乌黑的长发辫成一根粗辫儿在她的肩背上不时摆动着。女人忙完自己的事情，便会过来坐在他对面，然后接着摆好倾听的姿势。

后来，旅行者的情绪越来越好，他决定要为女主人和孩子唱一首歌，是那首他最喜欢的《在那遥远的地方》，他深情地唱着：

在那遥远的地方

有位好姑娘

每当我走过她的毡房总要停下不断地张望

我愿做一只小羊

守在她身旁

我愿她拿着皮鞭不断轻轻打在我身上

……

歌声至此戛然而止，因为帐篷的帘子被突然高高地掀起，一股清凉的夜风猛地灌进帐内，随即，一只巨大的黑色头颅率先伸进来。

旅行者立刻感到一种十分严重的气息迎面扑来，他已然从女主人惊惶的眼神和近似卑微的侍立中捕捉到了什么，他急忙也跟着站起身来，情急之下，他隔着脚下的炕桌将自己的一只手犹豫地伸过去。

帐外的康巴汉子在瞬息的凝视后径自闯进来，他的头几乎挨着了帐篷顶，他略微地佝偻着身子，盘在脑袋上的鞭子粗大而油黑，他的一双马靴将地上的毡子踩得咯咯直响。他根本没有去迎握对方的手，当他再度狐疑地打量过旅行者后，他才一屁股坐下来，声音重得如同夯锤落地。旅行者感到头皮发麻，两条腿不听使唤地战栗着。他看着康巴汉子把手中的鞭子扔在一旁，然后开始用力去拔脚上的马靴。立刻，帐内的空气被一种咸酸的臭味完全占据着，这种气味同样让旅行者感到莫名的恐慌。有几次，旅行者甚至幻想到对方的某次举手或行为就是冲他而来的——想把他打翻在地，他只得战战兢兢地伺机闪躲。

旅行者最终尴尬地在那康巴汉子的斜对面瘫软下来，他感到了从未有过的惶恐正洗劫着自己，但内心却拼命寻找着某种抚慰，他告诉自己不会有事的不会有事的。女人已经把饭食端了上来，并用一种旅行者无法听懂的语言冲那康巴汉子解释着什么。康巴汉子早已闷声不响地点上了烟卷，黝黑粗糙的脸上带着僵硬的不满和疑窦，他始终透过袅袅的青烟抬起头注视着旅行者，不时再回过头看看女人，他的目光像鹰的爪子一样在对方的脸上捕捉着。之后，他才默默地扑向炕桌上的食物，他响亮的咀嚼和吞咽声使得帐内气氛异常。

这时，女人将一只冒着热气的瓷盆端上来，里面盛着已经煮好的一整只羊头。女人招呼旅行者一起过来啃羊肉。旅行者迟疑地摇摇头，他愣愣地看看盆里的肉，又悄悄观察着低头吃饭的康巴汉子。对方好像意识到了什么，他撂下手里的碗筷，两只手同时伸向那盆里东西。

帐内到处弥散着肉骨的香味。

旅行者尽量调整着自己的心态，他尽可能地向那康巴汉子夸赞自己一路上看到的风光，美丽的高原牧场、静静的湖泊、遍地奔跑的牛羊，他真诚地赞美着藏族人民的热情好客，他还抚摩着此刻正爬在毡垫上玩耍羊拐骨的小男孩的脑门，他说这个孩子的眼睛像水中的鱼一样充满了智慧。那康巴汉子听得并不上心，也从不搭话，任由对方海阔天空，他的全部精力都集中在盆里的羊头上，他的毫不讲究的吃相给旅行者留下了极其深刻的印象。

　　后来，旅行者感到语言的匮乏了，而那康巴汉子自始至终都未曾给过他任何一个眼神上的交流，他只是自顾吃喝，老树皮一样粗粝的脸毫无表情可言。有一段时间，旅行者甚至开始盘算干脆一走了之，不过，他很快就打消了这个不切实际的念头，他知道那样做将会很愚蠢。外面的天空已黑得深不可测。旅行者又强迫自己冷静，并极尽夸赞之谈，他几乎把帐篷中一切可以看到的物品挨个说了一遍，直到喉咙干涩。最后，他实在感到江郎才尽时，才将话题无奈地转移到康巴汉子手中的羊头上。那只羊头已基本上肉尽骨出。旅行者联想到城市里近两年来非常盛行在家里悬挂一只莫名其妙的羊头来作装饰，当然，他自己并不喜欢这样做，他的家里没有挂这种的东西，他对白森森的羊头只感到惧怕和不祥。

　　旅行者咂舌不已地说，看多好的一只羊头啊，这在我们那里至少要花二三百块才能买到的。

　　这时，康巴汉子已经吃饱喝足，他的嗝打得像鼓点一样频繁。

最后，康巴汉子闷声闷气地说，睡，不早了。康巴汉子骤然躺下去时，旅行者又听到了一记重响，他的心里更加没着没落。

女人已将油灯熄了。

旅行者只得和衣睡在左侧，女人搂着娃娃在右边躺下，康巴汉子隆重的鼾声已经在他们中间高亢奏响。

旅行者在忐忑入睡之前，看到一撇幽蓝的月光从帘子的缝隙静静地渗进帐篷里，使人心惊胆战。整个夜晚，旅行者都被"逃跑"这两个汉字折磨着。

外面不时传来风掠过篷顶的呜呜声，悲怆而又苍凉。

天还未亮，旅行者便不辞而别地溜出帐篷上路了。那时，藏族女人一家还在沉睡。他有幸搭上了一辆顺路运送蔬菜的卡车，经过一上午的颠簸和臭气熏天的烂韭菜味的折磨，中午前终于抵达了甘南的一座偏僻的小镇，这里的海拔至少在三千米以上。那时候正是午睡时间，太阳烘烤着高原的土地，胡麻地里正盛开着浅蓝色的花朵。旅行者把摩托车送到镇上的一家修理铺去了，饭后，他独自躺在小旅馆内尽情享受逃亡后的松弛和休憩。

这时，他听见走廊里的服务员和什么人叽里咕噜的说话声，很吵，接着传来一阵笨重的脚步声，那种感觉很像是一头黑熊正朝这里摇摇晃晃走来。就在他疑惑的时候，房门被咚咚地拍响了，紧跟着，门"嘎吱"一响，一颗脑袋挤了进来。

——竟是那颗让人连做梦都恐惧的脑袋。

旅行者一骨碌从床上爬起来，他的身体紧靠在白色的墙壁上，他听到自己的嘴里嗫嚅着，他妈的竟追上来了！他看到那颗黑色脑袋的一刹那，差一点喊出声来，他记忆的门闸迅速地翻动着，他对那张五官长得奇大而又粗糙的脸感到既陌生又熟悉，不过，他很快就意识到了即将要发生什么，他的手迅速地伸进枕头下面，那里有他每次睡前藏放的一把锋利异常的藏刀——他曾用这把刀对付过拦路的抢劫者和尾追不舍的野狗。

那时，门外的康巴汉子已经径自闯进来，也许是外面的阳光太刺眼了，他在靠近以前眯着一双浓黑且浑圆的眼睛朝旅行者仔细观望了一会儿，待确定后才上前。

康巴汉子一字一顿地说，太好了，就怕追不上你。

旅行者怔得半晌也没有出声，他的嘴角剧烈抽搐着，房内虽阳光明媚，可他的手脚却感到冰凉。

康巴汉子把背在肩头的一只鼓鼓囊囊的褡裢"乓"地一下放在桌子上，用他那双胶泥颜色的手摊开了从里面拿出一个包裹着的凹凸不平的物件。他边打开边闷声闷气地说，晚上你说好看，吃坏了……又杀了一只，让老婆煮好才带来了。说着，他露出了从昨晚到此刻唯一的一次笑，短暂却璀璨至极，好像晚风突然把深暗的湖面吹开了一般，或者，更像一朵夏日里怒放的花。

那时候，旅行者无比惊讶地看到了一只正散发着扑鼻的腥膻气味的羊头，而且还带着一对十分完整的犄角，洁白的羊骨被透过窗棂而来的阳光映衬得晶莹剔透仿佛钻石一般。他从来没见过这么漂亮的骨头。

旅行者已经赤着脚从床上跳下来，他激动地拉住康巴汉子的手，而他自己另一只手里却紧紧地攥着一把闪着银光的刀子。旅行者的脸突然就红了，他尴尬地将它甩在地上，然后结结巴巴地说，朋友，咱们出去喝一杯吧！

康巴汉子重重地摆了一下他那颗缠着一圈黑发辫的脑袋——他的脑袋看上去好像增大了一倍，他依然闷声闷气地说，不了，路远，得赶回去放羊。说罢，早抓起桌上的空褡裢，头也不回地往外走。旅行者迟疑地疾步追出去。但康巴汉子已经解开缰绳一纵身跨上了马背，那匹大黑马的四只蹄子立刻嗒嗒地骚动起来。

在旅行者最后喊出"朋友"两个字的时候，那个康巴汉子已打马如飞，高原的土路上顿时扬起一道曲曲折折的尘烟，宛若通向天边的云路。旅行者依稀看到一只大手在很远很远的地方雄鹰一样冲自己招展……

妄想与痴心

这一年，总有一件重要的事情折磨着我，或者是三件，这三件看似完全相同的事情，却好像又不尽是一件事情。这三件以杀死赵国为最终目标的事情里相同的地方是攻击的对象：赵国。不同的是有那么一段时间我又不想杀死赵国了，这很奇怪，我觉得杀死赵国没有什么意思，或者说，就算赵国真的死了也不能让我快乐起来。

有一天，他们说："赵国出来了，你不是很想杀死他吗？现在机会来了。"他们跟我说这些话的时候，眼神都怪怪的，好像我是个胆小鬼似的，或者我是个言而无信的人。我看看他们又看看眼前的空酒瓶。我说："是！我一直想杀死他，就连做梦我也没有停止这种愿望。但是，现在我却一点也不想了，我觉得杀死他很没有意思。"我之所以不再想着去杀死赵国是有理由的，也可能是我觉得赵国已经不配让我去弄死他了。于是，我沉默了片刻，然后抬起头，抬头是件既容易又困难的事情，完全取决于人的心情。心情好的时候头就很容易抬起来而且可以抬得很高，反过来心情败落的那一刻头就有千斤重了，头重的原因很明了：他们的眼光太过于沉重和隐晦。不过，我还是抬起头看每一个人，每个人的表情此刻几乎都是复杂难言的，或者又是非常简单。这种复杂与简单都是同时存在的，像在刻意表演一个相同的意思：孬种！

在这种情况下，我只好抬起了头，我看了看身边的每一个人，然后一字一句地说："好吧！我要杀死那个赵国，否则我就不是人！"他们立刻一怔，接着都收敛了那种怪异的目光，异口同声地喊好样的。接着，我们又开始撞杯畅饮，这之前我们已经喝了大约两个钟头。现在，我们又重新开始了，仿佛我们因为某个分歧搁浅了正酣的酒局，所以现在一切又重新开始。我们七个人喝下了六瓶半酒，四十五度的老白干，他们说老白干真他妈的过瘾呀。我也这么说，事实上我喝得并不多，至少我是他们中喝得最少的那一个，也许我只喝了四两或半斤的样子。可这已经够了，半斤酒就足够让我神志恍惚思绪混乱。这样的酒跟酒精又有什么两样呢，喝了就会上头，脑子一大胆子也就跟着壮了起来。你们看到了，我本来是不想杀什么人的，可现在的情况是：我想杀人。最好立刻就能见到赵国。

"我问他们，他在哪里？"

这会儿该他们沉默了。

我又问："你们告诉我那狗日的现在在什么地方？！"

他们终于回过神，大概是我说话的声音太响了。他们面面相觑，随后有人冲我伸出大拇指说："有种！这才像个男人。"

于是，我一仰脖子就喝下了瓶中最后的白酒，酒穿过我的喉咙和胸腔时有一种非常奇怪的声响，刺溜刺溜的，好像我的喉咙或者胃是一片干涸的土地就等着这种滋润。他们也都像我那样仰脖灌下暴烈的烧酒，唯一不同的地方是，我无意间摔碎了酒瓶。我不想再多说一句话了，只有行动能表示我的意思。

我被他们前后簇拥着。簇拥着我的他们开始七嘴八舌，我毕竟喝的酒不是最多的，我保持着众人皆醉唯我独醒的临界状态，因为我知道，这个晚上我的目的不是喝醉而是杀人，去杀死一个我一直想杀死的人，虽然我知道我现在并不怎么想去杀死这个人。可他们就不同了，他们是我的朋友是称兄道弟的哥们，他们希望我能在这个夜晚做些事情，而且让他们亲眼看见，这样，我才能继续和他们在一起，然后共同迎来下一次胜利的聚会。

我一直认为酒是有用的，要不老祖宗不会吃饱了没事干把好端端的粮食弄成这个样子！我知道我越来越喜欢酒了，酒让我半醉半醒懵懵懂懂，有时甚至让人感到无比快乐。很久以来我都靠酒来安慰自己，酒能将我曾拥有的一切从过去时光的罅隙里夺回来或者彻底遗忘。我知道我并不仇恨某个人，甚至包括那时我日夜想杀死的赵国。我并不恨他，我就是想弄死他以证实些什么或者干脆是为了永远不再见到这个人。幸好，这个社会还有一些所谓的报应和轮回，在我最不想见到赵国的时候，他就给提溜进去了。活该！这家伙天生是要吃些苦头的，这大概可以称作咎由自取吧。

　　赵国给我的总体印象是：古板而又阴郁，这家伙的脸近似于生铁或陈旧的冷兵器。我时常这样想，像赵国这样的人怎么会有那么一个令我着迷的妹妹呢？

　　他们是我的朋友，自然会尽可能成全我的。我和蔚兰第一次见面那天，她指着我那些朋友说他们看起来不像是好人。我明白她的指桑骂槐，她是说我也不像什么好东西。说这我并不生气，我知道自己不是什么好人，可也算不上绝对的坏人。所以，我一点也不气馁，相反我厚起面皮对她说："男人不坏女人不爱！"说完这句欠缺起码考虑的话的后果是，蔚兰没笑，她的表情变得有点死板，反手给了我一个耳光。她说："小流氓，滚远点。"说完，她就转身头也不回地走开了。我觉得很丢人，脸皮火烧火燎的，我敢保证我还是第一次被一个小黄毛丫头给扁了，这滋味很像你正无比甜蜜地嚼着一颗奶糖，却很突兀地从中生出一块坚硬的石头，狠狠地伤害了你满以为锐利的牙齿和不错的胃口。

　　这时，他们相继从远处围过来，问情况怎么样。我奋拉着脑袋说："什么怎么样不怎么样，你们究竟想知道些什么。"说完，我也像蔚兰那样掉头走开。在滚烫的热浪与耻辱洗劫身体的同时，我只能避开他们的目光，我不知道他们看清了那一幕没有，反正她令我异常难堪。

很快，我知道我之所以痴迷这个能第一次见面就赏赐给我一记耳光的女孩，也许就是因为那个力度有限的耳光，它带着女孩的某种特质的气息一同沾在了我的脸上，我的脸就浮现出从来没有过的颜色。但我喜欢这种颜色，它接近于真实的自己。

我作为一个男人的异性体验完全是从蔚兰开始的，我不能确切地称之为初恋，那多少有点矫情，但我知道我的确喜欢上了她，这跟她扇我一个耳光也许并没有直接关系。

还是说说赵国吧。

我一直对赵国能有一个像蔚兰那样的妹妹感到吃惊，换句话说，我觉得蔚兰怎么会有像赵国那样古怪而又愚蠢的哥哥呢！这是个令人费解的问题，说它是个问题主要在于我骨子里讨厌赵国而又骨子里喜欢蔚兰。

当然，我不能真正回避他们，事实上我从来没有想过要回避某个人。他们对我很好，我也需要他们，虽不能说有难同当有福同享，但也是形影不离臭味相同的。我和他们在高二年级有一个很狂的名称，大家管我们叫狼群（因为我们曾在一次全校的文艺会演中合唱过齐秦的歌曲），我喜欢这个名字，尤其每当我和他们在夜色中潜行时，我的耳边时常响起一种嗖嗖的声音，这声音冷静、干脆、无所畏惧又无所牵挂。他们管我叫老四，他们说："老四，你是不是喜欢上蔚兰了？"我一惊，我不想当着他们的面承认这个事实，但我的脸色和嘴巴同时做出了背叛，它们最了解我，我又有什么能瞒住它们呢？我不说话。他们就七手八脚地簇拥着我，说这事情全包在他们身上了。所以，便有了上面那场很唐突而且极其失败的初约。

约会失败给我的打击很大，我觉得自己身上也许真的贴有一张标签，蔚兰也许能一眼看出来或者能清晰地感觉到。我觉得一个人一旦被别人在后背或身体的某个部位贴上那么一张标签，的确很糟，因为你从此只能是此而不能再是彼或别的什么东西。在这以前我并没有感觉到这份严峻，或者说我认为这种被别人指认的感觉很好，我是狼群里的老四，我们谁也不怕。学校曾经发生过一次斗殴事件，那还是不久前的事，原因是不同年级的两个班在一起上体育课，后来为了哪个班争到那只唯一的足球发生了口角，结果是我们耍小聪明抢到了球。我们占了上风，高三的只好让了我们，可放学后我们被那个班的几个男生堵截，他们号称非要给我们一点颜色看看，否则我们真的不知道马王爷是三只眼的。那时候我们正鬼哭狼嚎憋着嗓子吼《我是一匹来自北方的狼》，我们的嗓子都很沙哑，我们发出的声音有些摧枯拉朽。路旁飘舞着干瘪的树叶，刺刺啦啦划着地面和无处不在的空气。我们彼此搂抱在一起，肩膀贴着肩膀，任由狂风乱舞埃尘漫天。我们都有一种强烈而又自以为是的快感——我们是真正的西部牛仔，是流浪歌手，是狼，是一群目空一切的自大狂。这时，另一个班的男生们出现了，这些人来势凶猛，个个表现出某种深沉的仇恨与傲慢。我们的歌声就这样戛然而止。我记得我们当时正唱到那句"报以两声长啸"，那些男生就牛逼哄哄地矗在我们的前面。我们只好停止歌唱，但是我们都没有想起那句歌尽而亡的诗句，大概我们并不具备诗人气质。

这次殴斗实际上经过了三个回合，即对峙、狂追不舍和群斗。对方有个家伙很是嚣张，后来才得知他就是赵国。

赵国的嚣张在于他是个心狠手辣的家伙，他率先出手打破了我们当中一个人的鼻子，只一拳，血就像桃花一下子喷涌而出。我们明白事态的严重性，上课的时候我们也许可以用一些小伎俩得到那只足球，可课后完全不是这么一回事，简直是天壤之别。流血的鼻子让我们懂得了一个真理——拳头面前论好汉。于是，我们初次领教了被人殴打的滋味，这和我们不知天高地厚地做北方的狼完全是两码事。那天我们没有占上任何便宜，因为对方是有备而来的，且个个人高马大不择手段，致使我们几乎每个人都不同程度地挂了彩。我险些被打掉了一颗门牙，那颗牙一直在我的嘴里没有意义地晃悠着，有好几次我都想把它揪下来，可我还是忍住了。他们说如果真的掉了以后就不会再长了。于是，我听见我和他们共同发出一声比狼还要凄厉的叫声。

"狗日的，我要杀了你！"

对，这就是我和他们在这一年里突然十分迫切想要做的事情，杀死赵国，以报一箭之仇。我们也许并不能完全确定是不是想杀人，甚至根本弄不清到底怎样才能杀死一个人。反正，我们就是那样凄厉长啸着并眼看着我们的敌人获胜而归。而我们，真正沦为一群遭受猎人围攻的狼仔，我们个个遍体鳞伤，血和疼痛从我们身体的各个部位和关节无可名状地涌出来，然后被西北风凛冽地吹拂着，伤势变得更加不堪重负。风中还有大量的尘沙，它们飞落在我们的眼睛里，我们都没有流泪，忍着痛在风中彳亍而行。

我们准备复仇，或者为复仇设计各种可行的方案。而就在我们成天逡巡在校园外面等待时机的时候，蔚兰出现在了我们的视线当中，她像一只美丽活泼的小鹿，嘚嘚地从我们眼前跑过去，然后留下一串轻盈的脚步。当然这只是我的个人感觉，也许她的出现更符合一个完美阴谋的逻辑，谁知道呢。所以，他们才提醒我："喂！老四别发呆了，小鹿已经走远喽！"

接下来的许多天里，我总会无意间看到那只令人心悸的小鹿在校园的每个角落出现，这真是一件奇怪的事情，好像这之前学校根本没有这个人似的，又好像她就是从天而降的林妹妹。我每天课间和放学都守候在某个角落等待她的出现，我知道自己正如站在地平线上期待黎明和太阳的到来的一棵并不壮大的树。这也很有意思，我知道她会出现可又无法预见她到来的准确时间。所以，我就变得魂不守舍。实际上我的行动也仅限于远远地看上她一眼，除此以外，我还能做些什么呢！况且，我和他们还有更要紧的事情要做，我们是一个群体，我们信仰一荣俱荣一损皆损的群体观念，用一些话说：人不犯我我不犯人！谁要跟我们过不去，我们就跟谁拼到底！

时机终于来了。当然，这并不是复仇的机会，而是他们告诉了我一个令人欣喜若狂的消息：她叫蔚兰，和我们同年级的。更重要的是，还没有哪个男生追到她。这个消息对我太重要了，它几乎让我忘却了不久前遭受的那场暴力事件。我开始相信那句格言了：生命诚可贵，爱情价更高，我甚至相信那些劳其筋骨饿其体肤的古训。那好吧，我说，我要和她约会。约会这种事情终于在这年的某个傍晚发生了，与其说我是去赴约，倒不如说我简直就是个傀儡，硬是被他们犯人一样押解着送上了断头台。

下面的细节你们都清楚了，我要说的是另外一件事。

在我和蔚兰见面后的第二天上午，也就是在我依旧满怀激动、满怀羞怯、满怀憧憬的这个早晨的课间，一个外班男生气息冰冷地突然破门而入。他进门后就直冲我扑过来，惹得我们班的几个乖巧怕事的女生一阵狂叫，而我连一点反应都没有。但我还是潜意识里知道来者是谁了，他就是我们一直试图要报复的家伙——赵国。现在一切似乎都反了过来，我们还没来得及找他算账，他却变本加厉反守为攻。后来，从班上同学的目光中依稀感觉到我再次遭受的耻辱有多深重：我的那颗门牙真的被他打掉了，而且还殃及了旁边的好几颗。另外，这家伙大概还薅下了我一撮头发，那些被撕扯下来的头发像一片杂草静静地落在教室的地板上，上面静谧着一层清晨的冷淡光泽。

最为可耻的是，赵国在离开教室的时候冲我发出的严厉的警告：记住！你最好离我妹妹远一点！

你们明白了吧，这是一次极其无耻的侵犯，我被我喜欢的女孩的哥哥给狠狠地揍了一顿。这总让人想起千百年前的经典爱情故事，一个穷小子死乞白赖地爱上了富人家的千金小姐而引来的一场横祸。

我在一口一口地吐出那些淤积在嘴里的血块时，我清楚地听到胸腔内有个声音正在大声呼喊：我要杀了这个王八蛋！我要杀死赵国！当群体恩怨转化成私人恩怨之后，个体就再也不是被动的了，换句话说，现在我比他们任何一个人的复仇欲望都要强烈百倍，我不在乎他是谁。

而就在我准备做出反应的同时，从高三年级传来一句赵国的扬言，他说如果谁再敢去缠蔚兰，他就废了谁！面对这句狂妄的话，我的几个心腹伙伴也做出了强硬的反应，说："我们跟赵国势不两立。"可我一点也不想连累他们，我说："赵国是冲我来的，跟你们没关系。"

我的话音未落，他们就急了，好像是我背信弃义，个个不拿好脸色待我。我只好收回自己的话，我说："我现在什么都不想了，就想弄死那个狗日的。"于是，我们几个在放学以前拿出了两套对付赵国的方案：一种是拦截他，另一种是从蔚兰入手。而且，他们普遍认为堵截是下策，万一对方比我们人还多的时候注定要吃亏的。而我又坚决不赞成利用蔚兰，她虽然也给过我一个耳光，但意义完全不同，我一点也不怪她，反倒觉得她很有个性。他们就都撇撇嘴，不冷不热地说："这又何苦呢！要这么说起来赵国还是你的大舅哥，那干脆就忍忍吧。"

说真的，他们太让我失望了。

我二话没说就走了。

我走出大概五十步的时候，听见身后传来噼噼啪啪的一阵跑步声，仿佛雪地里一群乖滑的野兔。

今晚，我们的确喝了很多酒，酒一直在我们每个人的胃里燃烧，人就跟着喉咙里看不见的火苗扑扑地往上飘，燃烧的滋味真好，有点脱离地球的感觉。

从饭馆出来，他们把我拉进一家录像厅，里面暗无天日，二十四小时滚动播映，多数是港台打打杀杀一类的片子。我喜欢看周润发的《英雄本色》，他握枪射击时的样子很酷，和真的一样（虽然我们都知道是在做戏）。现在里面正放着他的另一部片子《阿郎的故事》，我一点也不喜欢，倒是罗大佑喑哑的歌声很能打动人，特别是那句"让风尘刻画你的样子"，很适合所有失恋或即将失恋者去听。事实上，我并无心看屏幕上的东西，我大概是在琢磨怎么去找赵国算账，看录像也许跟找一个人算账没有任何联系。他们说，急什么，有的是时间，赵国刚出来，先让他缓两天吧！君子报仇十年不晚。

我觉得他们说得不无道理，但还是不想继续待在里面，我讨厌看那种过于煽情的东西，就趁上厕所的空当溜了出来。

街面上已经很冷清了，风中飘荡着一些浮躁的土腥味。而我的心情渐渐变得寥落不堪，这种近乎孤绝的感觉让人不禁伤感起来，我在教室遭受赵国殴打的那天就是这种感觉。不过，他们很快为我寻找到一个报仇的方法，据说赵国有个习惯，他每天早自习时都躲在学校公厕里蹲着抽烟。说话时他们都冲我诡秘地笑着，也许我们的机会真的来了。

那天跑完操以后，我们几个没有按时回教室去上早自习，而是像一群狼隐匿在操场的某个角落，在这个地方我们可以远远地观察从厕所里出入的学生。有一点需要说明，我们学校教工和学生的厕所是单独使用的，也就是说学生这边通常不会有老师出现。想一想也不无道理，倘若大家都在一起解决问题，老师们上课时一定会显得很不自然的，毕竟师生有别而且涉及个人隐私，所以，学生和教工之间就用一堵砖墙隔离开来，而学生的厕所由各班学生轮流值勤扫除。正如他们告诉我的，赵国果然在早自习刚响铃不久便一路小跑着来了，这看上去有些自投罗网的滑稽。

我当时的感觉是仇人见面分外眼红，恨不得立刻扑将过去然后将他痛击一顿以报门牙之辱。他们急忙从身后拉住我，说心急吃不着热豆腐。于是，我们按预先设计好的方案一步步靠近目标，我们里面有人拎着半桶水，有人拿着笤帚，我们装出一副去打扫卫生的样子，而我的手里却捏着俩半拉砖头。当时正值早春时节，天气尚显出一分寒意，我能感觉到自己手里的砖块正透着一股冰冷，但我的内心却起伏跌宕，似乎正在进行一场百米冲刺。我不时地用舌尖舔着牙床，那是一个豁口，在那里我的一颗洁白的门牙脱落下来，它掉下来的时候已经不是白色的，被一摊猩红的血包裹着，血的颜色能激起人最大限度的爱与恨。

这时，我们依稀能闻到（也许是想象到）那种浓烈的气味，是烟草燃烧在粪便之中的古怪味道，我甚至能够想象到一个令我憎恨的家伙正狗一样地蹲在茅坑之上，他的嘴角和鼻孔不停冒出缭绕的烟雾，或者是双目紧闭一副若有所思的神情。我们低着头一前一后溜了进去，我走在最后，这也是他们事先给我安排好的最佳位置，生怕我一露面会打草惊蛇。

夜色中我看见有个黑影向我移动，或者说那人是很匆忙地从远处奔跑过来的。街上已经没有几个人了，稀稀散散的店铺保持着某种深沉，一味地静默在街边，好像被这个小镇抛弃了的孤寡老人。店铺里投射出散漫的光，映在路上，路便灰一块亮一块的有点光怪陆离的虚幻。脚步声由远而近，那个奔跑着的人在我的前方只是漆黑的一团，但显得很轻，或者更像是在飘动。

很快，我跟那个黑影已经擦肩而过了，路很仄，所以我们相互碰撞在一起，那人跑得也许太快了以至于将我们彼此都撞倒在路上。而没等我做出任何反应，有一只像钩子一样的手伸过来锁定了我的喉咙。有个凶巴巴的声音冲我叫："狗日的眼瞎了！"随即，就是莫名其妙的一通拳脚。我的眼睛、脸、额头还有前胸和后背顿时发出乒乒乓乓的声响，那些声音又脆又急，冰雹似的在我的身体上落下来，我身体的那些部位就很听话地浮肿起来。

那人见我用双臂捂着脑袋瑟缩在地上，才狠狠冲我啐了两口唾沫又结结实实补上最后一脚才扭头离开，很快就没了踪影，而我们之间刚才所发生的一切摩擦好像只是个幻觉，我的肩部和胸膛分明还能感觉一股强烈的冲击力正在隐隐作痛。我的周身无处不在痛。

我狗熊一样缓慢地爬起来，我知道那黑影也许并无意置我于死地，他只是为了宣泄，因为我是他的绊脚石，他揍我的时候仿佛仅仅是在针对一块石头或半截树桩。如果你们正从我的身边经过，一定能看到我狼狈的样子，就在不久前的几秒钟里我还在痴心妄想着怎么去找赵国报仇，可转眼间我就变成这副模样了。

这时，他们几个已相继从录像厅里钻出来，然后扯着被酒精麻醉的喉咙骂街似的喊我的名字，他们的叫声在夜风中飘飘荡荡，鬼哭狼嚎般地散落在这个小镇的每个角落。好了，你们知道我要说什么了，我们所生活着的地方实在太渺小了。很多时候我都在想，渺小也许真是件坏事情，它让我们内心世界变得狭隘而又脆弱。比方说我对赵国的仇恨，我为什么要恨他呢！或者说他为什么总跟我这个不相干的人过不去，理由也许真的很简单。就在刚才我被一个陌生人饱练了一顿，可我一点也恨不起来他，因为我根本不知道他是谁，就像自己不小心栽了个跟头而跌得鼻青脸肿，总不能去怪马路或别的什么吧。

我实在不想让他们看见自己现在的样子，于是我急忙躲在路边的一根电线杆子后面。我让身体紧紧地贴在上面，水泥的温度很低，就像一个绝情的女人我永远也不能将她温暖起来，相反我的身体也开始无意识地接受这种靠近临界的冰冷。他们一个个像大尾巴狼似的在街道上谩骂逡巡，一遍遍喊我的名字，一次次无心的咒骂——他们把我骂成猪、驴、胆小鬼、臭狗屎还有女人，他们的声音和被路灯拉长的影子变得狡猾而又阴险，他们打我身旁来回走过，却永远也找不到我。他们实在喝多了，喝醉酒的人永远也做不到自己想要做的事情。

后来，他们终于决定放弃寻找了，我看不清他们的脸，我不能猜想他们是高兴还是慌张。总之，他们在离开这条街的时候胃里都咕哝出很臭的酒气，还有一些炸得有些过火的花生米味。

我终于可以带着满身的疼痛大大方方地走在街上了，除了他们没有人能认出我来，我的右眼有些肿，它让我看东西的时候有些费劲，这没关系，我还有另一只眼，他们曾告诉我如果别人打你的右眼你就准备好左眼，因为两只眼睛都是有用的。身后隐约飘荡着从录像厅传来的噪声或者还有歌声，它们纠缠不清地在夜色中展开，然后朝无限深远的地方漫溢着。

那天，我们报复赵国的计划一点也不如想象中那样顺利，事实上当我们蹑手蹑脚钻进去的时候，茅坑上并没有蹲着那么一个家伙，而我们看到的却是另一个情景。

这样说吧，赵国并不是在专心地抽烟，我们只是被他古怪的背影怔住了：他双手趴伏在最里面的墙上脖子伸得很长，脚下垫着几块砖，他大概没有抽烟，但他的样子却极其专注。赵国干什么都无所谓，重要的是我们抓住了这次好机会，我们几乎一拥而上，各自按原先的分工行事。于是，那半桶水、砖头、扫帚把还有纷乱的拳脚一起落在这家伙的身上，他的喊声也像我们的拳脚一样骤然而起。揍人的滋味实在太好了！然而与此同时，我们也听见从隔壁女教工那边发出的一声更加有力更加刺耳的尖叫，那种女人的叫声实在太响亮了，就好像我们手中的那些东西全部落在她的身上一样，或者更像我们突然全部闯进去目睹了她"办公"时的模样。

赵国偷窥女教工的秘密就是这样被揭露于众的，第二天上午学校找来民工将那堵隔墙加高了一截，并且还抹上了厚厚的一层水泥，生怕哪个家伙会有特异功能什么的。

那段日子我比任何一个人都要兴奋。赵国作为一个无耻的流氓被学校给予了留校察看，而我们几个也因此成为勇于同坏人坏事做斗争的榜样，在一次全校大会上我们的名字被一种叫作麦克风的东西从喇叭里神气地传播出来，然后在校园上空久久回荡。

没多久，在他们的预谋下，我又准备向蔚兰发出第二次进攻，而另一件事情却已经悄然发生。他们告诉我蔚兰出事了，或者说赵国又犯事了。这样说吧，蔚兰根本就不是赵国的什么妹妹，她刚一来这个学校赵国就对她穷追不舍，可蔚兰并不想跟他好，于是赵国在万般无奈之下提出让蔚兰做他的妹妹。他俩的关系大概就是这样。

他们说蔚兰被赵国玩了。

他们说老四你千万别难过，她已经是个烂货……

他们还想说什么，我却已经远远地走开了。

我感觉到自己的嘴角在剧烈抽搐，像被蝎子蜇了一下，无边无沿的疼痛涌上了心头。

我说过这一年总有事情要发生，但我已经不在乎能不能杀死赵国了。人生每一个阶段会有每一个阶段的目标，就像我以前那么耿耿于怀地想杀死一个人，此刻我已不再执念。

这个晚上，我睡得死沉，睡前我是蒙着头的，不想让任何人看到我悲惨的脸面。直到上午十点半之后，他们几个才狼一样蹿进来，被子被他们掀到一旁，我还没来得及捂住自己的嘴脸，或者说我根本没有反应过来自己的脸上有什么不妥，他们就已经大叫起来。

他们说："不用猜就知道是你干的！真有种！"

我一头雾水。我干了什么？

他们就嚷："你真不够意思，敢撇下我们自己去干！"

我木讷地看他们每一个人。

"别他妈装孙子了！看不出来你还够狠的！"他们拍着我赤裸的胸膛说，"对那家伙就得这样，最好再拿刀子剜下他裤裆那两个蛋子才过瘾呢！"

他们都在放声大笑。

渐渐地，我似乎意识到了什么，便一个激灵从床上翻起身，一股莫名的恐惧隐隐袭来。

他们说："你到底在自言自语什么？"

"蔚兰——"

"——蔚兰？！"

兄弟便是李逵

到我这种年龄也许应该学会沉稳一点，最好能像铁块那样安静，放在太阳底下暴晒或淋点雨什么的，外表滚烫或锈迹斑驳面目全非，甚至某些地方已经悄悄地发生了化学反应，最后变成了氯化铁或氯化亚铁了，别管他们怎么看，铁就是铁，里面硬着呢。当然，我并不是说自己已经很老了。事实上，我还很年轻，整日能吃能喝能睡，你们都看到了，我该有多健康！

其实，他们叫我李逵不是没有理由的，这一点我自己清楚。命苦不能怪政府，要怨只能怨父母。谁让我一生下来就是个黑炭头呢，这是众所周知的事实，父亲偏又给起了个莫名其妙的名字。我不知道他在给我起名时是否通读过《水浒》，按理说起码应该知道的。李魁每每抱怨的时候，母亲总是不以为然，她说若是不叫李魁你恐怕连小命也保不住。你们都听见了，这算什么逻辑，我的身体孱弱一定是粮食低标准给闹的，而我总不该是靠李魁这个虚名才活到现在吧。

刚入学那阵，老师们也觉得我的学名有些不妥，他们建议重新起一个，比如叫李建国李红兵李卫东什么的，实在不行叫李铁蛋也成。但李魁的母亲摆出一副固执而又神秘兮兮的假象，说李魁天生是个病秧子，万一改了名字有个三长两短谁负责。老师们都觉得李魁的母亲实在太迷信而且有些不可救药。于是，他们轻描淡写地说："李魁就李魁吧，反正孩子是你的，爱叫什么就叫什么呗。"

问题是，他们都不叫我这个李魁，而是叫那个李逵，打一开始就这样，我能听出来。更要命的是，李魁这家伙的脑袋越长越大，身体却细如麻秆，一副弱不禁风的可怜相。这样说吧，我只是肤色奇黑脑袋硕大。

他们不光喊我李逵，还非法盗用施耐庵先生发明创造的"黑旋风""铁牛"之类的绰号硬往我头上安，这很不符合现状，我知道四级以上的风就能把李魁吹个跟头，人家李逵难道会是这副模样吗？有诗为证：

家住沂州翠岭东，
杀人放火恣行凶。
不搽煤墨浑身黑，
似着朱砂两眼红。

闲向溪边磨巨斧，

闷来岩畔斫乔松。

力如牛猛坚如铁，

撼地摇天黑旋风。

看清了吧，这才是货真价实的李逵。实属被逼无奈，而不得已才搬弄出这首老诗。再说，他们这样做也是严重的侵权行为，可他们根本不把这个当回事，个个都一副心安理得若无其事的样子，好像施先生是他亲娘舅。

后来李魁识了几个大字，竟也能读懂几本小人书了，最先看的好像就是《水浒传》，关于李逵闹江州劫法场力杀四虎坐堂断案等故事他几乎倒背如流。在阅读的过程中，李魁甚至有种奇妙的快感，仿佛那个黑旋风就是他自己，他和书中的李逵俨然合二为一了。我经常和李魁在放学的路上独自行走，我总幻觉自己就是手拿两把大斧的梁山好汉，看谁不顺眼就砍谁，一路杀将下去，浑身溅满鲜血。

而事实上，早就有人看我不顺眼了。那回是冬季，天黑得奇快，我做完值日往回走，在一条羊肠似的仄胡同里被高年级的学生堵住了。他们一步一步向我逼近，每个人的脸上都黑黑的看不到任何表情。"听说你就是李逵，怎么没有拿斧子呢！"李魁恐惧得像一只挨宰的鸡，他们边说边笑，那笑声让人毛骨悚然不知所措。他们搋住我的一瞬间，我的脑子里突然冒出一对雪亮的东西，我不知道那是不是李魁痴迷的大斧，它锋利无比霍霍生威，可我的手里什么也没有。冬天挨打的滋味真难受，全身的骨头都像散了架，无边的疼痛如同一把坚硬锋锐的冰刀一直刺到五脏六腑中。见李魁死狗一样趴在地上不动了，他们几个又从棉裤里掏出各自的小东西，然后一声号令，每个人嘴里都发出哨子一样的怪响，五六柱尿液喷泉似的在李魁的身体周围织成水帘，湿热的尿臊味弥散在袅袅的雾气中。他们边尿边骂骂咧咧地告诫："就你这种尿包也敢叫李逵，李逵是你叫的吗？！"

我从那以后不想再叫李逵了，真的！我比李逵差远了，我手里没有斧子，就是有斧子我也未必敢拿它杀人，我在回家的路上经常慌不择路，好像有几块冰凌子直插进我的骨头里了，或者说，李魁早被吓破了胆，他这种胆小鬼怎么能配叫李逵呢！

你们瞧瞧这副臭牌，哪儿跟哪儿都不靠，他们老早停口等和，可李魁手里的东西南北还没开干净。上家有一双贼眼，我撂啥他撂啥，死活吃不上一张牌。李魁有些后悔，早知道自己尿炕就应该睡在筛子上。现在，浑身都在冒汗，冷的热的还有不冷也不热的一起流淌，汗比尿还多。

我说不玩了。狗日的几个偏不乐意，看样子非得把我赶上山才肯罢休。我真的不能再玩了，眼看快输个精光。真凑巧，李魁的破呼机就叫魂似的响了，是那种很庸俗的《婚礼进行曲》，我故意把它调成这样，因为谁听了都觉得闹得慌。我胡乱看了一眼，便计上心头。等它再次响的时候，他们就受不了了，勉强批准我下楼回电话。

放平时，我是不愿意这么晚回传呼的，尤其整个晚上的战事损失惨重，我的内心也像瘪瘪的钱夹显得空荡荡的，所以，我拨通电话的时候几乎没有丝毫意识，电话里的声音很嘈杂，有一种叫作音乐的东西在李魁的耳朵里飘来飘去，那头问："是李逵吗？我找李逵。"

李魁正无处发泄，便冲里面恶狠狠地说："我不是李逵李逵不是我，你他妈听清楚了没有！"我听见话筒里短时的沉默后立刻反弹出一句"神经病"，便收了线。

那伙人经常欺负我，我不知道他们为什么那么讨厌我的名字。他们远远看见李魁就一窝蜂地扑过来，嘴里嚷嚷着"抓住李逵，别让他跑了"。一旦将李魁逮住就高声吆喝"李逵，这次我看你往哪儿跑"，那架势很像官府的人拿住了朝廷重犯。事实上，李魁能逃脱的机会实在很少。他们人多，也很狡猾，总是把我堵在某个犄角旮旯，然后一通拳脚。开始是真揍，后来就猫捉老鼠似的，带着某种侮辱的意思，比如：抢李魁的帽子当球踢、用红蓝铅笔在李魁的脸上画眼镜胡须或者将他当牛一样骑。

这种情形持续了有多半年，后来我发现他们渐渐对我失去了兴趣，这很让我庆幸，同时又有点失落，仿佛生活中丢失了某种重要的过程，以往我都是提心吊胆地过日子，如果哪一天或哪一个礼拜没有被他们截住一两次，我通常会有种谢天谢地的感动。

而这一天来得有些突然，他们闯进教室的时候，李魁正在和另一个女生打扫卫生。地板上已经泼上了清水，李魁干活的时候从不偷懒，如果单从这一点判断，我认为李魁还算是个好学生。他把所有的板凳都摞在课桌面上，然后他们就勾着腰像老牛一样一排一排地清扫地面。那些坏蛋什么时间钻进教室的我根本不清楚。他们进来就开始在每个桌兜里胡乱搜腾，专门找那种"英雄"牌的钢笔圆珠笔或其他学习用具往兜里塞，他们把座位里的课本草稿纸扔得遍地都是，总之，他们简直就是一群鱼肉乡里的土匪。而李魁根本没有勇气抬头，只是一味地耷拉着脑袋，心里打鼓一样地紧张，生怕被他们发现。

那个女生比李魁勇敢百倍。我到现在依旧能清楚地记起她当时的模样。她说："你们怎么这么无耻，随便动别人的东西？"那伙人并没有理睬她依旧我行我素。女生急了，她快步走到教室门口双手叉腰，"你们再不滚我可要喊人了"。透过一排排错落的板凳腿我看见她疾恶如仇的眼眸在纷纷扬扬的尘埃中涌动，那时我的心正在嗓子眼里扑腾。那几个家伙似乎稍稍怔了一下，很快便疯狗似的围住了她。

我不知道他们对她做了什么，我只听见女生发出一记异常惊恐的尖叫——流氓，然后"哇"的一声哭出来，那声音单薄得像一片白纸落在地上。李魁的脑袋终于从那些凌乱的凳子腿里一点一点呈露出来，他的手抖得很厉害，完全不受自己的控制。我还听见他们很无耻地说："别哭呀小妹妹，把你身上的笔借给我们用用吧。"李魁几乎不知道他是怎么抓起教室后面空地上的两条破板凳腿的，他只是觉得他们对"笔"的发音简直令他恶心到了极点。我的脑子空前地炽烈，犹如一堆木柴在里面毕毕剥剥地燃烧，熊熊火焰中我看见李逵正手举利斧从天而降，他高声短喝：兄弟便是黑旋风李逵！与此同时，李逵真就晃动着手里的家伙劈头盖脸地朝他们剁去，有两三个人顿时横七竖八地倒下去。那确是书中的李逵，一招一式都透射出勇猛和力量。李逵乘势一把便薅住其中一人的头发，那人便像一根葱似的离了地面，两条腿死活踹着空气挣扎。李逵火冒三丈，抡起铁锤般大小的拳头把红的绿的蓝的紫的黑的颜色全部涂在那人的脸面上。我看见那几个家伙痛苦而扭曲的表情，凳子腿砸在人的身体上又沉又响，我也许还听见他们号得像死猪一样不堪入耳。他们终于哭爹喊娘落荒逃窜。李魁依旧手举两条板凳腿一路撵将出去。

女生终于止住了哭声，她也许明白了什么叫作兔子急了也咬人的理儿，她隐约听到一向唯唯诺诺的同学李魁边追边喊叫着什么，他的嘴张得很大，像一只愤怒的猩猩。

那天我真的有点糊涂，我一时很难准确地概括李魁的一举一动。我觉得我似乎不再是李魁了，我跟换了个人似的，从头到脚都不是我自己的。那我又是谁呢？这也许是个大问题。我一贯胆小如鼠，除了有一个我不喜欢或者别人也不喜欢的名字外，我几乎一无是处。

女生第二天一早便将李魁的英勇事迹报告给了班主任老师和所有同学，大家都用相同的目光看着李魁，然后不信任地摇摇头说:"不会吧!"

那天李魁有点骄傲,我感觉他的脸烧烧的,他故意把那颗黑头昂得很高,生怕大家不知道李魁长什么样。可他毕竟有些失望,同学们看他的眼神近乎古怪,只有那个勇敢的女生对他刮目相望,所以,李魁的脸就更红了,红得没边没沿。

我一下楼他们便意识到我要溜,撵出来扯着嗓门喊:"李逵,你他妈给我站住,你别跑账还没清呢。"我听得别扭,谁想跑了?我只是想去找人借点钱,再说你们是在叫李逵,我再说一遍我不是李逵!可是,我并不知道找谁借,其实根本没有人愿意把钱借给我,除非是傻瓜。我的爱好并不复杂,除了喝酒和睡懒觉之外,偶尔也染指于麻将赌博和KTV泡妞,必要的时候还得桑拿一下,他们不是口口声声说人民需要桑拿吗?

事实上,我也不想这么惛惛懂懂瞎混,有一段时间我特想去当警察,我觉得干什么都不如当警察威风。他们告诉我警察很危险!所以,我现在连警察也不想当了,该吃就吃该睡就睡,最好隔两天能换个靓妞乐一乐,也算不白活一场。

我不得不稍稍透露一下个人隐私,李魁至今还没有一个相对固定的女人,或者说,他觉得像他这种年龄的男人没有女人挺好,梁山好汉绝大多数不都没有女人吗,要多自在有多自在。李逵没有女人,心里只有大哥。当然,打死我也不愿意做这个李逵,他在形式上有点像王老五,傻了吧唧的,整个一杀人狂。西方国家有一项最新研究成果,他们提醒人们注意,凡是丧失性欲过久(或性欲完全丧失)的人,通常最有可能成为最凶残的魔鬼。前些时候有个叫余杰的黑马从北大杀将出来，他说那些文学专家认为李逵先生是《水浒》中刻画得最生动最惹人喜欢的人物，而他个人以为李逵只是一部疯狂开动的杀人机器，类似于欧美的"连环杀手"。我觉得李逵之所以杀戮成瘾，客观上有两种原因：其一，老虎吃了他老娘使其心理变态；其二，长时间缺乏性生活而导致内分泌失调机理紊乱，这一点尤为重要。

其实，我只是想说身边还是要有个女人的，否则大家很容易变成李逵那样，那还怎么得了，要不然老百姓也要惶惶不可终日。你们都看到了，社会治安的确比以前好多了，李魁已经很久没有听说过强奸之类的事情发生了，不用猜你们也知道原因在哪里。

给李魁打传呼的女孩叫诗诗，她每次都说要跟李魁同姓，她觉得这很好玩。李魁为此也很是欣慰。半年前，李魁是在一家夜总会里认识她的。条子很展，头发烫染成亮度很高的明黄色，像一堆疯长的韭黄，蹦迪的时候她的头摇摆得很厉害，那团黄毛就在脑袋上左右前后地荡来荡去，怎么看怎么不顺眼，说心里话，我一点也不喜欢她。

诗诗说她在大学读的是中文，对此我很是有些怀疑。不过听她说话还是有点文化品位的，她没有告诉我她从哪里来，对此她总是支支吾吾，她和那些四川湖南来的小姐明显不同。

现在，我感觉到李魁的内心是相当复杂的。他想也许那个女孩真的遇到了什么麻烦，她在电话里带着某种哀婉的语调，说："李魁，你来陪陪我吧，我都快闷死了。"于是，李魁断定情况紧急，他决定立刻赶到那里。这很明显，李魁的一切念头都逃不过我的眼睛。他摸了摸自己的口袋，剩下的钞票很有限，或者说有限的资金只能做有限的事情，他不想在女人的面前丢失面子，尤其是这个叫诗诗的女孩子。

诗诗经常服用那种药丸，我第一次见到她的时候，她的头完全不受自己控制，好像随时会从肩膀上掉下来。那天，我的一个警察朋友去一家夜总会巡查，恰好那段时间我成天做警察梦，他就带我一同去那些灯红酒绿的地方。朋友对诗诗说："你得老老实实交代问题，此外还得缴两千块罚款。"她的头还在不停地摇，我真担心它会掉在地上。朋友用矿泉水泼她，一次，两次，到第三下的时候她才好一些。朋友说："我们的政策是坦白从宽抗拒从严。"她脸皮倒挺厚，手赖赖地伸过来向朋友要烟。那一刻，我看清她有一双很美丽的手，手指丰盈修长而均匀，她就那样散散地伸着。

这应该是我朋友问案问得最糟糕的一次，我不知道他究竟问了些什么。她和那些女人不同，她的眼神手指明黄色的短发还有那种特殊的味道和喷吐烟圈的姿势都让人感到紧张，这种紧张来自我对她年龄的怀疑。尤其是他们在她的脸上泼了很多水，这使她看起来更像一朵披挂着晶莹露珠的向日葵，很扎眼。她突然就哭得一塌糊涂，像一列呜呜驶来的老爷车。"我什么都不知道，真的求你们别再问了。"她说。我必须承认自己天生就怕女人哭，看着她泪眼蒙眬的样子我竟有些不忍心了，事实上，像她这样的女孩遍地皆是，这也不能全怪她们。我趴在朋友的耳边说情，"放了她吧，看她怪可怜的"。朋友就大骂我，说："你狗日的倒挺会怜香惜玉，就凭这你这辈子都别想当警察。"朋友就板起面孔："再哭就缴罚款。"她这才破涕为笑，她说："两位大哥真是好人，以后我保证再也不碰那种东西了。"李魁忽然觉得女孩笑的时候简直就是个孩子，又俏皮又单纯。于是。女孩临走时，李魁大概是心血来潮，他将自己的传呼号留给她，并像个大哥似的嘱咐她以后要学好。朋友不无嘲讽地笑，说："你不会是看上她了吧！"

　　我被李魁的影子拖着走进那家酒吧，进门的时候眼睛让快速闪烁的霓虹灯刺了一下，我讨厌这种很有规律变化的东西，它们总在重复一些莫名其妙的图案。诗诗像猫一样潜伏在一处光线暗淡的角落，面前的桌上除了一只很精巧的坤包外，还放着一只高脚杯，里面加了大量的冰块，部分冰块从深色的酒水中裸露出来，像座冰山。我被她的手指勾了过去，她把酒杯擎在手指间晃来晃去，冰块和玻璃杯之间便发出一种很清脆的摩擦声，室内飘荡着低回而绵延的欧美爵士乐，大概有人在里面有一阵没一阵地瞎唱，我连一句也听不懂。

　　通常，李魁见到女人总有些不自在，这种不自在表现为心不在焉，他把十只手指的关节挨个掰得叭叭作响。诗诗给他要了一扎黑啤，那杯子就长在他的手上了。诗诗每次都给他要这种黑啤酒，她说这很像你的脸色，你喝下去准会永葆青春，这叫吃啥补啥。

诗诗已经很久没有服那种药丸了，黄头发也长长了许多，头摇得没有以前那么夸张，只是看人时眼神有些飘。李魁害怕女孩用这样的坏眼神看着他，所以他尽量不去主动接触她的目光。诗诗用细细的手指夹起酒杯中的一块没有棱角的冰来放进嘴里，她的唇膏是那种茄紫色的，她的脸扬得很高，冰块极像一只玲珑剔透的大钻石，它落入她口中的一刹那闪出了一道斑斓的光。然后我听见她的牙齿切割冰块的脆响，她的牙齿真好。而那种声音总让我想起冬天的夜里被人摁在地上痛打时的情景，李魁的脸就贴在冰凉的地面上，五六只手脚正冰雹似的从不同方向落在他身上。

一扎啤酒下肚，李魁这小子就有些拿不稳了，这早在我意料之中。我能感觉到他正被某种饥渴折磨着，事实上，他每次和这个女孩约会都是这副姿势，我知道他此刻的目的并不单纯，虽然他尽可能装作若无其事，甚至连眼光都不往上抬。所以，他必须依靠一些酒精的力量来麻痹自己拯救自己超越自己。这和那个梁山好汉李逵截然不同，那个李逵爱憎分明不近女色，李逵喝酒是为了快活是为了更疯狂地砍杀，而与我朝夕相伴的李魁却不然，酒喝多了他就可以胡说八道甚至动手动脚。

于是，我看见李魁把诗诗的一只手粗鲁地拉过来并用它很暧昧地抚摩着我的脸，我讨厌他这样玷污我的清白。女孩的手在我的脸上摩挲出一种很轻微的声音，只有我自己能听得见。令我无法忍耐的事情发生了，该死的李魁竟然将我的另一只手目的很险恶地搭在诗诗短裙的边沿处。诗诗大概不喜欢穿那种天鹅绒或玻璃丝的长筒袜，所以我便很无耻地感觉到她的肉体的温度，她的腿部肌肉光洁细腻像玉雕一般。那只手带着某种谨慎而慌乱的试探，这是谁的手？我不知道。诗诗依然不动声色地饮酒似乎任何事情都没有发生，她也许太熟悉男人的这些小动作了。我对她的这种无所谓感到很难过。她的酒量很大，偶尔也会瞥过一眼，那眼神像是要把我和李魁照亮似的，总让人胆战心惊。

诗诗突然大笑起来，我不知道她为何发笑，反正那种声音总让我有种被检举揭发后的恐慌与尴尬。

她也许喝多了，她语无伦次地说天下还有这么好玩的事情，你是李魁我是诗诗，哈哈，李逵李师师李逵，干脆我以后就叫李诗诗吧……于是，我不得不将手从她那里移开，我不能眼看着李魁肆意妄为，因为诗诗已经起身摇摇晃晃地朝舞池里去了。

班里的那个女生看李魁的眼神越来越虔诚。这很让我担心，她就坐在李魁身边，我怕李魁会想入非非。她每天都把她和我的那张课桌擦得一尘不染，轮到我们俩打扫卫生的时候，女生总是抢着干活，而且脸上时常挂着爽朗的光彩，一闪一闪地，但偶尔也会掠过一丝扭捏的情愫。

看来我的担忧几乎是杞人忧天，李魁那阵子还是个愣头青，傻乎乎，女生对他的笃情爱意他并不能及时察觉。他很长时间都沉浸在骄傲当中，人最怕的就是这两个字，骄傲使人退步。

女生的耐心也许是有限度的，她终于在毕业前的一个联欢会上给了李魁一个小小的暗示。当时，李魁真的没有把心思用在这上面，联欢会上同学们纷纷交换纪念品，女生将一块叠得很讲究的手绢悄悄塞给李魁。李魁太粗心了，他甚至没有多看一眼就将手绢胡乱地放进口袋。当然，这件事情得怪我，要是我能提醒一下他就好了，其实，他的那只衣兜早八辈子就漏底了。

　　事情就是这样不经意间发生的，当一个调皮的同学高高地站在课桌上大声宣读手绢上的几行字的时候，李魁依旧浑然不觉。那是一块素白底的丝绸，上面有一对我们最常见的那种像鸭子一样的水鸟在卿卿我我地游弋。

　　我听见那个男生阴阳怪气地念：红豆生南国，春来发几枝，劝君多……但我不明白究竟发生了什么。只见那个女生突然涨红着双腮从一旁冲过来，她一把就将拿手绢的男生从桌子上拉下来，同时以最快的速度抢回了那块手绢。那会儿，李魁竟然还在一旁跟着起哄，所以，当那个勇敢的女生气急败坏地连扇了他两个耳光，李魁的狂笑才戛然而止。那时，李魁的脑子彻底空了，他傻傻地愣在那里，像是冬天挂在树枝上的最后一片枯叶。

　　我惊诧地看看那个女生，又摸摸李魁那张火辣辣的脸，那一刻我才恍然大悟，我觉得有一滴硕大的眼泪正在李魁的眼眶动荡，我顿觉羞愧难当，地上没有老鼠洞，要是真有我会立即头也不回地钻进去并且永远不再出来。但紧接着，那滴泪水子弹一样坠落在地板上，"吧嗒"一声，几乎震破了我的耳膜。

李魁的嘴裂得超乎想象，他哇哇号叫着像头驴似的冲出了教室……我知道，李魁从来没有这样过，甚至在那些坏学生一次又一次堵截殴打他的时候，他也没有这样哭过。

这事我从来没敢告诉别人，李魁不让我说。我知道他心里不舒服，搁谁都挺别扭。李魁果然守口如瓶，他在以后的许多年里对所有女生产生了莫名的恐惧。有几次我试图向那个女生解释解释的，可我怕李魁骂我，事实上，他一直在怨恨我，他黑着脸不止一千次地问我："凹鬼，你为什么不提醒我！"

我乘诗诗跳舞的时候去了趟洗手间，我在镜子里看到了李魁。我觉得他的面孔有些陌生，我们似乎很久没有这样面对面地推心置腹了。李魁也用他那双黝黑而懵懂的瞳孔很不自信地打量着我，他的脸几乎完全贴在镜子上了，这让我看到他的部分五官有些变形，我不知道他究竟想做些什么。

李魁的脸色的确青黑且显苍白，这和他成天胡吃海喝昼夜颠倒有直接关系，我第一次感觉到他开始对他的肤色不满意了，他用手反复摩挲着自己的黑脸，他的发型也有些过时。我想他也许真的应该去波斯湾发屋剪一个非常时髦的板寸，最好再留出一绺子较长的刘海，然后把这撮刘海染成像诗诗那样的颜色。

有了这种念头，李魁的心情倏然好了许多，他甚至有些快慰，他觉得也许是他让诗诗远离了那种药丸，而且诗诗会在寂寞的夜晚想起他，这对他很重要。于是，他对着镜子很小心地将我脑门上一颗透着奶白色的痤疮豆挤破，很快有一摊血从里面殷殷地渗出来。血的光泽很让我心慌，可李魁根本不在乎，他甚至故意将血弄在脸上，这样，他也许觉得自己会很酷。最后，他对镜子里的人说："李魁你都三十好几的人了，你应该有一个真正属于你的女人了。"

我回到先前的座位上，诗诗还没有回来，那只坤包依旧静静地躺在桌上，高脚杯里的冰块已经全部溶解了，酒的颜色比原来显得清淡了许多。舞池中央挤满了人，现在正是中场蹦迪的时间，音乐空前炽烈，噪声超过了一百八十分贝，所有人都在张牙舞爪地扭动，看上去他们都不太正常，像一群非洲丛林里的野兽。

事实上，诗诗再也没有回来，这让一直傻傻等待的李魁有些摸不着头脑。他在那种喧嚣嘈杂的西方迪斯科音乐中居然睡意蒙眬了，梦中有一张青春靓丽的脸像苹果一样鲜活，这确实出乎我的想象，我知道他不爱跳舞，他其实根本就不会跳那种乱七八糟的东西。诗诗的舞瘾很大，她说跳舞能让她忘掉一切。李魁不信，他问要是真的能忘掉一切，那群傻逼怎么还一个劲去跳楼呢？

我讨厌李魁的这种思维方式，他有点太死脑筋，就像此时他依旧在很无味地等待一样，他相信诗诗一定会回来。可酒吧的服务小姐已经第二次催他，先生请您买单。我们要结账了。那时，我才不得不将他唤醒，我看见那位小姐满脸的不屑与厌烦，我就悄悄地告诉他："伙计我们真该回去了。"

李魁离开的时候没有忘记带上诗诗留下的包，他觉得那只包和诗诗本人一样扎眼，他硬是把那只坤包凑近我的鼻子，我立刻闻到一股很女人的味道，我从来没有如此近距离地接触一个女人的东西。我觉得这很不道德，狗日的李魁今天是怎么了，他被一个妖精一样的女孩给耍了，他却全然没有觉察。或者说，那个叫诗诗的女孩只是想拿李魁这个大傻瓜开涮，要知道这种女孩什么事情都做得出来的，她们的人生信仰就是开心好玩刺激，我怀疑她此时不知正和某个帅哥黏糊在一起，她早就将李魁忘到九霄云外了，这又让我很突兀地想起最近风靡在街头巷尾的一首歌，他们唱："你爱上了帅哥／就把我丢一旁。"我不知道李魁听过没有。而且，这个女孩足足喝下了半斤蓝带马爹利，李魁无法猜想它们到底应该折合成多少盎司。

　　我想李魁大概是走不出这家酒吧了，他的囊中实在羞涩不堪。我看见十几个身着奇装异服发型怪异眼神凶残的家伙狼一样地向他扑来，他们的手里都捏着一两只酒瓶玻璃杯或烟灰缸。活该！这叫偷鸡不成被犬欺。但他似乎又比我想象的要聪明一些，他说："我是李逵，真的，他们都叫我黑旋风李逵。"室内立刻哗然了，有人说："你们听到了，这傻逼刚才说他是什么狗屁李逵，哈哈，这该有多可笑！"李魁听见周围的那些人都在笑，他的脸也就跟着有一下没一下地笑，可我觉得他的笑容还没有绽放到平常的一半或者三分之一。有人就将一扎啤酒从李魁的头顶直直地浇灌下来，李魁先是打了个激灵，啤酒是冰镇过的那种，有种透骨的寒意洗劫着他的身体。那些人又是一阵嬉笑，他们接连打着呼哨，纷纷把酒瓶或杯中的最后一口酒含在嘴里，每个人的眼睛都裸露出狼崽子一样的凶光，他们一步步逼近李魁，然后扑哧一声将鼓在嘴里的东西全部喷在李魁的脸上。

我强烈地感到李魁脸上的那些牵强的笑容终于滴滴答答地流淌下来，笑容落了一地，李魁能看见自己黑黑的影子。他用手胡乱地抹了一下，那脸就变了色，黑得让我心慌，他也许还闻到了一股比马尿更加浓烈的臭味，这气息让他一下子置身于若干年以前，许多柱尿液在李魁的身体上喷射，湿热的尿臊味弥散在袅袅的雾气中。所以，我听见李魁歇斯底里地大叫一声，这是我听到从他那张嘴里发出的最响亮的声音，近似于呐喊。他一口气喊着："我是李逵我是李逵我是李逵！"我的身边早已卷起一阵旋风，吹得人几乎睁不开眼。隐约中有几十名狱卒、端着鬼头大刀的刽子手，还有咋咋呼呼的小螽贼都一起向我靠近。就在我心惊肉跳不知所措之际，李魁竟然怒吼着并顺手抄起一只吧椅抡在半空中，他接连嘿嘿地傻笑："我是李逵！来呀！爷爷就是李逵！你们他妈的过来呀！"说完，早将那两名刽子手砸翻在地，那两个家伙的啤酒肚像赛场中的足球一样骨碌出几米远。

我看见人丛和灯光闪烁下的那个黑大汉，他抢起两只酒瓶疯狂地砍将起来，酒瓶砍在人的头颅或身体上咔嚓咔嚓地响，我的脚下很快就被血水淹没，脚踩在上面犹如蹚着河水行走漂漂荡荡的。我已看不清李魁的脸，他浑身都溅满了血，或者，他早就变成那个黑旋风李逵了。身后冷不防一声巨响简直惊天动地，竟蹿出一只斑斓猛虎来，或者是两只，三只……李逵大喊一声"我命休矣！"便被老虎铁棍似的尾巴抽在肩膀上，随后不及他做出任何反应，另一只母老虎尖叫着"来来来！吃老娘一招！"早将前爪按在地板上，并将整个腰胯狠狠地朝李逵的面门扫来……

我想说的是，李魁那时的瞳孔张得很大，里面凝固着一幅我从来不曾看到的凶残图景。李魁过于庞大的脑袋使他的整个身体在倒地的过程中产生了某种巨大的势能。此外，我依稀听到有一种叫作音乐的东西还在耳畔喧嚣，有一个黑人在里面唱歌，唱些什么李魁一句也没有听到，整个世界忽地一下在他的瞳孔里颠倒了过来。

哭　河

　　河滩上灰蒙蒙的，天地间浓密的雾气和热风中的灰尘，总是纠结在一起压向阴沉沉的河面。很多时候，肉眼几乎分辨不清这条河到底在什么方位，有时似在天尽头，有时又忽然近在咫尺，只有从大片大片乱糟糟的花花绿绿的漂浮物的罅隙间，才能勉强寻到了一丝水的光影；而多数时候，则是争先恐后翻涌上来的灰白色的泡沫，顺着远方河水的浪头，在人眼前躁动不安地晃荡鼓动。

　　湍急的河水从上游奔流直下，到达河滩村时河床渐渐变窄了，恰好从河中心伸出一只鱼嘴状的岛礁。从岸上放眼观瞧，那鱼嘴果真似敞开着的黑褐色巨口，模样十分狰狞，一股脑地吞沙吐浪，汩汩作响。时间久了，泥沙倒是在此淤塞出一片不小的滩涂，从上游漂流下来的木板、胶皮、包装袋、瓶瓶罐罐、塑料泡沫、破衣烂衫、死畜瘟鸡等各式各样的废弃物，多半是淤积在这鱼嘴湾四周，形成了一个天然的垃圾港湾。天气炎热时，毒日头炙得河滩上的石子都滚烫冒烟，垃圾的腐臭味便汹涌澎湃起来，惹得河滩附近的那些个饿狗馋猪，一天到晚巡行在臭烘烘的岸边，因为这里总能不断地漂上来让它们眼前一亮的食物。乌鸦更是挤蹲成黑压压一团，这些最爱呱呱怪叫的家伙比猪狗多生一双翅膀，所以，总扮演着急先锋的角色，凡有腐烂的尸骸壅塞至此，它们便会在第一时间从天空中俯冲而下大饱口福。

大河的小船从对岸缓缓划过来的时候，乌鸦们正在围抢一条死狗。那是一条乡下很少见的黄褐色的卷毛狗，鼓胀的肚腹已经被鸟儿用利喙豁开了，露出紫黑色发了霉的肚肚肠肠，像一团粗细不均的乱麻绳扭结在一起。伴随着凶残的乌鸦争夺食物时发出的咕呱声，绿头苍蝇正密密麻麻地围叮在死狗尸体上，那种嗡嗡声好像是别有用心的追魂曲，喧嚣，低回，无休无止。大河无意中看到死狗的一只眼睛，蒙着一层灰白色的光，一副死不瞑目的决绝，在大片大片的各色漂浮物中显得触目惊心。大河不忍心看下去，忽然用手里的桨板奋力拍打起一大串水珠，试图去驱赶那些讨厌的蠢鸟。

河滩村没人愿意搭理这些馋嘴的乌鸦，谁见了都觉得丧气，尤其是那种不祥的叫声，简直教人瘆得慌。大河的突兀举动，只是让乌鸦们暂停了一会儿热闹的你争我夺，一个个机警地扭晃着黑脑壳，狡狯地左顾右盼，很快，它们又若无其事地继续疯狂地啄食了。早已腐烂不堪的狗肚腹在鸟儿的抢夺中发出的恶臭横冲直撞，仿佛鬼子投放出的毒气弹，在大河和他的小船接近那片水上垃圾场时，猛地击中了他。"我日你娘的，这群黑畜生！"大河鼻翼一阵乱抽，呼吸仿佛都要停滞了，他的脸上蒙上一层痛不欲生的死灰色。

山核桃色的小木船载着少年人默默无闻又任劳任怨，似乎任何场面它都能自由驾驭通行无阻。大河一面在嘴里骂骂咧咧，一面放下桨板，又从舱里拿起长竹竿抄网，哼哧哼哧很不情愿地干起自己的营生来。

往常这活计都是大河爹做的。那时大河还在乡中学堂念书，河滩村种的都是河滩水地，地势十分低洼，地里的收成自然是由河神掌管的，每年春夏之交，父老乡亲都要备好肉食果品，虔诚地前往河神庙祭拜磕头，祈求风调水顺。因为河水少了不成，多了便会成灾。譬如，大前年从一立夏河床就几乎干涸了，连浇地的水都没有，天气又旱得不落一滴雨，地里的稻秧儿都让日头烤蔫焦了；前年秋天雨水忒多，山洪接二连三暴发，把百十亩河滩地淹成一片汪洋，大半个月水都退不去，眼看成熟的庄稼全泡了汤。好在大河爹心眼活泛，靠山吃山，靠水吃水，活人不能被尿憋死。家里老早就有条破船，那是大河爷爷当年亲手置办下的家当，老人家曾在河里撒网谋生，后来就传到大河爹手上。大河爹赶上了合作化和生产队，那阵村里忙着填河开滩种地，所以这船就被搁置起来了。没想到几十年过去了，破船竟变废为宝，经大河爹三捣鼓两捣鼓，又能下河捕捞了，像河鲤子、鲇鱼、蚂螂棒子、河蟹总能对付着网到一些，趁着活蹦乱跳送到县城集市上，出了手多少换些零花来用度。好景不长，不知何时起，鱼越来越少，有时候一连好几日也捕不到几条小鱼，奇怪的是鱼嘴湾不知不觉变成了巨大的水中垃圾场，而且，漂浮物与日俱增，看着简直教人头晕眼花。

最初，大河爹也仅仅是想打捞垃圾清理河道的，他估摸着正是这些乱七八糟的脏物把河水污染了，鱼儿才越发稀少。可这活计干起来就没完没了，每天起早贪黑，一船一船的废弃物堆山填海般运上岸，没隔两天，鱼嘴湾里又淤积得铺天盖地了。上游是县城和省城，杂物自然都是从那里漂流而来的。大河爹时常感到气恼，城里人咋就这么没章法啊，不管什么脏烂物件统统扔进河里，好像这条河是他们天经地义的垃圾清理通道，衣裤鞋袜不穿了丢进河里，门窗箱柜不用了投进河里，就连电视机洗衣机的旧壳子也往河里乱撂。大河爹心里烦闷，却又不得不驾着船一趟趟驶向臭气熏天的鱼嘴湾。好在，打捞上来的废物经过一番分门别类，再送到镇上的废品收购点，多少也能换些个油盐酱醋钱。

现在大河暂时子操父业，别无选择地干上这龌龊的营生。大河夏天的高考落了榜，秋天又不想再去复读丢人，自己跟自己较着劲，大人的话好赖听不进耳。爹稍微唠叨几句，大河就涨红脸赌气道："天无绝人之路，大不了我下河捞废品去！"爹不无惊愕，说："就怕你娃娃受不得那号罪。"哪知大河越发执拗，瓮声瓮气甩门而出，一个人冲进暮色掩映的河滩上。爹看见他的背影又年轻又强壮又桀骜。大河久久凝望着天际，耳畔河水哗哗拍岸，风中似谁在远方声声呼喊着，迷惘，凄楚，悲凉，漫无边际。翻过天，大河竟早早解开爹的船绳一个人下河了。爹撵出门还想拦阻，可话到嘴边又止住了。儿大不由爷啊，再说让他历练历练也有好处。

抄网在水中进进出出，船舱里渐渐地堆积着打捞上来的杂物，刺鼻的腐臭味将人和小船裹挟在水中摇摇晃晃。大河头上戴着顶旧草帽，帽檐扣得低低的，那是爹常戴的，他不想让熟人看到自己这张年轻的脸，甚至还有这条祖上传下来的破船。自打爹开始义无反顾地干起这种打捞废物的营生后，河滩村的人见了爹就跟见了叫花子似的，能躲便躲，实在避不开的，会下意识地捂捂口鼻，好像爹身上的那种难闻的味道会把人熏趴下。当然，这只是最初的情景，后来村里人更避之唯恐不及了——那是爹从鱼嘴湾里捞起第一具死尸后的事了。

这事想想都觉得晦气，一个面目全非的外乡男子，身子被河水泡得鼓胀发白，眼珠死鱼般僵硬无神，衣裤好似被撕扯烂了的破布条，发丛挂满了绿兮兮的蛤蟆屎和绿树叶，被大河爹运上岸拿块木板拖回村的时候，几只拳头大小的河蟹就在尸体上爬来爬去，牛虻苍蝇嗡嗡着追撵了一路。众人见了无不错愕，震惊，女人们在高声尖叫，上了年纪的老人则不停地谩骂。村长闻讯不得不出面制止，说爹这简直是吃饱了撑的，这种脏东西也敢往村里弄，说是要坏风水的。

河滩村人祖祖辈辈都活得战战兢兢，不是怕洪水来袭，就是担心天旱河干，确实已经够不易了，怎么还敢把莫名其妙的死尸往回拖？爹想了想说："人殁了，连个收尸的也没有，怪可怜的啊！这人的魂啊就老在河上飘啊飘的，好歹埋了，早早让入土为安转世托生。"村长脸都气黑了："屁！你以为你是谁，观世音菩萨在世呀！"爹便无言以对，可最终到底将那男尸埋在村外的那片盐碱滩上。说来也怪，自打开了这个头，鱼嘴湾隔三岔五就会浮上来一具尸首，男的，女的，胖的，瘦的，丑的，俊的，甚至还有学生娃和枕头长的婴儿，反正只要被爹打捞上来，无一例外都会在盐碱滩挖个土坑葬了。

其间，也有从上游一路赶来寻尸的家属，这种时候爹会放下手里的活计，亲自领上那些人去盐碱滩认尸，因为每一次掩埋后，他都会留下不同的标记。比如男人，他会在土丘上放一块大石头，女人则堆放十几块小河卵石，学生娃娃插上一截柳树棍，婴儿通常是空着的。家属一旦确认尸体是自己的亲人，便哭哭啼啼用车拉走了。临走时他们千恩万谢，有的人还会掏出三五百块钱，非要他收下不可。爹可不想拿这种钱，那样一来自己成啥人了，发死人的财，会遭报应的。可有时实在是盛情难却，如果不收对方会认为他瞧不起人，甚至会认为是对死者的大不敬，这种情况下爹会象征性收下一点钱。

临近傍晚，日头的热辣未减，大量的水汽从河里蒸腾而出，铁锈色的暮霭笼罩住河面。船身明显下沉了，舱里小山似的堆满了打捞上来的杂物，几乎没有立脚的地方。大河放下抄网重新拿起桨板，腰身向前佝偻着，一下一下用力划桨。鱼嘴湾渐渐往身后退缩，小木船忽悠忽悠地推动混浊的河水，椭圆形的水波一圈一圈朝两岸扩展开去。眼前的景象一下子变得朦朦胧胧，岸上的树木在夕阳和水汽形成的透明幕布上抖抖晃晃，似乎放大了许多倍，还有些东西却在拼命地缩小，缩小，简直小得跟一颗颗黑豆似的。时不时会有一串蚂蚁大小的黑影在远处蠕动，应该是过往的路人，间或能听到七长八短的叫喊声。

大河的船缓缓靠岸，早有人在那里等着他了。爹不声不响拽住了船绳，一把一把拉扯着，很快便缩短了父子间的距离。大河跳上岸滩的时候，爹顺手塞给他一个硬邦邦的蒸馍，说："饿了吧，先吃一口垫垫底。"大河的嘴巴本能地凑到蒸馍上，麦面的香味依稀可辨，间或有股冲冲的旱烟味儿，那是爹身上的气味。他鼓动腮帮子开始大嚼，头一口馍下咽显得颇费劲，噎得眼珠子胡乱翻，脖颈直往前梗。不过，这种时候爷儿俩的关系空前和睦，谁也不会惹谁生气。

爹已经着手往岸边的板车上搬运船里的杂物，他的手很快就沾上了黑乎乎的淤泥，好像他的手生来就是又黑又脏。大河边吃馍边朝对岸张望，那些起起伏伏的黄土包在夕阳的掩映下镀了金边似的，像一个个金元宝；而红柳树丛却变得暗淡模糊甚至泛起了黑晕，一团一团好似亡人的坟丘。这种印象让人很不舒服。刚才还很浓密的水汽此刻消失殆尽，河面晃动着鱼鳞似的波纹，一时间让他萌生了某种幻觉，好像这条河不再是脏兮兮臭烘烘的了，恰恰相反，夕阳的余晖让它忽然间变得生动而耀眼，里面似乎蕴含着无穷无尽的宝藏和秘密。

爷儿俩快要忙活完的时辰，四周没缘由地刮起风来，河水翻滚着浊浪拍岸有声，红柳树丛犹如惊慌失措的羊群忽左忽右扭曲倾倒，岸上的干沙子已被裹挟到空气中，一时呛得人喘不过气来。不大一会儿工夫，疾风就从天边卷来又浓又黑的云团，扯棉拉絮般遮住了最后一丝天光。先前大河在船上看到的那串小小黑影，此刻正顶着狂风一步步靠近他们。

"师傅，你们见没见着一个姑娘……"黑影们恓惶地围拢他们爷儿俩，一个男人刚要迫不及待地张嘴询问，一阵狂风就把他的问话连同沙尘叼进河水的漩涡里了。爹眯着眼看了看大河，大河明白爹为何这样，他冲那些人茫然地摇摇头。

你们的船不是整天都在河里吗，真的就没见着我家闺女？显然，男人已经快急疯了，把最后一线希望全都寄托在这条船上的人了。大河听见其中有个老妇人终于忍不住呜咽起来，继而，她那颤巍巍的身子忽地矮下去，那是最后一丝希望破灭后的绝望与悲痛，老妇人整个人瘫在岸边号啕不止。骤起的哭声似乎具有某种感染力，大河忽然觉得身边的河水好像也在哭泣。

"不瞒你们说，我家闺女怕是想不开……她连着两年都没考上学，家里张罗着想给她早点完婚，女儿家终归是要给出去的人，可万万不成想，这丫头咋就这么倔啊……"

大河不由得打了两个激灵。其实先前他就注意到这伙人了，有点像热锅上的蚂蚁，沿着河岸过来过去乱窜，没想到却是在找人，而且，他们要找的姑娘极可能跟自己在同一个学校念书。大河似乎想要逃避什么，忙转过身朝河面望去，风越刮越急，天空完全被黑云遮盖，空气中有种又腥又潮的颗粒，随风而来不断地扑打在人脸上，隐隐作痛。

大河听见爹正急切地打问那个姑娘啥时间离开家门的，大概朝那个方向去了……大河觉得爹的情绪一下子激动起来，那种深切关注的口吻绝对不容置疑，好像爹一下子就被卷进这个事件当中了，又好像，这个失踪的姑娘跟他十分相熟，而且对他极为重要似的。

中

船上的三个人一声不吭，他们都死死盯着黑乎乎的河面，任凭狂风掀起恶浪，哗啦哗啦不停地拍打着破旧的船身。

爹和大河各抄一块桨板，哼哧哼哧用力划船。

风太大了，几乎每个浪头扑打过来，船身都要剧烈地向着一侧倾斜颠簸，像是随时都要翻转过去船沉人亡。那个跟爹年纪相仿的男人惶惶地坐在船头，风把他的上衣吹得像皮囊似的鼓胀起来，他的头发乱蓬蓬的疯扎着，背影看上去既僵硬又古怪，好像被谁强行绑在这条倒霉的小船上。

大河从来也没有像现在这样感到心惊肉跳。

实际上，他打小就在这河里学会了浮水，他那泥黄色的皮肤里似乎都渗透着河水的颜色和土腥味，至少小时候他是喜欢这条河的。那时河水清澈，根本没有那么多杂七杂八的漂浮物，夏日岸边经常有女人蹲坐着捶洗衣物的身影，她们手里的木棍不时地敲打在石头上，发出笃笃的响声，跟林子里忙碌的啄木鸟一般。那时他还是个不谙世事的娃娃，对未来一无所知，可只要看到这条河，或走进这条河，便觉得亲切，心里敞亮。说实话，现在他之所以赌气帮着爹下河干打捞营生，不过是在选择一种逃避，或对自己命运一次抗争。但对于爹的那些举动，他并不敢苟同，至少，他绝对不会冲动地去捞那些无名浮尸，更不会没事找事挖坑下葬那些孤魂野鬼。事不关己高高挂起，大河老早就听过这句话，他知道自己该干什么不该干什么，替爹干活是做儿子的本分，考不上学也是命中注定，他愿意接受这种无奈的现实。可是，刚才那些乡亲哭哭啼啼甚至跪地求爹出船的时候，大河忽然有种莫名的冲动，他被一种近乎神圣的悲壮感撼住了，或者，是那个敢于以性命来抗争的姑娘深深打动了他，他甚至觉得自己其实跟她是同病相怜的，于是自告奋勇跟爹一起下河。

兴许是在河上干得久了，爹似乎知道这种时候该去哪里搜寻，所以，小船几乎孤注一掷地朝着某个既定的方向一路划去。

那个男人无所事事，始终在拼命地吸烟，他每用力嘬一口，烟头的火光就会陡然亮起来，那光亮虽说萤火般微弱，却能极短暂地照亮一下河面。大河甚至能忽然瞥见他们仨在水中的倒影，不过，很快，周围又一片黯淡，唯独风声怒吼，浪涛咆哮，船身始终打秋千般猛地向一头颠起，又迅速回落，再颠，再落，把人的心搅得七上八下无可名状，好像他们随时都会落水毙命。事实上，整个假期大河都在这条河上漂荡，可那种风平浪静的日子丝毫没有在他内心掀起什么波澜，直到此刻，他才似乎真正意识到自己是在河面上，在湍急奔流的水中，在生与死之间飘摇。

一只又一只烟头被黑暗无声地吞噬了，男人大概吸完了兜里所有的烟，他不时地发出低沉而又恼人的哀叹。这让大河感到十分痛苦和压抑，他尽量配合爹使劲划动桨板，因为风力越来越猛，天光也更加阴沉，这条船的处境不容乐观，稍有闪失便会人仰马翻不可收拾。

"是咱对不住闺女啊，万一她有个三长两短，可让一家人咋活呀……"也许正是这种恐怖的境遇再度触动了心弦，男人终于有些控制不住自己的情绪，像个妇人似的不停絮叨起来。"师傅，你说这黑灯瞎火的，还能找着人吗？"大河听见爹从牙缝里挤出再简单不过的几个字：得看运气。"你们帮帮忙吧，要是找着我闺女的话，我们一家老小忘不了你们的大恩大德啊！……"

大河忽然有些厌嫌这个男人，早知现在何必当初？把个好端端的姑娘逼到这步田地，还好意思啰唆个没完。男人总算稍稍沉默了一会儿，他死死盯着朝后面不断奔跑的黑黢黢的土岗、山包和树丛，有一刻他竟猛地立起身来，小船也跟着神经质地左右乱晃。兴许是在岸边发现了什么重要情况，男人恋恋不舍地拼命回头张望。

爹忙冷峻地喝道："坐下，你快坐下，不想要命啦？！"

随着一阵清冷的水滴砸落在大河脸上，天空忽然开始飘雨了，雨点来得又急又烈，打在脸上身上竟有丝丝痛感，这让船里的人更加一筹莫展。

这时，船已经划到上游的拦河大坝跟前。还是老早以前人们战天斗地时修下的东西，这座大坝就像一只巨大的钉耙卡在河中央，河水正是从那一排坚固粗壮的耙齿间轰然泻出的。爹说一般想不开的人，多半是站在拦河坝上往下跳的，落水后由于大坝的流速和冲力极大，尸首通常会被卷在坝下的闸坑里打转，一时半会还冲不远。

于是，小船在风雨中漂漂荡荡，正十分艰难地一点一点接近拦河大坝。果然，这里水流异常湍急，响声震天，小船一旦驶入由强大的水流所形成的漩涡之中，立刻变得像只木头澡盆似的不停打转，盘旋，失去方向，奄奄一息。这种时候，每个人都变得越发提心吊胆恐惧不堪，感觉小船几乎已失去了控制，在空阔漆黑的闸坑里拼命挣扎哀鸣，可恶的是天空还在下雨，浑身上下早被淋透了。

爹在大声喊叫，"往我这边划，快往我这边划啊！"大河不顾一切快速挥动手臂，那种涡流的蛮力简直不可思议，河水像无数条皮鞭拧在一处猛力抽打，让这可怜的小船刹那间天旋地转。大河多少有些后悔自己先前的冲动，但这种念想又叫他萌生出很深的罪责和羞耻感，因为他们父子俩现在需要同舟共济，比以往任何时候都要迫切。而那个男人则变得像个无助的娃娃，两只手死死抓牢船沿，身体蛤蟆般佝得低低的，几乎趴在船舱里。

　　什么也听不见了，唯独河水跟大坝冲撞出巨大的轰轰声，如雷鸣一般，密集的雨点和不断翻起的水花急速闯进舱内，他们的脚腕子已经泡在水里了，小船陀螺似的在闸坑里旋转，颠扑，眼看就要倾覆了。那可怜的男人忽然哇哇大叫起来，声音沙哑而又歇斯底里，也许他是想起了自己可怜的闺女，想到他们父女今生今世再也不能见面了。就在千钧一发之际，大河突然将手里的桨板塞给了爹，同时起身麻利地甩掉脚上的鞋子，不由分说一头栽下去，骤然腾起一片决绝的水花。爹连着呼喊了几声，无奈到处都是轰隆声，他的话音眨眼就被叼进怒气冲冲的风浪中了。很快，大河露出头来，双手极力稳住船尾并用力往前推搡，爹见状急忙双手操桨，爷儿俩齐心协力，以便小船能尽快摆脱这可怕的漩涡的纠缠。

　　快瞧，那头好像有啥东西漂着呢！大河就是在这个节骨眼上发现情况的。或许刚才他们太专注于岌岌可危的小船和各自的安危了，处在那样惊心动魄的时刻，似乎是无暇顾及周围的。这时小船已暂时脱离了险情，船上的两个男人忽然沉寂下来，眼巴巴冲大河指过的方向望去。大河早已经掉头朝着大坝下方奋力游了过去，他的腿脚扑腾得很吃力，因为衣衫和裤子正死死绑在身上，浮起水来力不从心。

　　“当心点，你给我当心点啊……”大河隐隐听到爹的喊声，仿佛远在天边。

　　此刻风雨交加，河水汹涌地穿越拦河大坝，犹如一大群受惊的骡马从高处奔驰而下，一个浪头接着一个浪头抢向大河，他的脑壳瞬间消失了，好像所有记忆也跟着消失了，他只惦着远处那个黑色的漂浮物，等他好不容易露出头来换口气时，另一个浪头更加凶猛无情地碾压上来。大河使出浑身解数，孤注一掷地朝那轰鸣着的闸坑游去。

巨大的漩涡隐藏着一股难以抗拒的吸附力和搅拌力，当人的身体一旦接触到漩涡的边缘，它立刻借尸还魂般复活了，嗷嗷叫嚣，摧枯拉朽，怒不可遏，好像一头被激怒的水怪或巨兽，恨不得将大河一口吞进去，并且撕咬得粉身碎骨才肯罢休。大河全仗着一股初生牛犊不怕虎的气势，当他终于接近坝底靠边侧的那个黑乎乎的漂浮物时，身上的力气几乎消耗殆尽，先前垫进肚子里的那个蒸馍，已起不了多大用场了。

终于，迟疑着远远伸出了右手，试探性地触碰了一下那个处在漩涡边缘的漂浮物。陌生，冰冷，僵硬，没有一丝温度，简直像块石头，唯独身上的衣裙跟水藻一般胡乱缠绕着，这才让大河觉得眼前确是个人。而最为清晰的是那一大团浮在水面上的长发，无根的浮萍一般，似乎它们已从那亡者的头颅上彻底解脱，竟在水面漂荡得有些轻盈了。

大河的心被猛地抽紧了，有生以来他还是头一回如此近距离，又如此胆大妄为地接触一具尸体。他忽然抑制不住这突如其来的恐惧，在水中剧烈地抖颤起来，然而比恐惧更要命的是他又饥又累又冷的身体，毫无疑问内心的恐惧又加重了这种肉体上的痛苦。最后，他下意识地回了一次头，可惜离小船太远了，这种时候他几乎什么也望不见，漫溘的雨水让河面升起了浓浓的迷雾，他无法看到亲人的脸，眼前只有不断翻腾喧嚣着的黑色漩涡。

大河再一次坚决地伸出手去……

下

细细的光线通过河水反射到清瘦的船身上，使这条破船突然间熠熠生辉。很长时间，大河爹也没有划一下桨板，任由小木船在油一样光滑的河面上轻轻漂荡。阳光、河滩、水波还有这孤零零的小船，它们不露声色地将这个无依无靠的男人围困在古老的河面上。

这是在儿子下葬后的第七天，大河爹又奇迹般地出现在了这条船上。

河滩村的人普遍认为，这回他再也不可能下河干那营生了，因为正是这条破船让他失去了唯一的儿子。他的结发妻子早年死于产褥热，多年以来他始终和大河相依为命。人们一时半会儿还忘不掉那个生龙活虎的年轻后生，他的音容笑貌依稀可辨，可偏偏为了那么一个跳了河的死鬼把命搭上了，根本不值当！你说假如是为救一个活人那还好说，可现在谁会把这当回事呢？听说那个姑娘家倒是拿出了不少的一笔钱，说是要好好答谢补偿的，可大河爹死活不肯接受，想想也是，儿子命都丢了，要那些钱顶屁用，钱再多能买回一条人命吗？倒是村长又搬出以前的话头来，听人劝吃饱饭，非要把那些个孤魂野鬼捞回来，到底图个啥呢？就是那些鬼魂把好端端个后生拉进河里的，这样他们才好托生转世。大伙便纷纷点头，觉得还是村长的话有水平，更觉得大河死得冤。

过去的几年里，每当河水封冻以后，他就蹲在自家院里将小船修修补补，这里钉一块铁皮，那里加两根铆钉，或者，在船身和船底上涂刷一层厚厚的朱红色的油漆，一来这东西可以防腐防潮，二来看着也喜庆，可以辟邪。这种时候，大河会在一旁默默地给他打帮手。这娃娃心细，就是不太爱说话，三棍子也打不出一个响声。不过他很知足，长这么大还从来没有给他惹过大麻烦，不像有的娃娃整天偷鸡摸狗不学好。他念书也算用功，一到假期里就主动帮他干这干那。记得考试前，他曾问他有没有把握，当时儿子沉默了一会儿，才说："像咱们这样的人家，就算考上了也念不起，还不如早早进城打工挣钱去。"他没好气地说："你给老子好好争气考，爹就是砸锅卖铁也供养你。"后来儿子名落孙山，闷头闷脑在家躺了三天，连饭也不想吃一口，他看着心焦啊，就一遍一遍好言规劝，说这没啥的，大不了再复读一年两年，不信考不上。儿子后来扑棱一下从床上坐起来，他以为他回心转意了，可儿子只撂下一句话：我死也不想复读。现在，他枯坐在儿子此前驾过的小船上，吧嗒吧嗒吸着旱烟锅子，混浊的老泪模糊了视线。他似乎明白了不是河水的漩涡卷走了可怜的儿子，而是穷困无奈的生活终究将娃娃推到了绝境。他就这样苦苦地想着揪心撕肺的事，人一下子苍老不堪——他的头发几乎在那个暴风雨夜后全白了。

河水汩汩流淌着，小船像片树叶正随波逐流向下游方向漂去。

　　对此他似乎完全没有知觉，唯独内心在跌宕起伏。为啥要卷走我的命根子……为啥非要卷走我的命根子啊……河神啊，河神，我尊着你敬着你，可你到底睁不睁眼啊，娃娃虚岁才将满十七呀，他还有好几十年的光阴前程要奔呢，他还没成家立业娶媳妇生娃呢……若真是冒犯了神灵，也该把我这老家伙卷走嘛，我已经活过大半辈子了，死了也甘心啊！只要我娃好好的……他终于止不住号啕起来。悲剧发生后，他还是头一回这样放开声音大哭呢，简直伤心欲绝，肝肠寸断，汹涌无助的哭声伴随着哗哗的水浪声，在刺目的阳光下朝着四面八方荡漾开去，似乎整条河都在跟着他呜咽不休。最后河水真的动了感情，竟裹挟着这苍老父亲的悲恸之声一股脑冲到岸上，冲到河滩村所有人的耳朵里，也冲向岸边来来往往的陌生路人，大伙的心像是被什么钝器重重地戳了一下。

　　几乎一整天，在苍茫的河面上，在这条破破烂烂的小木船里，他都没有划动一桨，唯独眼泪始终不停地流淌着。

　　直到黄昏悄然来临，直到远方的地平线迸射出一道道金光，随即鱼嘴湾里似乎有什么东西在起伏跳跃。那竟是一条金黄色的小龙！他蓦然抬起头，小龙的样子灿然而鲜活，摇首摆尾，跃跃欲试，神采飞扬。恐怕这辈子在睡梦中，他也从未见过这么生动真实的一条神龙。他使劲揉了揉哭得红肿不堪的眼睛，忽然想起来大河原本就是属龙的。哦，龙啊……你是我家大河吧……大河转世成小神龙了……我就知道我娃儿是不会白白送命的，要知道他做了天底下最了不起的善事……他恍然回过神来，有些神经质地喃喃自语着，倏忽间有种神奇魔力注入体内，让这枯坐了一整日一蹶不振的老迈身躯渐渐恢复了知觉。后来，他平静地从舱里抓起桨板，一左一右划动起来。

小船一路劈波斩浪，很快就驶向了他再熟悉不过的金黄色的河湾……一只青灰色的燕鸥不知何时飞落在船头上，小家伙正轻盈地扑扇翅膀抖动羽毛。

小幻想曲

1

通常在白天里，羊角村的大人们个个忙着搞生产，确实没闲暇理孩子们。他们就成了脱缰的马驹，性子野得要闹上天去了。孩子们整日里在空荡荡的街巷窜来窜去，将能够想象出的事情都做绝了，翻墙、上房、爬树、下河、偷果蔬、挖老鼠、捉麻雀……反正现今无人管教，想干什么就干什么，只要脑瓜里想得出来的名堂，没有他们不敢做的。

火车跑得快，全凭车头带，孩子们自然也有头，他们的头头是个顶活泛又皮实的家伙，大伙都管他叫苤蓝头。他的脑袋怎么看都像极了秋后地里硬邦邦的圆苤蓝疙瘩，脑顶心生着一撮儿黄焦焦的短毛发，好似在地窖里捂了一冬的圆萝卜，好不容易冒出的一撮嫩秧子。大伙玩顶牛的时候，他的头可真是硬得像个石头，谁也顶他不过。苤蓝头有个特点，跟别的孩子打起架来，最喜欢的招数就是，拿他的硬脑门子猛不丁撞人家两下，往往对方额头都会鼓出几个鸽蛋大小的紫血包，疼得龇牙咧嘴，叫苦不迭。时间长了，个个被他降服，大伙心甘情愿以他马首是瞻。

苤蓝头除了头硬，心肠似乎也不软。孩子们正闹哄哄地围剿一只蹿到场院上的大公鸡。那鸡的喙如生铁铸就的箭头一般，最喜叨人啄眼，尤其是见到屁大点的孩子，老远便支棱着羽毛，咕咕叫着，扑打扑打直冲过来，犹如一架中了弹的敌军轰炸机，吓得孩子哭爹唤娘，慌不择路。

这天的情况与以往相似，有个小不点儿又被那恶鸡撵得哇哇乱哭，恰好叫苤蓝头看在眼里，当即就招呼大家将公鸡包围起来。孩子们多半胆怯，不敢轻易靠近那抖着火焰一般红肉冠的大公鸡。听说鸡冠越是红烈，公鸡便越好斗。苤蓝头下死命令：都给我围住，谁敢放跑这畜生，我跟他没完。别的人怯生生地往前进一小步，忙又倒退两步，生怕那鸡猛地扑来叨上一嘴。那可不是好耍的，轻则一道血口子，重则非撕掉一块皮肉不可。

苤蓝头赤手空拳上阵，大伙战战兢兢将他和公鸡围在当间进退不得。公鸡一副桀骜不驯的架势，丝毫没把这些孩子放在眼里，它在场地上不停地蹭磨爪子跃跃欲试，翅膀时而展开时而合拢，不停地拍扇起地面上的浮土，弥漫的烟尘呛人眼鼻。一双鸡眼也是骨碌碌乱转，那架势好像随时都会叨瞎对方的眼才解恨。

就在公鸡最后扑向苤蓝头的千钧一发，他却猛一矮身，青亮的铁头直冲那畜生撞去，公鸡的胸脯重重挨了一击，就仿佛扑到一块生铁疙瘩上，砰然坠地，脖颈歪扭向一侧，双爪不停做着滑稽的扩胸运动，浑身的毛羽全都蓬多了起来。孩子们都吃惊坏了，连口小气也不敢出。苤蓝头却上前一步，一只脚稳稳踩住了地上的鸡，又猛地俯下身抓起鸡脖，然后像拧一条粗麻绳似的。公鸡自脖颈以下的身体在他手里至少顺时针转了十来圈，又反过来逆时针旋转着，直到鲜血淋漓，毛羽纷飞。

大公鸡就这样被剪除掉了，孩子们顿时欢呼雀跃不止。苤蓝头得到了一次前所未有的艳羡和赞许，俨然一副少年英雄踌躇满志的模样。而这一切都没有逃过一个大人的眼睛。那双眼一直远远地望着场院方向。后来，有个孩子悄然转过身，神秘兮兮地提醒大伙说："喂，快看，快看——那不是咱们的李老师？"

确实是她，可好像又不是。孩子们差点都快忘了，羊角村还有这么一个女教书先生。当时，这个叫李桃的女教师正吃力地拉着一辆木头架子车。车厢里安装着一只被改造成大粪桶的铁皮油箱：肮脏而粗壮的桶身平躺在车厢板上，正上方有个人头大的方口，粪尿都是从这里用长柄马勺一勺一勺灌进去的；桶的尾部靠下端焊接着一只约五寸长的钢管，管口上再套一截紫红色的废旧自行车内胎，末端平时用绳子扎紧；等人粪尿被运送到地里开始施肥时，再将扎口上的绳子解开，里面的污物便涌泄而出，那种时候简直恶臭熏天。

大伙几乎同一时间用脏兮兮的小手捂住口鼻，谁也不敢出声。粪桶和车身都沾满了黏糊糊叫人作呕的便黄色，一伙绿头蝇嗡嗡嗡嗡唱着骚情的歌子起起落落，它们快活无比地飞起来，又兴高采烈地去追撵那个拉粪车的女人。

李桃老师有些震惊地看了看孩子们，或许，她仅仅是在看茉蓝头和他手里奄奄一息的公鸡。她身上的衣裳有些肥大，像是哪个男人穿过的，裤脚一高一低地挽了起来，鞋子灰头土脸，完全看不出原先的模样，头发也乱纷纷的没了光泽。她的嘴巴努力张了张，像是非要说点儿什么，可最终还是低下头去，又默默地拉起车子，一步一步往前走去。显然，她是刚从地里送完肥回来的，现在又要赶去场院西头的蓄粪坑边重新装车了。

眼看着李桃老师渐渐走远了，孩子们才把小手掌从脸上慢慢移开，一个个跟狗似的翕动着鼻孔。大伙早已经习惯了这种无法无天不用念书的日子了，如果不是亲眼看见拉着粪车的李老师打面前经过，他们几乎都忘了自己还曾是个学生，每日里周周正正坐在课堂上，听李老师用斯文的话语念课文教生字。

李桃老师总是喜欢穿那种带小翻领的灰色制服，有时还把衬衣的白领子翻到制服外面，这样越发衬托出她颀长的脖颈和齐耳简洁的头发。她说起话来总柔声细语，带着很浓的一股子书卷气息。不过，若是认为她一点儿脾气都没有，那就大错特错了，遇到学生听课开小差或一味地调皮捣蛋，她会马上沉下脸来，好像晴朗的天空突然飘来一片阴云，霎时遮住了灿烂的阳光。

大伙还记得，有一回苤蓝头在课间捉到一条绿毛虫，课上他趁李老师转过身在黑板上写字，就悄悄将虫子投放到他前排一个女孩的麻花辫上。虫子在女孩头上爬来爬去，惹得近旁的几个男生嘻嘻傻笑。不知怎的，毛虫忽然失足滑落到女孩的后脖子上，女孩大概觉得奇痒难忍，伸手一摸，便"哇"地一下尖叫起来。那天李老师特别生气。她生气的时候有个特点，就是不露声色。她平静地转过身，款款放下手里的粉笔和教科书，轻轻地走到几乎被吓哭的女孩身边，用沾着粉笔灰的手拍拍女孩的肩头，低声安慰了一番。然后，她才扭头目光犀利地盯着苤蓝头。

一开始，苤蓝头还装作若无其事的样子，在座位上摇头晃脑。可李老师的目光一刻也没离开过他，好像午夜中的一盏大瓦数探照灯，一下子将狡猾的特务暴露于大庭广众之下。片刻后，他终于很不自信地垂下头去，上半身快埋进裤裆里了。"站起来！"李老师沉稳有力地说。苤蓝头迟疑了一会儿，才磨磨蹭蹭从座位上起来。"出去！马上到外面去，放学前必须捉够一百条虫子，少一条就罚抄今天学过的课文十遍！"一瞬间，教室里静如黎明，苤蓝头在众目睽睽下终于灰溜溜慢吞吞挪了出去。接下来似乎一切都不曾发生过，李老师和缓地对学生们说："现在大家跟我一起念黑板上的生字。"

此刻，苤蓝头手里一直拎着那只死鸡，久久出神。

其实李老师早就没影了。

大伙七嘴八舌发表着各自心里的感受。有人说，队上咋想的，怎么让李老师干这种脏活？有人说，李老师怕是犯啥大错误了，犯了错误的人就该受罚。也有人不以为然，说，李老师能犯啥错误，肯定是狗日的队长嫉恨人家比他们有文化呗！

另外一个看上去很精明的男孩却插话说："你们屁也不懂，这叫劳改，就是劳动改造，收音匣子里说，像李老师这样的'臭老九'，得好好接受贫下中农改造……"

"改造你妈的 × ！"苤蓝头突然飞起一脚，照准正在讲话的孩子胸口猛踹过去，对方嗷嗷叫唤着滚爬到地上，沾了一身柴草灰，泪水在眼眶里直打转，委屈得像条小狗崽。

大伙全都被镇唬住了，谁也不敢再多啰唆一句。苤蓝头的火气来得有些莫名其妙，不知是哪根筋抽的。他那苤蓝疙瘩一样的硬脑壳直愣愣瞅着场院西边，嘴里像煞有介事地嗫嚅着什么。大伙都觉得他有点儿不太正常。也许，刚才看到李老师让他忽然想起过去在学校里的难堪事，他多少还有些耿耿于怀吧。

后来，孩子们的目光又都不约而同地落在了那只正在滴血的公鸡身上。这一看不要紧，犯馋的涎水突然间盈满了所有人的口腔，几乎能听到哗啦哗啦的流动声，比家门口的那条小溪还要欢畅。要知道大伙很久很久没吃肉了，快要忘记了肉的滋味，在贫乏却仅有的想象中，这只公鸡摇身一变，立时成了饭桌上美味可口的炖鸡、烧鸡了。

有人故意拿话试探："这鸡咋办？死了怪可惜的。"

其他孩子都随声附和。

"挖个坑，埋掉。"苤蓝头闷闷地说。

大伙顿时全都变成对鸡眼了。

2

事实上，当时苤蓝头说的可能只是一句气话。想想看，那么肥壮的一只公鸡，怎么能随随便便埋进土里沤臭做肥料去呢？可是，想象毕竟有限得很，一只死公鸡不会马上就摇身变成香喷喷的美食，孩子们继续发挥各自的想象力。

有人建议说，得先拔毛，把鸡毛拔光了才能吃。

于是，孩子们就围成个圆圆的圈儿，大伙蹲在场院上一个相对隐秘的秫秸垛后面，开始七手八脚地薅那公鸡身上的羽毛。

很快，公鸡身上就裸露出几块拳头大小的肉皮。家伙真够肥的，每拔一根毛，膘肉都要颤三颤呢。这个坏蛋平时太神气了，总是趾高气扬欺男霸女的样子，见到谁家的母鸡出门溜达觅食，不管任何时间和场合，它总风风火火扑过去，猴在母鸡脊背上，只顾快活地踩啊踩啊，好像他是这里的土皇帝似的。谁让它老犯贱呢，人狂事出来，狗狂屁出来，活该有今天的下场。大伙边嘀咕边使劲薅它的毛，以解各自的心头之恨。

也有人说，先别乱拔呢，翅膀和尾巴上的长毛能栽鸡毛掸子，最好收集起来。这个提醒立刻遭到其他人的有力还击。谁稀罕那破玩意，谁要是没挨过鸡毛掸子的打，谁就把鸡毛带回家去。的确，鸡毛掸子打在屁股上疼得邪乎，比棍子和赶驴的鞭杆还厉害。孩子们只要想起那滋味，浑身都会发冷战似的抖一抖。

人多力量大，这话谁说的，简直就是颠扑不破的真理。没多大工夫，那只鸡就被拔得一干二净了。孩子们还在苤蓝头的精心指挥下，迅速地将飘满地的鸡毛拾掇起来藏进秫秸垛里，这样也就留不下什么蛛丝马迹了。

现在，这只公鸡完全赤身裸体，除了鸡冠子依旧红得发紫外，身上雪白雪白的，简直像个脱光衣裳不害臊的胖女人，往日的那股威风凛凛的雄劲几乎消失殆尽了。唯独屁眼那里耷拉出一截发红的物件，起初都以为是鸡屎，后来仔细一辨认，才知道是一截肠子，看来苤蓝头那一脚踩得着实不轻。

到了这一步，孩子们几乎都能闻到鸡肉的香味了，个个摩拳擦掌急不可耐。但那截红兮兮的鸡肠子实在倒人胃口。这种时候，大伙才意识到，拔光鸡毛仅仅是第一步，距离香气扑鼻的肉食还有相当长的一段路要走。最起码，得给这个该死的公鸡开肠破肚吧，要知道它肚子里还有臭气熏天的肠子和粪便呢。显然，这是个非常艰巨的任务，在场的孩子都没有经验，谁也没亲手干过这种活计。

苤蓝头也一筹莫展。早知道这么麻烦，真不如就地挖个坑埋了了事。他这样嘟囔的时候，所有人都把目光再度投向躺在地上的鸡，仿佛想听听鸡自己的意见。

可公鸡的嘴巴闭得紧紧的，像是宁死不屈都要保守住交给它的最后一个秘密。鸡眼上面不知何时蒙了一层类似塑料薄膜的东西，模糊而又惨白，看不出它的表情是痛苦的还是安详的。总而言之，这家伙早已死透了，杀伐存留悉听尊便，它绝不会再发表任何意见了。

"谁身上有刀子？快点儿掏出来。"苤蓝头有些不耐烦了。

大伙开始塞塞窣窣摸兜。摸了老半天，除了摸出几颗坑坑洼洼的玻璃弹子、一把黑不溜秋的杏核、一团乱糟糟的橡皮筋和一沓子破纸烟盒，再什么有用的东西也没了。

"连个刀子都没有，还想吃鸡，吃屎还差不多！"苤蓝头骂骂咧咧的，然后突然照准地上的鸡的屁股没好气地踢了一脚。那截讨厌的鸡肠子像是找到了绝好的落脚处，很顽固地沾到他鞋面上，弄出湿乎乎一摊。大伙又都下意识地捂了捂鼻孔。

就在他们望"鸡"兴叹的时候，一阵吱吱的车轮声打西边很吃力地滚过来。

孩子们最先看到的，是车上的那只糊得黄不溜秋的铁皮粪桶。拉车人的身子伏得很低很低，脸面和胸口几乎快贴向路面。孩子们知道，是李老师装满了粪桶，又要往地里送去呢。车上的东西一定死沉死沉的，她那么柔弱的一个女教书先生怎能拉得动？

这时，苤蓝头不由得踮起脚尖，往车子那边使劲眺望了两眼。他猛地回转头说："你们是死人吗，快过去搭把手啊！"其他人都很震惊地看着他，好像根本没听明白他的话。

苤蓝头却已经撇下他们，径自往那边一溜烟跑开去。他腿长脚大胳膊粗，跑动时的背影像个运动员，浑身有使不完的劲。

剩下的孩子不敢怠慢，头头已经身先士卒了，他们只好疲疲沓沓追随过去，尽管大伙满脑子都是跟鸡肉有关的杂念。

粪车实在太臭了，臭到让人无法容忍的地步。那种滴滴答答的暗黄色污物，正顺着粪桶和车身往下流滑，还有条条蛆虫正在桶面上张牙舞爪地蠕动，叫人看了立刻有种生不如死的念头。除了苤蓝头不顾一切地在后面用力推车，其余的孩子全部出工不出力地敷衍着，甚至根本不敢伸出他们的小手。即便试探着伸出去，又都哆哆嗦嗦连忙搭在自己的口鼻上了。有两个孩子干脆在后面哇啦哇啦地干呕个不停，好像要把自己的肠肠肚肚统统吐出来。好在这时苤蓝头没有工夫理睬他们，他正埋头推得起劲，不然免不了一顿揍骂。

拐两个弯又爬过一段坡路，前面不远处就是队里的蔬菜地，那里不时有人影晃动。车子就忽然停下来。李老师尽量立直了身板，汗水打湿了她整个人，她大口喘着气，像刚从一场阵雨中冲出来。她回过头时，顺势用袖口揩抹了一把红彤彤的脸，然后就平静地看着孩子们。

这一看，让所有的人都愣住了。她人变黑了，瘦削得有些惊人，衣裤在身上显得空荡荡的。但她的目光不是撒出去一大片，不是盲目的空泛的，而是一个孩子一个孩子实实在在地查看，看完这个再去看那个，好像看不够似的，嘴里还默念着什么——大概是孩子的姓名吧。过去在课堂上，她时常会点大家的名字，那时她的眼神就是这样执着从容温和。

最后，李桃老师的目光定格在苤蓝头脸上，他个头最高，又站在最前头，她很容易看得清楚。她的神情分明透出一股刮目相看的味道，除了感到吃惊外，更多的是赞许和感激。要知道过去在班上，这个调皮的苤蓝头可没少让她操心啊。

谢谢你，谢谢孩子们。李桃老师这样郑重地说话时，除了苤蓝头正用一只脏手挠着自己硬邦邦的后脑勺，其他孩子都不好意思地在原地扭怩起来。他们羞赧地将捂在口鼻上的手悄悄移开，生怕晚了让老师看到心里不好受。"都回去吧孩子们。"李桃老师说完这句话，就继续埋下头拉车往前去了。大伙从车尾方向几乎是看不到她人的，唯独那只令人作呕的大粪桶，简直像座丑陋的高山头压服住视线。

后来他们又回到场院上，死鸡依旧躺在秫秸垛后面，上面落了一团苍蝇，嗡嗡嗡地吵得正凶，大概它们也是为吃肉的事大伤脑筋吧。

苤蓝头迟疑地捡起地上的鸡，忽然盯着大伙说："都还想不想吃鸡肉？"

孩子们一边艰难地吞咽唾沫，一边使劲点头。

苤蓝头又说："想吃鸡肉的话，打明天起都来这里帮忙推车。"

大伙的嘴巴都张成簸箕口那么大，一个个愁眉苦脸地看着苤蓝头，好像不认识他似的。心里都觉得这家伙今天越发有点儿神经不正常，可谁也不敢当面违拗。

苤蓝头接着对大伙说："粪车是很臭很臭的东西，可你们都看见了，我刚才推得很起劲，一点儿也不觉得，知道为啥不？"他适时卖了个关子，用那黑豆一样有神的眼睛把每个孩子都扫了一遍，好像他也变成老师的样子。

"老师在课堂上不是教过咱们，要学会想象吗？你们也都发挥一下想象力。比方说，咱们每回玩打仗的时候，可以用手指当手枪，可以用木棍当机关枪大刀和长矛；随便骑在一块破石头和木头墩子上，它们就老老实实变成咱们的战马和电驴子了；两只手握成孔搭在眼前，那就是一副很牛的望远镜；嘴巴"嗒、嗒、嗒"叫唤着，就是从枪膛里射出去的子弹，敌人就得假装倒下……我刚才把那架粪车想象成一辆花轿车，前面还有个新娘子，长得好俊好俊的新娘子，这样推起来就容易多了。你们看李老师如今多难，本来她是教书的，那帮狗东西偏教她干那么脏的活，我想她之所以能忍受下来，肯定也有她的一件法宝吧——说不定她也把自己想象成是去给学生们送满满一车的书本呢……"

大伙面面相觑着，全都被这种狗屁不通的奇谈怪论给怔住了。

茉蓝头乘机抱起那只公鸡扬长而去。走出一大截路，又忽然回转身喊着说："明天干完活就有吃的喽，记住，可一定得保密啊！"

3

那天晚上，孩子们回到家都有点儿茶饭不思，一张张小脸上布满了想入非非的虚妄神色。

这种情形早在羊角村人没日没夜往土炉里添柴烧火时出现

过，那时孩子们想到崭新的飞机大炮、想到美帝苏修和老蒋就要完蛋了，还想到一场人民必胜的伟大战争，个个都兴奋不已；可这场幻想中的战斗始终没有如期打响，等来的却是一场可怕的天灾，一个个肚皮都像倒空的麻袋扁了，整日就靠想入非非来填充，凡是能吃的东西，都要在梦里吃上一遍又一遍；再后来又说不用念书了，孩子们欢天喜地地把书本填进灶火坑里，在红通通的火光中又开始想入非非了，此后整天游手好闲无所事事东游西荡，谁也不晓得这种日子会过多久。

入睡之前，那只白天被他们亲手拔光了毛的公鸡再度闯进脑海。不过，这时的它真的变成颜色黄亮、味道香美且热气腾腾的鸡肉了。于是，伴随着汹涌的口水，孩子们把小嘴吧唧得很响很响，每个人至少都吃到了自己心目中最想得到的那一块。

当然，也不是所有孩子都在不切实际地幻想，至少这晚苤蓝头就没有。

白天人多眼杂，什么事也做不成，等到夜深人静了，苤蓝头才假装上茅房，蹑手蹑脚离开了屋子。他没有跟家里人说起白天的事，那只死鸡被他藏在一个自认为很隐秘的地方。

现在，他得摸着黑出去一趟。院子里静悄悄的，头顶有半个脸盆大的月亮，把地面照成一大片汪洋的银湖。大人都睡得死死的，白天的劳作耗尽了他们所有的体力。

隐约听到什么地方传来喵喵的叫声，该死的猫，好像它们才是夜晚唯一的主人。与此同时，苤蓝头忽然有种不好的预感，眼前闪动着那种黄绿相间的猫眼，阴冷、诡秘、狡猾，他急忙朝藏东西的地方飞奔而去。

果不出所料，明明藏在秫秸垛里的东西竟没了踪迹。场院上有好多个大大小小的秫秸垛，他犹如一只迷惘的孤雁，在它们之间穿来绕去，可不论怎么找寻，那只该死的鸡就像石沉大海了。

苤蓝头一屁股跌坐在铺满银月光的场上，地面暖烘烘的，隔着薄薄的一层柴草，让他越发感到心焦难耐。他把事情的经过从头到尾想了一遍，应该不会有人发现。当时他装出一副扬长而去的样子，等身后的伙伴们都解散回家了，他又杀了个回马枪，然后迅速地就将公鸡藏在其中的一只秫秸垛里。

谁家的大狗在远处莫名其妙地吠了两嗓，村子在夜色中似乎被震得晃动起来。苤蓝头才回过神，也许真的让偷嘴狗叼走了吧，倒霉！此刻垂头丧气的他索性平躺在场院上。夜空在眼前一览无余，先前的明月不知何时让一片厚厚的云彩遮没了，星光时隐时现，身边没有一丝风吹草动，整个世界好像都在默哀。

苤蓝头枕着自己的双手，长时间凝视深邃的夜空，倏忽有清凉的颗粒落在脸颊上，让人不由得一惊。长了这么大，他从来没有如此专注地仰望这广袤的星空。

后来，终于找到了老师给他们讲过的北斗七星，那是一把巨大的银勺，勺把坚硬雪亮，勺头里像是盛满了某种神秘的物质。老师说要是一个人在黑夜里迷失了方向，只要是晴空就不必害怕，因为可以凭着七星的位置确定正北方向。

这样看着想着，他又觉得那银勺就像是白天老师拉着的车子，她每走一步都留下一只坚定的脚印，闪着银光，一只一只一直铺展到天边……继而，在那车子的左边、右边、后面又闪跳出许许多多很小的星子，它们慢慢地朝拉车人靠拢，靠拢。

很快，那些星星就密密麻麻连成片了，北斗七星被簇拥在中间，它真的变成了一架轻盈无比的马车飞驰起来……

4

之后的两天里，孩子们都按照苤蓝头的要求，准时出现在场院上。

他们往往躲在那些秫秸垛中间，远远望见那只粪车从场院西面吃力地走出来，孩子们就在苤蓝头的指挥下，一窝蜂似的跑过去搭手推车。然后，一直将李老师送到蔬菜地那边才停下脚步。李老师发现孩子们的善举并非偶然，心里很过意不去，她一再劝他们往后别再来了，说她自己能应付得了，可孩子们都干得很快活，似乎谁也不甘落后。老师拿他们一点儿办法也没有。

这种状况头几天还行，孩子们兴致很高，毕竟苤蓝头亲口答应大伙，只要肯出力的个个都有肉吃。

而且，苤蓝头还说，这只鸡他想好了，既不炖，也不烤，因为炖鸡烤鸡都不太容易长时间保存，现在天气这么炎热，所以，他想要采取一种非常独特的做法，就是像腌制腊肉那样，把这只公鸡腌成一只可以吃很长很长时间都不会腐烂的腊肉。

而且，他还跟大伙透露了一个秘密：这种复杂的腌制技术只有邻村的一个德高望重的老厨子懂得，因为这人年轻时跟一个四川师傅学过烹饪手艺。苤蓝头说他昨晚已经登门请教过老人家，对方基本上答应帮他这个忙，不过，到时候腌制成功了，老厨子至少要留下一只鸡腿。

大伙都觉得这个办法最好不过：一来这种腌法鸡肉不容易放坏，便可以吃上很长一段时间；二来，只要有好吃的，就是让大家干再脏再累的活也值当。

到了第四天下午，孩子们帮老师推完最后一趟车后回到场院上，他们看上去有些气喘吁吁的。不过，个个眼睛都很亮，幻想和无限憧憬像一簇簇小火星，快将每个人点燃了。

大伙团团地围住苤蓝头，众星捧月一样，无不幻想着苤蓝头会突然从裤兜或别的什么地方，拿出一大块鸡肉来犒劳大伙。可幻想终归是幻想，幻想总是不会立竿见影，如愿以偿。最关键的是，他们似乎都发现了苤蓝头这两天有些心不在焉，情绪好像也很低落，完全不像一开始那样了，还总爱莫名其妙地发呆，好像藏着满腹心事。这让每个人都忐忑起来。

"那东西腌得咋样了？"

有人终于忍不住发问。

马上就有人响应。

"就是嘛，到底啥时候能腌好？"

"啥……怎样了？"

"就是那只鸡嘛，我们啥时候能吃上肉啊？"

"哦，你们是说它呀……我想它就快好了……昨天已经泡在盐水里……你们肯定不知道，那得要好多好多盐，就像咱们家里腌咸菜一样，少了怕腌不透。"

显然，这个说法大伙比较满意，因为家家户户到了秋后都要腌几坛咸菜和酸菜好过冬吃。

可翻过天，又产生了新的疑问。

"盐太多的话，到时候肉会不会咸得吃不成？"

"就是嘛，咸鸡该多难吃啊！那不糟蹋了……"

这个担心似乎来得恰如其分，大概连苤蓝头自己也没有考虑周全。

不过，他皱着眉头想了半天，才支支吾吾地说："放心……鸡我早已经捞出来了……那老厨子说还要用些红糖……对，就是把红糖化成水……再美美地泡它一天一夜……问题是，我们家的红糖罐子被我娘锁在柜子里，一点儿也拿不出来。所以，我准备今黑趁大人睡着了把它偷出来。"

孩子们一个个睁大了眼睛，屏住所有气息，好像一场惊心动魄的盗窃案就在眼前展开了。

因为有了盐和红糖，孩子们的想象力又都空前地好起来。大伙普遍觉得苤蓝头做事很有自己的一套，有条不紊，措施也得力。那只鸡在饱受了盐水的浸泡后，又将被放进甜甜的红糖水里，相信用不了多久，它就会被腌得色香味美，吃起来满口流油。

这天还发生了一个小插曲。孩子们看见那只公鸡的女主人正在四处找鸡，简直忧心如焚的样子。她嘴巴咕咕地叫个不停，好像要把自己装扮成一只风骚十足的老母鸡似的，这样大概比较容易将那公鸡勾引出来。可她的所有努力显然都是徒劳的，孩子们心知肚明，就算她真的浑身插满羽毛变成一只真母鸡趴在场院上，那只公鸡也永远不可能冲过来趴到她背上踩蛋了。

女人在场院转悠了几圈后，似乎也留意到这群顽劣的孩子，便走过来打问。

"喂，你们几个有没见过我家鸡？"

做贼心虚，生怕露馅，个个都支支吾吾不敢正视她。

"是那只爱掐人的公鸡吗？"

"没有，我们真的啥也没看见。"

"哪个孙子骗你！"

女人马上皱起狐疑的眉头逼问："我不信，真没见着？要是敢哄骗老娘的话，准有你们好果子吃！"

幸好苤蓝头这时挺身而出，否则后果真不知会怎样呢。

"我们整天在这里闹着耍呢，别说是只鸡，就连麻雀也不敢落下来。"

女人将信将疑地盯着苤蓝头，好像要从他身上搜出什么破绽似的，过了好一会儿，才万分沮丧地朝别处寻去了，嘴巴依旧很神经质地咕咕咕叫着。

孩子们都长长地出了口气。苤蓝头一本正经地看着大伙说："风头太紧了，我看腌鸡的事得再往后放放了。你们记住，谁都不准再提这事，弄不好被人家知道了，咱们回家都得吃鸡毛掸子！"

大伙顿时感到心惊肉跳起来。

5

挨到第六日晌午，孩子们基本上不再服从苤蓝头的指令了，一个个腰来腿不来的，或者，干脆连个人影也瞅不见。

与此同时，一股奇臭渐渐地在场院上空弥漫开来，且愈演愈烈。起初，都认为那是从蓄粪池那边传过来的难闻气味，再加上那辆来回往返的粪车，不臭才见鬼呢。

苤蓝头的鼻子笨狗般不住翕张，现在场院只剩下他一个人了，先前还有两个伙伴陪着他。奇怪的是那辆粪车今天还一直没有出现，毒辣的日头将孩子的身影烤得焦黑渺小，等待忽然变得漫长而又痛苦。

"到底啥时候能吃上肉吗？"

"你不是说早用盐和糖腌过了吗？"

"咋还不分给大伙吃？我们都快馋死了！"

两个孩子的耐心似乎到了极限，他们完全不顾苤蓝头会不会发火，一味地追问起来。

"他们都说你在哄人呢，鸡肉根本不像你说的那样做！"

"再骗人的话，那你就自己推车吧，反正大家都不想干了，你哄骗我们白白在这受苦！"

"怎么这么臭啊？不会是你俩屙裤子了吧？！"苤蓝头像煞有介事地盯着他们俩的裤裆，鼻孔大幅度地一收一缩，似乎发现了那个臭源所在。"臭死了，臭死了，快离我远点儿！"

孩子们终于被这种莫名其妙的挑衅给惹生气了，他们似乎再也无法忍受苤蓝头的羞辱和装腔作势，便拍拍屁股上的灰尘，气哼哼地走开了，任凭对方怎么喊叫也不肯回头。

"滚，都给我滚得远远的，就算有肉也不分给你们这俩馋猫吃！"

就在这时，一个男人倒背着双手直戳戳地朝苤蓝头走来。穿过场院上蒸腾而起的层层热浪，那人身体一抖一跳，感觉就像电影幕帐上的反面人物被风吹动，弯弯曲曲，或者随时会熔化在日头下面。

其实，苤蓝头老远就能感觉到父亲眼中的两团怒火，火焰随时会扑燃到他身上。"成天价不回家，你在这儿干屎啥？"父亲张开嘴的同时，一只大手便铁钳一般钳住了他一只薄薄的耳叶。"走，跟我回家！别丢人现眼了！"苤蓝头一点儿也不想走，可腿脚由不得自己，关键是耳朵疼得跟钻脑子似的。男人像提留一只瘟鸡，一路拖拽着苤蓝头。

爷儿俩跌跌撞撞走到街巷时，苤蓝头觉得耳朵已经不那么疼了，取而代之的是火辣辣的灼烧感。他还发现越是跟着父亲的脚步放快走，那种痛感便会有所缓解，相反就会加剧，所以，他几乎一路不停小跑着跟那疼痛比赛，泪水汗水漫了一脸。

"放开他！"一声算不上呵斥的叫声当头而来，他们爷儿俩同时看到一个女人病歪歪地拉着车子站在巷道中央，看起来摇摇晃晃弱不禁风。她腾出一只手紧紧摁着自己的胸口下方，那里似乎吃了谁的窝心脚，正疼得难以忍受。她用另一只手臂牢牢把握着车辕，车上的粪桶散发出阵阵恶臭，叫人窒息。

"快松手啊——"她的声音颤巍巍的，气息忽然变得微弱下来，"你这样会把孩子耳朵揪下来的……"

男人无动于衷地咕哝道："小狗东西，见天就不知道学好。"苤蓝头趁父亲分神的时候，终于从他的手心里挣脱了。他捂着早已麻木的耳朵望着李桃老师，感激之情油然而生，他很想冲她笑一下，可满脸都是泪花，那笑容便湿乎乎的，比哭还难看。

"孩子，往后别再来帮手了，老师能应付过来。"

苤蓝头见李桃老师拉起车子有气无力慢慢地往前挪步。他觉得她今天的行动迟缓得像个小脚老奶奶，也就走出十来米远，突然她的身体像是被一股神秘的劲风吹得晃动起来。接着，整个人便软塌塌地瘫倒在路上，车辕撒手落地时砸出重重的轰响……

后来是父亲把李桃老师硬背着送回家去的，他还派苤蓝头将空粪车拉回地头，顺便跟队长打声招呼。苤蓝头还记得当时队长撇着地包天嘴唇闷哼了一声，说都他娘的是纸糊的，风一吹就倒。队长的嘴脸像个十足的小人，很有些落井下石的味道。很多时候，苤蓝头觉得队长就是那只该死的大公鸡，趾高气扬，不可一世。

他又一口气跑到场院上，气还没喘匀称，猛不丁被一个女人跳出来截住了。"扯谎溜屁的小碎猴，快赔老娘的鸡！"对方连拉带扯死死拽住他的衣襟不松手，"那俩小坏蛋都招认了，说是你活活打死了我家鸡，还想腌肉吃呢，做你的白日梦，看不撕烂你娃的臭嘴！"

东窗事发，他简直恨死那俩小叛徒了。女人骂得唾沫雨点般泼溅，又举起肉墩墩的巴掌，噼噼啪啪扇了他好几个耳刮子。苤蓝头觉得眼前金星频闪，先前被父亲揪过的那只耳朵还余热未消，此刻又挨了一通好打。他想揉摸了一下那只倒霉的耳朵，手心贴上去黏糊糊的，忙拿到眼前一瞧，红得刺眼。一股甜滋滋的腥湿正从鼻孔流窜出来，他急忙拿另一只手去捂鼻孔，地上早滴下一摊黑红的圆点儿。

他下意识地叫了那么一嗓子，奇怪的是声音跟云朵一般飘出去却没有返回，半天也没听到自己的一丝声音。他觉得脑壳里干巴巴的，像塞进了一截实心的木头，对这突如其来的极其古怪的死寂，他简直感到比挨打本身更加令人恐惧。他异常不安地又一连串叫唤了好几声，却都无济于事。他恍惚间感觉自己像是一头栽进漆黑无底的泥水坑里，脑袋周围被淤塞得实实在在，就连一个小气泡声也听不到。唯独那女人的嘴巴，依旧在眼前血盆似的无声开合，她那张牙舞爪的模样委实骇人。

6

苤蓝头又悄悄从家里溜出来。父亲的嘴巴在晚饭桌上动了老半天，也许是在讲李桃老师的事吧，反正他几乎一个字也没听到，他甚至听不到自己嚼菜咽饭的呼噜声了。世界突然静得不可思议，又像队里有时放的黑白电影，幕布上的那些家伙光动嘴不出声。他想来想去，始终没敢跟大人说起自己耳朵的事，那样一来，他至少还得说出那只该死的公鸡，那会惹来更多麻烦。

出了家门，月光早铺满街巷，他幽幽地往前飘去，棉花团似的轻巧，脚下一点儿动静都没有。这样也许很好，他又无端地想起老师讲过的《掩耳盗铃》的故事，现在自己不论去做什么事，都像捂住耳朵做贼的人，注定什么也听不见。这样想着，他脚步变得更加轻快，街巷似乎也变得软绵绵的，踩上去无声又无息。

场院静如一潭死水，除了那些影影绰绰的秫秸垛趴在上面，连个鬼影子都没有。这样最好不过，他可以安心做自己想做的事。四周没有声响，他的嗅觉忽然变得比狗还灵泛，雨水淋过发了霉的柴草湿气，牲口拉下的粪便带着很浓很浓未完全消化的草料香味，还有成群结队的老鼠在秫秸垛下埋藏的各种谷物的混合气息……所有这一切他都能轻而易举辨认得清清楚楚。所以，他没费丝毫力气，仅凭着鼻子便嗅到了那股浓酽得无法形容的臭源所在了，跟探囊取物似的，他摸黑将一只手臂深深地插进其中一个垛子中，立刻就摸到了那个肉乎乎的东西。它已有些黏手，给人一种胀鼓鼓的感觉，仿佛捉到一只巨大的鼓足气的癞蛤蟆。

他简直欣喜若狂，喉头剧烈颤动，心儿往腔子外面疯撞，终于寻到它了！事实上，自打那天将它塞进去，根本就没有人再动过它一指头，一人深藏十人难寻，它一直在这里苦苦等待直到发臭。

在取出它的一瞬间，他不禁停顿了片刻，就像接受一项莫大的奖励，他又开始浮想联翩了：一定要去看看白天累垮了的李桃老师，她身体太虚弱了；对于父亲揪他耳朵的事，他倒一点儿也不记恨，恰恰相反他简直有些感激不尽，若非当时父亲在场，李老师还不知会怎样呢。

他脑子里又一次天马行空起来，在去看老师之前，他先要把它用柴火烧熟了，而且尽量烤得外脆里嫩香气扑鼻，这样李老师吃了肯定会夸他一番的：好样的，你真是心灵手巧啊，将来长大了说不准能当一名优秀的大厨师呢……他也一定会羞赧地面红耳赤无地自容，不过心里还是很欢喜的。毕竟，这是李桃老师头一次表扬他，这个迟来的荣誉值得他永远珍藏。

——可是，等他心潮澎湃地搜出那只臭烘烘黏糊糊的玩意时，他几乎恶心得当场就吐了出来。在银月光的映衬下，一层密密麻麻的白蛆正兴高采烈地在上面忙碌，感觉就像一群白匪军沾沾自喜地占领了一座光秃秃的山头。

苤蓝头愤怒地抓起那东西，用尽浑身气力扔向无边的黑暗中。

随后，他一屁股坐在地上，呜呜咽咽哭得像个无辜的小丫头似的。

羊角村夜深人静，没有谁会听到苤蓝头的哭声，也包括他自己。

黑的不是夜

1

拿到黄大军送来的手枪时，栓柱离报名上学只差几天光景了。

谁若问黄大军这辈子到底做了多少把木头枪，恐怕多得连他自己也记不得了。这种东西我们村像建军、麻脸、猴子都曾有过，年岁稍小一些的国庆、小嘎、虎头，甚至于小油瓶子也都有的……当然，我也有一把，而且，我的这把枪是松木料的，表面又光又滑，没有一颗节苞，更没有细小的裂缝，面上还有山水样的一圈一圈斑纹，拿在手上能闻到一股脆生生的松香味呢。

栓柱是这里顶碎的一个，天生一张瓜子小脸，黄不拉几的一撮头发，几乎苦不住脑顶心，脸蛋上老没个血色，就跟被饿狗刚舔过的碗底一样光溜溜的。大伙都说他有肝炎活不长，估计是看见他那蜡黄蜡黄的脸色乱猜的。不过，见了栓柱爸，你就知道是怎么回事了：他爸也是那么黄瘦黄瘦的，干板子身条上多一两赘肉也不长的，这爷儿俩看上去简直是同一个模子刻出来的。倒是栓柱妈跟他们很不像一家人，那个女人生得白白嫩嫩的，脸蛋子老透着些羞涩的红晕，走在路上胸脯总拍皮球样上下颤颤。村里那些没正经的男人，眼光老直勾勾盯着她，苍蝇似的在她身上睃过来睃过去。当然，这种时候必定是栓柱爸不在旁边，男人们才有恃无恐，要不然让他撞上，那个醋坛子准得打翻天了。

我听说那把枪不是黄大军亲自送到栓柱手上的，是他通过栓柱妈转交给栓柱的。问题可能就出在这上头。要说这事得怪黄大军本人，好心办坏事嘛，他也不是头一回给娃娃们送那种东西，既然要送人家，就应该跟子弹出膛一样，直冲冲地击中目标，干吗非要拐那么个弯子，偏偏递到那个醋坛子的女人手上呢？

那一年夏天，我跟伙伴们在沟渠里耍水。炎热的夏天我们通常都是在渠水里泡过去的，水是村子的精气神，不光牲畜、庄稼和土地离不开，娃娃们更是喜欢得要命。天气最热的时候，我们一个个就变成鸭子了，整天在水里浮来浮去，过着神仙一样的清凉日子，啥时间肚子不饿得呱呱乱叫，不听到家人扯着嗓门在家院或晒场上大呼小叫，我们是不乐意上岸的。

那天好不容易爬上岸，我却怎么也找不着自己的衣裤了，下水前明明是放在树荫下的，估摸着肯定是哪个捣蛋鬼跟我使了坏，故意藏起来让我着急上火。可半天问来问去，伙伴们个个头摇拨浪鼓，都说没见过。眼看着大伙都穿好了衣裳，马驹子一样颠颠地跑回家去吃晌饭了，我却依旧裸着个屁股，两条光腿杆子互相蹭着，一只手还得像煞有介事地捂着那个害羞处，活脱脱一个小丑。找不着衣裳，别说回家吃饭了，就算挨打我都站不到大人顺手的地方。

黄大军就是在这紧张时刻很神秘地出现在我面前的。

说他神秘，其实主要是说他那身衣着。黄大军的样子多少有些猥琐和古怪，一年中不分季节地总穿那身黄不溜秋的旧军装，两条袖子和裤腿面上，都补了别样颜色的大疤片，看着极突兀。冬天的时候，外衣里面大概是添了夹袄和棉裤，显得鼓鼓囊囊的，像是叫谁打肿了似的；春秋两季倒单身穿着，走起路来就有些空荡荡的；即便到了盛夏流火的日子，他也很少把袖子或裤腿撸起来，顶多也就不再系衣服扣子了。其实纽扣基本快丢光了，两片前襟子在胸前扇来扇去，露出贴身的一件红兮兮的背心，背心上原先印着很大很大的阿拉伯数字，像个篮球运动员，可现在早就模糊不清了；那背心上尽是米粒或蚕豆大小的破眼，你能隐约瞧见他胸前的肉，泛着焦褐的燕麦色，仿佛疤痕未褪尽的样子。

反正，他人看上去就这样，一点儿也不强壮。我自打懂事起就知晓，这身衣裳是黄大军早先从部队上带回家来的，一年又一年地裹在他干瘦如柴的身上，仿佛跟他的身子乃至他整个人黏合在了一起，至死也不会分开的。就连他脚上的鞋，也冬去春来地只穿那种黑胶底的廉价军用鞋。这种东西农贸集市就有卖的，很耐穿，但穿久了脚丫子极易发臭，还爱烂脚趾。

这之前，黄大军给别的娃娃做手枪的事，我当然很清楚了，尽管这种好事还没落到我头上，可还是让我在羡慕别的伙伴的时候，偶尔会荡漾起一股美丽的憧憬，幻想着某一天自己也能得到它。说来，这个黄大军也鬼得很，他并不是一下子把要送娃娃们的枪全都做好，集中发放，而是吊人胃口似的，慢条斯理地一把一把悠着做，一年一年做着，就像是他自个非干不可的一项顶要紧的活计。有时，很长时间也不见做出一把。可你也说不准哪天，他心血来潮了，忽然将做好的东西交给某个娃娃手里，使对方乐得一蹦老高欢天喜地。

有一回，我们听黄大军的街坊闲谝起来，说有时天都黑了，黄大军的屋子里突然传来刺啦刺啦的声响，可也不是经常都听得到，说不准啥时候会猛地响起来。那个街坊还说，黄大军真是个日怪狲，放着自家的田地不好好务劳干营生，总腰来腿不来的，多少年也不见他娶个婆姨回家。反正他打从部队上回来，好像就没个正经样子，只是一味地跟年迈的爹娘搅在一块，把日子过得昏昏沉沉，看不出一点儿庄稼人的样式。

我长大后也总在想，村里人之所以还没有把这个很久以前的退伍老兵彻底遗忘，很大程度上，大概是因为他总是莫名其妙地给娃娃们做各式各样的木头手枪，而且都做得跟真枪一样，有枪膛、有扳机、有纹路，甚至还有很小很小的瞄准器。他好像特意用这件事，来执拗地维持着他曾经入过伍当过兵的事实。最先，他给建军、给麻脸这些大点的娃娃做，而后是国庆、猴子、虎头……再往后，他居然给那个陪着娘改嫁过来的小油瓶子也做了一把。要知道在当时，小油瓶子初来乍到，尽受别人欺负了，连我们娃娃都不大正眼瞧他，谁让他是个随娘嫁来的小野种呢。

　　直到那一年夏天，这种好运气才终于悄然降临到我头上。我这样说的意思是，为了得到这把木头枪，我已经不知道等了多久了。有时在梦里，梦见自己高高举着黄大军亲手送给我的东西，雄赳赳气昂昂地在伙伴中奔跑，叭、叭、叭——瞄准敌人，扣动扳机，小嘴始终不停。也有时很奇怪，梦到的偏不是我自己拿着枪，而是黄大军高举手枪冲锋陷阵的威武样子，他身上竟还有好多伤口，红血汩汩地往外冒，冲锋号吹响了，他却慢慢地倒下去，右手的枪举过头顶，好像一名英勇就义的烈士……这些情景总是反反复复地纠缠着我的睡梦。

　　那天，正当我焦头烂额四处寻找衣裤的时候，黄大军不知从哪里冒出来，简直像个无声的幽灵。一闻到他身上那股子咸丝丝的臭馊汗味，我马上抬起手背捂住鼻孔，身体下意识地往后退着，好像靠近他会有什么危险似的。黄大军倒背双手站在我面前，感觉像在田间视察。好在，他身上的衣裤还能看出点儿旧军装的颜色来，加上他是立正站着的，身体倒也板正，不像歪歪扭扭没有站相的坏蛋。我还注意到，他的鼻尖、下颌、胸口几乎垂在一条直线上——相信这种站姿村里再也找不出第二个。他的眼神虽然不是凶巴巴的样子，却也透着些许威严，会叫人不寒而栗。下面的裤角一高一低，脚上的胶鞋脏得不成样子，已看不出原先的军绿色，唯独两个大脚趾头露着俏皮的白光，在地上一翘一闪。

"小鬼狲，猜猜我才刚捡了个啥好东西？"

他盯着我一本正经地问。

我立刻反应到是他藏了我的衣裤，就梗着小脖颈，用眼睛上上下下白着他。

"快把衣裳还给我，谁让你手长的，乱拿人家东西！"

"嗬，年纪不大，火气不小哩！"

他忽地把一卷东西递到我眼前了。

"你快瞧瞧，看少了啥没？"

我二话不说，急忙一把从他手里叼过那团衣服卷，生怕他再反悔不还给我了。

哪料"吧嗒"一声，一只黄亮黄亮的物件落在我的脚下。

枪。是枪！

我喜出望外。好一把漂亮的木头手枪啊！正是我做梦都想得到的东西。

我早已忘了先前的气恼和胆怯，迫不及待地捡起地上的东西，牢牢抓在手上，反反复复端详着，简直爱不释手。直到黄老军开口问我喜不喜欢，我才意识到自己还光着身子呢。

"快把衣裳穿上吧，你这小鬼娃！拿枪的人可没有你这熊样的！鸡鸡还甩在外头呢。"

他一面有些鬼祟地瞅着我的羞处，一面嘿嘿地咧开大嘴笑了起来。

这大概是我头一次见他笑，笑得又憨又直，活像个没一点儿正经的小老头。我也红着脸蛋冲他傻笑着。等我低下头左摇右摆套好裤子，又披上布衫，扣子还没来得及系好，他却已转身默然走远了。

我拿着那把散发着松香味的木枪，久久注视着那淡绿色的背影，心间萦绕着一股说不清楚的暖意。似乎是，黄大军这个人跟我一下子拉近了距离。以前，我总感觉他给娃娃们做枪有些蹊跷，有些不怀好意。现在看来，他人其实很简单，目的也是单纯的，至少他没有伤害我。他大概就是喜欢我们这些娃娃，才心甘情愿那么去做的。这一点，我也是从他刚才难得一见的笑脸里琢磨出来的，见我拿着手枪乐不可支的样子，他的脸面似乎也乐得要开花了。

反正那一刻，我绝对有一万条理由坚信，黄大军过去一定是个不赖的兵。

2

这天下午，黄大军是在玉米地里见到栓柱妈的。

但也有一点不好确定，黄大军怎么会知道栓柱妈就在玉米地里呢？还是他先去了栓柱家，因为家里没人，他才东找西找一路寻到这里的。还有，既然是找人，他该直接去找栓柱多好，叫栓柱的名字也成，毕竟那把木头枪是要送给栓柱的，何必脱了裤子放屁——多此一举呢？而栓柱当时正跟一群娃娃痛快地玩耍呢，他只要远远地喊一嗓子，我相信大伙都能听得见。

后来，听在玉米地边给兔子割草的小油瓶子的妈妈说，黄大军就像个孤魂野鬼，在大片大片的青纱帐里飘来荡去，一忽儿露出头来，一忽儿又没影了，好像跟谁藏猫猫耍呢。大概后来黄大军才不知不觉摸到栓柱家的地里。这时，栓柱妈正埋头一株一株地扶玉米秆，头天刚遇上了一场暴风雨，把地里的好些玉米秆都吹得东倒西歪的，收割玉米得等到国庆节前后，所以，眼下急需把趴在地里的玉米秆扶起来。这种活最好是两个人一起做，一个人负责把扶起来的玉米秆稳住，另一个人用拔下来的稗草秧子，将扶正的玉米秆捆绑到旁边的一株好玉米秆上，这样可以维持到收割时节，好让玉米在最后的这段时间里彻底熟透晾干。玉米棒子躺在地里会被泥水沤臭，还会被可恶的老鼠糟蹋。可当时地里就栓柱妈一个人，栓柱爸一早就进城去交公粮了，栓柱这家伙死贪玩，又有些好吃懒做，上午只跟他妈干了一阵子，就不停嘴地喊苦叫累，还哭丧着脸说，蚊子快把他吃掉了。因此，下午再来地里时，栓柱妈索性就没再带他，嫌娃娃太啰唆，还尽添麻烦，她自己一个人干活倒清静些。

我实在弄不清楚，黄大军脑子到底是怎么想的，送东西就送东西嘛，他完全可以放下那把枪赶紧走开的，为啥又要热心热肠地帮着栓柱妈扶玉米呢，他自己家被风刮倒的玉米扶没扶都是个问题，他竟然还有心思揽别人的闲事！但事情就是这样，黄大军走进栓柱家的玉米地时，日头还老高一截呢，后来，等他跟栓柱妈一起往村里走的时候，日头早已经落西了，天边静默着一片片铁锈样的红斑，把两个人的脸面都抹红了，好像刚从一场酒席上下来。

俩人就那样一同走到村口，那边早聚集了好些娃娃，还有女人，他们正端着碗在外面边走边吃，边说边笑。傍晚的村口正喧嚣地流淌着农家饭菜的香热气息。大伙远远看见黄大军和栓柱妈，就觉得稀奇，这俩人咋能走到一起呢？黄大军邋里邋遢的，身上一股子酸臭气；栓柱妈可是村里的人尖尖，不光人长得十分受看，平时穿着也讲究得很。

眼望就到家门口了，黄大军才忽然想起来送枪的事。大伙看见他从自己的裤兜里掏出那把崭新的木头枪，说："这是我给娃娃做下的，你替我交给栓柱吧。"栓柱妈迟疑了一下，同时，把沾染了发黑的草叶汁的双手在自己的衣襟上揩了又揩，好像要接受一件至宝，脸上笑眯眯的，始终挂着厚厚一层红霞光。

"这让我说啥好呢，白让你帮我干了那么多活，还没好好谢你呢……我家栓柱呀，做梦都想要这物件呢，他跟我叨叨过好几回，说村里谁谁谁都有了就他没……"

黄大军默不作声，他只是很随意地将木手枪塞到栓柱妈手里。栓柱妈又再三再四地道了谢。分手前她又叮嘱道："他叔啊，闲了常来家坐坐。"黄大军好像"嗯"了一声，或者，根本没吭声，便消失在暮色中了。他就是这么个人，做事不声不响的。

栓柱妈再往家去的时候，情不自禁地把手里的物件凑到鼻孔前嗅了一下。——那是新鲜木头的特有的香气，干燥，硬朗，暖和，还有一丝淡淡的苦涩味。

本来，事情到此可以画上句号了。可谁又能想到，栓柱爸傍晚卖粮回来，见家里没人，又冷锅冷灶的，一等不见人影，再等还没个声气，他就气冲冲地走出门去找寻女人。这一点上，我们村的男人几乎都一样，他们在外面干一天营生，回到家就成了立下汗马功劳的功臣，就得饭来张口，衣来伸手，女人要是稍微怠慢一点半点儿，他们就会横挑鼻子竖挑眼地乱发火。也该着栓柱妈倒霉，只顾了跟黄大军走路说话，她是一点儿也没注意到自己的男人。黄大军把枪塞给她的时候，恰好让栓柱爸瞅个正着。

"还不赶紧回家做饭去，你磨磨蹭蹭在外头浪啥呢？！"

栓柱爸的火气真冲，或许是白天卖粮没遇上顺心事，辛辛苦苦种的麦子让公家给验了末等。

"老子饿得前心都贴到后脊梁上了，你在家也不说早早弄饭！"

栓柱妈果然吓了一跳，男人瞪着牛大的眼珠子冲她嚷嚷，她连声也没敢吭，急急忙忙快步往家赶。这一幕大伙也都瞧见了，我们就吓唬栓柱，小子还不快回家去，仔细你爸今黑拾掇你！栓柱冲我们吐了吐粉舌头，一副满不在乎的样子。这时我留意到，栓柱爸的脸色不再是蜡黄的，而是猪肝色，都泛了茄黑。

接下来发生的一幕，证明大伙的预感没错。栓柱家传出喋喋不休的吵闹，还有女人和娃娃的啼哭声，摔摔打打声，一下子就把刚刚撂下饭碗的人给吸引了过去。当时，月姑娘的半张圆脸已伸到东山墙上了，她的样子有些腼腆，又有点儿害臊似的，在枝梢间一晃一晃，含情脉脉的样子。这样一来，村街就变得亮堂多了。月姑娘那张脸就快长圆满了，也就是说，中秋节马上就到了。中秋可是个好日子，到时候玉米、稻谷都丰收了，还有各式瓜果蔬菜也都下来了，家家户户祭月神吃月饼，娃娃们早就盼着这一天呢。

偏巧这时节，栓柱一家闹得不可开交。

栓柱妈一门心思赶回家生火做饭，可能是她太心急了，也可能是她多少有点儿心不在焉，竟然把饭给烧煳了，焦煳味源源不断地从栓柱家院里窜出来。女人煮煳了饭菜也是常有的事，老辈子人不是都说，猴子也有从树上跌下来的时候嘛，何况大活人呢？问题是，这晚栓柱爸的心情好像很坏，坏到啥程度别人也不太清楚。大伙只是听到他有深仇似的又骂女人又打娃娃，好像肚子里吞了颗炸弹，院里动静格外响。

起初，大伙也只是以为栓柱爸吃了女人烧焦的饭生气，男人有时候跟娃娃差不多，受不得一点儿罪。可后来，站在墙根下的人又分明听到栓柱爸在院里这样嚷道："谁稀罕他的玩意，老子看他是黄鼠狼给鸡拜年，没安啥好心！就算给娃娃送东西，他捉住你的手做啥？你还好意思护着那个二流子，看老子不把这个破烂剁碎了烧火！"

直到这时，大伙才明白过味来，是栓柱爸的醋坛子碰碎了。虎头爸就不以为然地说："为这点子鸡毛蒜皮的小事，大半夜的使性子拌嘴值吗？"猴子爸也摇着头说："亏他还是个老爷儿们，心眼咋比针鼻儿都小！人家送娃娃个耍头也没啥吗！"小嘎妈也想说两句，可这女人一张嘴，就没有正形。她高声大嗓说："黄大军明着是给娃送枪呢，暗里怕是想吃人家的嫩豆腐哩！……"反正嘴巴长在别人脸上，说什么话的都有。

正在这个节骨眼上，栓柱突然歇斯底里地号啕起来——原来是他爸非要夺他手里的那把木头枪，小家伙用两手死死抓在身后硬是不给，爷儿俩就在院里你争我夺互不相让。栓柱爸怒吼："给不给，你到底给不给我？"栓柱愈发尖叫："不给就不给就是不给，这是我的枪！谁要也不给！"他爸这时早已火冒三丈高了："今天就不信这个邪，老子非拧折你的狗腿！"

接着，是一串凌乱仓皇的脚步声，栓柱抽冷子从家里一溜烟跑出来。他爸紧跟在后面，一面追一面日爹捣娘地谩骂，好像娃娃犯了天大的错。栓柱实在跑得太欢了，简直像一阵小旋风，眨眼间便没影了。我忽然有些佩服起栓柱来，别看他平时不声不响的，关键时刻为了那把心爱的手枪免遭一劫，竟然连大人的打骂都不顾了。

眼看人家闹得鸡飞狗跳的了，麻脸爸却偏撂下这么句没头没尾的话："当年黄大军参军入伍前定过一门亲，后来好像让谁搅黄了，你们都不知道他定的是哪家闺女吧？"这话一出口，大伙都围过来连连打问，麻脸爸却卖关子似的打了声哈欠，"这个嘛，还是明天去问黄大军本人吧。"这时，栓柱爸正好怒不可遏地折返回来，听到这些莫名的闲话，他便气不打一处地质问麻脸爸："你啥意思？你刚那话到底啥意思？快给老子说清楚！"麻脸爸好像不乐意搭理他，只轻描淡写地应了声："没啥意思，你自个回屋想去！"就晃着个肩膀头扭身撤了。

迷雾一般的疑团好比眼前渐浓渐深的夜色，把所有在场的人都笼罩了起来，又似乎黑下来的不仅仅是夜，还有比这夜色更漆黑难料的东西。

栓柱爸最后气急败坏地抬起脚，狠狠踹了一下自家的院门，铁皮街门"咣"的一声巨响，院里的大狗汪汪猛吠，门板差点被踢破了洞。

大伙觉得很没劲，便嬉笑着一哄而散。

3

也许仅仅是出于好奇，那天我突然很想去看看栓柱手上那把崭新的木头枪。要知道那时候，黄大军送我的枪已面目全非：扳机早被我扳断了，枪口上的瞄准器也摔没了；还有手柄，有一次我想用它敲核桃吃，核桃没敲烂，手柄却砸在窗台上裂开了。我只好偷偷地拿家里的黑胶布裹了几道，之后又总嫌它样子丑陋，就压在床席底下，从此再也没拿出来玩过。关键是，书念到五年级以后，我就不怎么碰那种东西了，毕竟它是假的，而人又总要一天天长大。

说心里话，我还是有些佩服栓柱这个年纪比我小得多，但勇气可嘉的小不点儿。栓柱这娃平时也不坏，我们叫他往东他从不往西，像跑个腿、拿个东西、传个话什么的，他都积极得很。

此刻，外面黑乎乎的，栓柱一个人能跑到哪里去呢？我为了能亲眼看一看那把木头枪，便沿着栓柱先前跑过的街路，东张西望地一路搜寻着。这时的村子已寂静如水，四周渐渐有了潮气，晚风开始微拂，脸和胳膊上就有点儿湿乎乎的凉意。月亮光一路紧跟着我，生怕我迷了路似的。我的脑子里始终乱七八糟的，一会儿想想刚才发生的事，一会儿又想起那年黄大军送枪给我的情景，一切仿佛就在昨天，就在眼边。

这之前，我从来没有像此刻这样费心劳神地琢磨过黄大军这个人，即便是那年他送枪给我，好像是很正常的一件事，他想送，我想要，瞌睡遇见枕头，事情就这么简单。我从来也没有认认真真地静下心来想想，他给娃娃们做枪送枪到底图个什么呢。此时此刻，我忽然感到一似沉痛，那把假枪在心里有了特殊的分量，变得像铁块般凝重，又像是一道难猜的谜语，它一直搁在我的脑海里，现在到了该好好猜一猜的时候了。

记得有一回场上放电影，我们去了才知道又是《英雄儿女》，老片子看过多少遍谁都记不清了，连台词都能倒背如流，实在觉得没啥意思。看人家打仗不如我们自己玩得痛快，于是就用手心手背的老法子，一伙人分成好人和坏蛋两拨，当下大伙各自回家取家什，就是黄大军送给我们每个人的木头枪。那时候，大伙觉得黄大军真是个天才，他太懂娃娃们的心思了，没有那些精雕细刻的手枪，玩起打仗来老用自己的手指头当枪使，那也太没趣啦。

那晚后来有一个小插曲。大伙尽情地在村巷中装扮成敌我双方激战的时候，我们忽然发现有一个人也没有去看电影，还是个大人，他一直就在黑暗中，不时地朝我们张望，嘴里叨着火红的烟头，跟萤火虫一样在远处一明一灭的，感觉他就像是我们唯一的观众。或者，更像个心怀叵测的老特务，正潜伏在黑暗中盯我们的梢。这种时候，当然没人去搭理他，娃娃们都兴奋地嗷嗷乱叫，装模作样地握着手里的驳壳枪、左轮枪或五四式小手枪，叭叭叭地不停射击，中弹的人得发出一声惨叫，还得死狗样趴在地上，这是必要的规则，我们老早就懂得了假戏真演。后来，当我方发起最后的冲锋，准备一举歼灭敌人时，躲在不远处的那个大人仿佛受了什么刺激，他竟神不知鬼不觉地从对面一跃而起，并且猛冲了过来，手里竟然也高举着一把崭新的木头枪，刚才闪着红火花的那张大嘴巴，也弄出比真枪还要响亮的嗒嗒声……

大伙全愣住了。一时间忘记了各自所扮演的角色，都张着无比惊讶的小嘴，死死盯着眼前的这个老男人，他手里的枪还在不停扫射，他的气势简直有些疯狂和忘乎所以，好像黑暗中真的有成千上万的敌军朝他发起顽强的反扑，而他必须冒着枪林弹雨全力以赴奋勇冲杀。

"黄大军疯啦！赶快跑啊！"

"这老神经真的抽起风来啦！！"

不知是谁突然大叫起来，伙伴们立刻如睡梦中惊醒。接着，我们顾不得先前的那场游戏还没结束，便鸟兽般四散逃奔。所有的游戏都不属于大人，一群小羊羔里突然闯进一只大灰狼，情况可想而知。事后，黄大军的怪异行径成了大伙茶余饭后的又一个笑柄。大人都摇着头说，那是个十足的苕子（傻子），神经兮兮的，八成是早些年当兵当傻了。此后没多久，黄大军的爹娘就先后下世了，他孤单单地一个人过活，无牵无挂的。平素也不与人交往，地里的活想起来就干一把，多半时间都把自己关在屋子里。可冷不防地，他又做好了一把那种东西，不声不响地送给村里的某个娃娃。许多年里，我们村的大人和娃娃都习以为常了，把黄大军做枪和送枪看成是天经地义的事，好像这是他黄大军做人的本分，要不他在这个村子真的就可有可无了。

现在，我几乎绕着村街转了一大圈，好多院落都已熄了灯，却始终没有发现栓柱的人影儿。难道这个小狗头钻进老鼠洞子里去了不成！栓柱爸也真够滑稽的，为了一把小木枪，跟自己老婆娃娃怄什么气？即便有啥错处，也不在娃娃身上嘛，他若还算是个爷儿们，就该去找黄大军说道说道。因为老半天也找不着栓柱，我便打起退堂鼓来。我正想回家去睡觉的时候，却猛地发现自己竟然站在黄大军家门前。可以毫不夸张地说，这院屋宅在我们村是最老最旧的，多少年好像也没添过一砖一瓦，别人家都不断地翻新盖大房子，地基也是越垫越高了，唯独他家低矮地被困陷在当中，一副不见天日的衰败模样。

眼前的景象，让我不由得回想起自己很小的时候，有那么一天，大人拉我去村口看热闹，因为村里又有人参军了，正锣鼓喧天地搞欢送会。黄大军穿了一身崭新的军装，胸前佩戴着鲜艳的光荣花，他笔直地站在军用卡车厢里，身上背着四四方方的军人行装，正生龙活虎地冲爹娘和乡亲们敬礼作别……时间真是飞快啊，一晃连我都是中学生了，如今再站在这个"一人当兵、全家光荣"的矮小院落跟前，心里忽然有种说不出的滋味。我还依稀记得早年，黄大军参军不在家，村里人还会主动把粮食蔬菜什么的送到他家去，大人们总是很自豪地说，人家是军属嘛，娃子在前线跟越南鬼子打仗呢，这是应该的！可眼下，好像再也没有一个人会这样想问题，大伙忙自己的活还忙不过来呢。

这样犹犹豫豫了好一阵子，后来连我自己都搞不清楚，为什么又会摸索着推开眼前那扇吱吱作响的木柴门。空院里铺了厚厚一层白月光，感觉如同走进一片人迹罕至的坟园。众所周知，多年来黄大军家一不养鸡狗，二不喂牛马，因此，在夜色里显得格外冷清。若不是堂屋还亮着一团昏暗的灯光，恐怕再借给我两个胆子，也不敢轻易靠近。

"谁？你来这里干啥……"

堂屋门竟"吱"地一下拉开了道宽缝，一个黑乎乎乱蓬蓬的脑袋径直探出来，对方正非常警惕地盯着我，那眼神跟鹰嘴似的锋利，是对随意入侵者的扫视和震慑。我觉得腿肚子都颤了两颤，后悔自己不该无事生非。可既然来了，只好故作镇定硬着头皮应了声，"是我……大军叔，你在家呢。"长这么大还是头一回这样称呼他，觉得别别扭扭的，即便那年他送枪给我，也没好好喊过他一声叔。他锋利的眼神至少又在我脸上停顿了数秒，才渐次地暗弱下去。

"找我有事吗？"他开门见山地问。

与此同时，他用力把双扇门彻底拉开了。一股烟酒味混杂着冷冷的饭菜浊气从屋子里飘出来。我赶紧客客气气地说："也没啥啊，就是想来看看叔的。"我为自己的虚假遮掩感到忐忑不安。他倒是一声不吭地转身回屋了。门却分明留着，我才迟疑着蹑手蹑脚跟了进去，并随手轻轻地合上了门。

"天哪！怎么还在做木头枪啊？！"

眼前的一张黑漆漆的老式八仙桌上，堆着一摞大小不等的木头块，一看就知道是些边角料。像刨子、刮刀、凿子、木锯、铅笔头、钢卷尺，几乎一应俱全，都横七杂八摆在桌面上，桌腿边有一摊一摊的刨花卷儿，跟木匠打家具没啥两样。看来，最近几天他一直闷头在家忙着呢，我当然猜不出他新做的东西到底想送给谁，反正村里的小娃娃多着呢。此外，我还注意到桌上有半瓶散白酒，瓶口开着，粗劣的酒气缭绕而出，这种酒村长小舅子家的杂货店就能打到，一斤好像还不到两块钱。

我盯着被他抓在手里那只初见枪形的木头块，木木地发了会儿呆。半晌，我才鼓着勇气嗫嚅道："栓柱刚才挨了打，他爸死活不让他玩你送的枪，小家伙赌气从家里跑了，他妈现在还哭鼻子呢，也不知栓柱爸哪根筋抽的。"我想他有权知道这件事，他好心好意送东西给人家娃娃，可他们未必都能领情。他听后稍微一怔，继而，又若无其事便抓起桌上酒瓶，咕咚咕咚连着灌下好几口，跟喝井水似的。他放下瓶子抿了抿嘴唇，然后又孤注一掷地抄起桌上的刮刀，低下头哗啦哗啦地干起活来。我还注意到刮刀的刃口，正随着他机械的刮削的动作闪烁银光。

而对于他来说，我说过的话以及我这个人好像根本不存在似的，他太投入了。

我乘机朝四周瞧了瞧。墙上有一只老式镜框，里面镶满了大大小小的黑白相片，最中有一幅略大些的，它的边角甚至压住了旁边的几张，相片上是个年轻的军人，黑白的，军帽中央的五角星熠熠生辉。我知道那个看上去还算硬朗的军人肯定是他，可又不像，甚至觉得跟他这个人相差悬殊太大了。"这相片是叔当年参军时照下的吧？"我明知故问。"听说叔还上过老山前线呢，你们那阵打仗肯定很有意思吧？是不是跟电影上的解放军一样威风凛凛……"我觉得自己比先前镇定多了，至少，可以自如地打问一些自己感兴趣的事了。

片刻的沉默后，那种沉浸在阴暗里的沙沙的刮削声戛然而止，随着"当啷"一声，他突然把手里的东西重重地撂在桌子上，灯光里顿时飞舞起蚊蛾样的木屑。

"打仗能有啥意思，打仗要流血要死人！打仗还要受你们谁都想不到的苦和罪！"他几乎有些愤然地冲我嚷起来，他肯定是被我的无知和肤浅激怒了。与此同时，他再次紧握酒瓶，仰起脖子猛喝了两口。我早已战战兢兢的了，简直后悔死自己又说错了话，有心想解释什么，可嘴巴笨得跟棉裤腰似的，嗫嚅了半天，也没憋出一个字来。我只是胆怯地瞅着他，酒精使他的眼圈和脸颊发出猩红的光。他微微闭着眼睛，眉头深锁，似在苦思冥想，又像是要迫使自己平和下来好好说话。

"你听说过猫耳洞吗？狗日下的，那真不是人待的窝窝子，又黑又潮不说，能活活憋屈死人，跟老鼠洞没啥两样，连翻个身都碰头碰脑；人在里头老也见不着日头，那个雨成天成夜下啊下啊，我们一个连的兄弟，就那样猫在石头缝子里，一待就是小半年光景……"说着，他哆哆嗦嗦摸出一根纸烟，又颤巍巍地划了根火柴点燃，他的脸在瞬间的火光里亮了一下，随即便黯淡了，仿佛一块形状丑陋的黑石头。

"——冲锋打仗不怕，受伤流血也不怕，人这辈子总是免不了有一死嘛！可怕就怕躲在那种黑洞子里，眼看着自己身上都发霉了，烂了的窝窝子往下淌那黏黏的黄脓水，根本就穿不得衣裳！想睡觉得坐着不敢躺，躺下来身子就被粘在石头上，起来得活活粘掉一层皮！大伙都手不停地抠抓身子，连胳肢窝的毛都抠秃了。那洞里的水金贵得很，一天下来也喝不了两口，最要命的是，连裤裆里的家伙也稀烂了，不喝水更挤不出尿来。浑身那个刺痒啊，简直没法说啊，不是肉上痒，是骨头缝子和心尖子上痒痒啊！平时连死都不眨一眼的爷们，痒得实在挡不住就哇哇哭鼻子，再不就拿头狠命地撞石头，后脊梁不停地在石壁子上蹭啊蹭啊……还是挡不住那个痒劲，痒急了就拿烟头烧肉，一根烟烧完了不管用，就再续上一根……"

给我讲这些恐怖的往事时，他已不像起初那样咬牙切齿的样子。相反，他的眼神和口气渐渐和缓下来了，或者，他只是不想吓着我。毕竟他讲的这些事离我太遥远了。这当间，他又喝了好几次酒，瓶子已见底了。他也有点儿醉醺醺的了，手开始胡乱比画，脑袋跟摇头虫似的在桌沿上晃来晃去。

"娃娃，你怕不怕蛇？山上到处是眼镜蛇和大蟒蛇，还有毒蝎子，有一掌来长，狗日的都歹得很哪！好些战友夜里还活脱脱的一个人，天亮一看没气了，腿肚子肿得比橡子还胖！"说到这儿，他下意识地抬起头，死死盯着屋顶那些黑黢黢的橡子，好像在找哪一根更像他死去的战友的大腿。"大伙盼星星盼月亮，天天盼总攻的命令快下来啊，好早一天能冲出这该死的狗洞子……你猜猜叔那时最想啥？……嘿嘿嘿，说了也不怕娃笑话哩，叔就想早早打完仗回家，娶个媳妇，好好过日子，好好孝敬老人，还要多生两个娃……可娃啊，你哪知道叔的难处啊，叔这辈子就算有了婆姨也没有娃了，我早就是个废人啦……呜……呜。"

这通哭声来得猝不及防，犹如一列火车呼啸着从黑暗中飞驰而来，不断地碾轧着我脆弱的耳膜和神经，我忽然觉得眼前一片漆黑，仿佛这间矮屋连同我这个人一起黑掉了。我内心既感到惶恐，又莫名地生出几分愧疚和怜惜来，尽管他最后说的那些话我听得懵懵懂懂的，只当他在跟我说酒话呢。而他说到最伤心的地方，竟然还死死抓住了我的一只手，像个娃娃似的号啕大哭，涕泗横流。我彻底傻眼了，完全不知道该怎么办好。我长那么大还是头一回见大老爷儿们哇哇地哭呢。我想他八成是真醉了，要不然他怎么会跟我一个半大孩子啰唆那么多呢？

恰在这时，身后的屋门被"咣当"一下撞开了，我吃惊地回过头望，栓柱爸已凶神恶煞般闯了进来，一股秋夜的凉气也阴森森地旋进屋内。

"黄大军！你个狗日的坏东西！"

"老子今天跟你拼啦——！"

4

时隔多年后，我们村有三个年轻人相继应征入伍。先是建军，然后是国庆，当然还有我。这年春节，几个人正好回家探亲，高兴，聚在一起喝酒，闲谝。自然要谝起小时候的种种趣事，谝起黄大军和他当年做的那些木头枪。

国庆说那把枪他一直还留着，老舍不得扔，算是个念想吧；建军虽然没有明说他的枪是否还保存着，但他提出了一个我们从未思考过的问题。建军说他也是到部队以后，才开始一遍一遍去这样想的，他之所以能参军入伍，也许跟黄大军有一些关系。特别是，当他第一次端着枪练习打靶的时候，他忽然觉得自己手中的枪，好像就是那一年黄大军送给他的。那一刻，他的手指莫名地颤抖起来，几乎无法扣动扳机，远处的靶心隐隐闪现着黄大军的背影。我当时一句话也没有说，似乎是，他们已经把我心中深藏多年的东西给慢慢地刨挖了出来。

现在，我之所以静下心来写这篇回忆文章，可能正是受了建军和国庆他俩的启发。我独坐在军区政治部的一间宽敞的创作室里，桌上的烟灰缸堆满了刚刚熄灭的烟头，在桌面玻璃板的正上方的位置，端端正正摆放着那把缠了黑胶带的木头枪，它的样子多少有些像当年送枪给我的黄大军。几天来，这把木头枪一直平静地躺在那里，我时不时会停下笔来凝视着它，仿佛注视着暗夜里的一颗星辰。或许，唯有它能听得懂我手里的钢笔在纸页上发出的沙沙声，一如当年我行色匆匆地走进黄大军家的脚步声。

其实，多年以前的那个晚上，我一直有种感觉，若不是栓柱黑灯瞎火出了意外，我跟黄大军以后也许能成为可以谈谈心的忘年交呢，可事情全让这爷儿俩给搅了。

栓柱那个小家伙一路只顾疯跑了，或者，他太喜欢黄大军送给他的东西了，他不顾一切地从家里冲出来，反正是能跑多快就跑多快。他像一只迎着晚风奔跑的兔子，尽管身后不时传来他爸狂噪不休的吼叫声，他还是一口气跑过瘦长的村街，跑出见不着半个人影的村口。他的一只小手自始至终都紧紧地攥着那把木头手枪，好像一名执行任务的小游击队员，手里的枪给了他前所未有的胆量和力气，今夜没有谁可以阻拦他。

等栓柱终于跑到村外那条黑得有些发亮的沥青道上时，一辆卖菜晚归的拖拉机却鬼使神差地冲了过来。这里的手扶拖拉机都没有开灯的习惯，司机走夜路走熟了，闭上眼睛也能把车开回家去。再有，村外的沥青道上自然也没什么路灯，那是才新修不久的一段很窄的乡村公路。拖拉机撞上横穿马路的栓柱时，黄大军送给小家伙的木头枪也飞了起来，就像一只白色的鸟儿，在夜色中呼扇着翅膀，空气中有股很新鲜的木头的香味。

——这情形后来总在我眼前闪现，仿佛影片里的一串慢镜头，小战士中弹后双脚突然离地，然后轻轻地像一片羽毛那样无声地落下去。再有就是，那晚栓柱爸恶狼似的冲进屋后，一把揪住黄大军的衣服领子，照准他的面庞就是好几拳头，黄大军毫无防备，便仰面躺在地上不动了。栓柱爸依旧不依不饶，他又扑上去扯住了黄大军的一片前襟，用尽全身力气往起提。

当时，黄大军跟醉猫似的，鼻孔和嘴角殷殷出血。栓柱爸虽然死死抓着他的衣裳，可黄大军软塌塌地直往下出溜。我便听"刺啦"一声，那件破旧得不成样子的上衣被猛地撕脱了下来，黄大军再次像半片瘦得可怜的猪肉"咣当"一下砸在地上，堆满工具和木块的桌子也跟着倒向墙角。

借着头顶那一抹灯光，我异常惊愕地看到，那布满怵人疤瘌的赤裸上身，那些暗褐或猩红色的丘状突起，简直跟暗夜里的闪电一样刺人眼目——它们甚至比我们村染上了烂疮病的赖狗还要叫人胆战心惊。

如果没有记错的话，正是打那天起，我们村再也没有哪个娃娃能有幸得到过那种木头枪。

雾夜刀锋

　　低矮的窝棚里湿气愈来愈重。阿姆就坐在靠棚口的一块石头上，几道灰白的月光透过窄窄的棚隙爬进来，像拉长了身子的白蟒，有些险恶地爬到阿姆的头上，那满头银丝便不时闪亮。阿姆仿佛睡着了，半晌一声不响。外面时时传来呜咕呜咕的啼鸣，那是觅食的凤头苍鹰在林子里往返飞蹿，它们是夜色掩映下的真正猎人，蛇鼠之辈都不是它的对手。纳鲁知道，阿姆这时一定是在想什么心事，这种时候，整个村寨所有族人都警醒得很忐忑得很，即便像阿姆这样的女人，因为这注定是个不眠的长夜。只是，他们不会把惶恐挂在脸上，哆嗦在身上，或嗫嚅在唇边。也许活到阿姆这种年纪，就不会像他这样诚惶诚恐了。

听阿姆常说，白天外出时看到画眉在人的左边啼鸣是吉兆，倘如瞧见啾啾的画眉在人的右边叫闹个不停，那必是凶兆无疑，这一天最好再不要外出行事，不然那准会给村寨和族人带来可怕的灾祸。还是天将擦黑时分，纳鲁一溜烟从驻在所外围的砾石小道往回飞跑，三两只画眉啾啾着扇动翅膀从他眼前飞过，可他一点儿也没留意这些鸟到底是朝哪边飞去的。纳鲁跟驻在所那边的一个小伢崽塚一郎相熟，他们年纪相仿，从内心讲，纳鲁跟大人们一样恨透了这些东洋人，但孩子自有孩子的世界，况且那个塚一郎并不十分坏，相反，他跟别的日本人孩子很有区别，他羸弱瘦小，一副大病初愈的样子，更不像大多数日本人的小崽们，见了纳鲁村寨的人就横眉冷脸，斜睨白眼，撇嘴角，啐唾沫，甚至随便上来动手动脚。也许是身体的缘故，塚一郎从不，远远瞧见纳鲁，总是带着几分女仔般的羞赧，薄薄的面皮浮出霞晕，默默地欠身静立，很有礼节地避让对面的路人，显出某种少有的谦卑。

纳鲁有时不甚纳罕，这样乖的一个伢崽，怎么会是那些坏家伙生出来的？想想那些东洋人的所作所为，村寨上下无不恨得整日直锉牙尖。自从日本人来到这里，村寨就再无宁日，他们不光缴了族人的猎枪和刀械，不许人们再上山去打猎，还用黑洞洞的枪口和呼呼作响的警棍威逼着族里的青壮年上山伐木采石，即便是在族人四季耕作、岁时祭祀以及狩猎时也不得停歇。这样族人就完全沦为他们的奴隶，敢怒不敢言，大批的桧木、樟树和石料被源源不断地运到山下，然后开始在驻在所附近大兴土木修建日人需要的警署、医院、学校、店铺、酒肆，还有喧闹的歌伎馆，建造跟族人的棚屋完全不同的日式房舍。

最不能容忍的是，这些家伙不怀好意到处搬弄是非，传播无中生有的流言蜚语，说这个族长不鸟那个族长，说那个族早有要灭掉这个族的打算，因此，隔三岔五一个部族和另一个部族的关系一夜之间急剧恶化，让这些本来抬头不见低头见的山野汉子们莫名地发生一次次血腥格斗。纳鲁的阿爸就是在一次突发的征伐中被对方的箭镞射杀的。阿姆也一夜哭白了头。那时纳鲁尚小，并不知晓其中原委，还是阿姆后来告诉他的。阿姆摸着他的小脑壳说："孩子，快点长大吧，但愿你长得像山猪和黑熊那样结实，像飞鼠和雄鹰那样灵巧，你永远都不要忘了，你阿爸不是死在自己人手里，而是被那些歹毒的东洋鬼害死的。"

那时的纳鲁懵懵懂懂，但他一天天在长高，无师自通地学会了捕捉鸟雀和飞鼠，阿姆看到他手里的那些活物，终于在他面前露出了难得一见的灿烂笑容。孩子，你以后的日子还长哟，除了要对付山中那些狼虫虎豹，这里还有更凶猛的野兽等着你哩！现在的纳鲁已经领悟了阿姆当初的话了，只是，每次见到那个细皮嫩肉的塚一郎，他的心里难免会泛起一丝波纹，久久难以平复，他甚至希望所有的日本人至少是他们的后代，都应该学学塚一郎，总是温雅而含蓄，有礼又有节，而不是那么野蛮霸道，一味强横，那么自以为是，心肠蛇蝎般歹毒。

就在这场惊天动地的大事件发生前的傍晚，纳鲁最后一次见到了塚一郎。怎么说呢，塚一郎像往常一样，还是静默得像个小姑娘，薄薄的面皮看上去比平时似乎多了些血色，他穿着日式藏黑色袍服，下面露出细瘦的小腿棒子，脚上的袜子雪白，木屐干干净净，像是刚从新松木上楦出来的，走起道来咯噔咯噔响。纳鲁则自愧不如，他总是打赤脚，十根脚趾粗得像竹耙齿，脚面连同腿杆都酱黑酱黑，泛着甲壳虫般的亮光。眼下是十月下旬天气，山野的余热依旧四处弥漫，虫鸣声吱吱不绝，穿着宽大的袍服和紧绷绷的袜子一定很热很难受吧，真是活受罪呢。但瘦弱的塚一郎似乎并无感觉，相反，他很适应这样的装束，不像纳鲁他们山寨人，一年四季总是露胳膊露腿脚到处乱跑。以前纳鲁确实送给过塚一郎一只小飞鼠。那次他兴冲冲地从山林里钻出来，在回家的小道上遇见了夹着书本缓缓行走的塚一郎。对方忽然定定地站立，像个忠实的小侍卫，两眼盯着纳鲁手中的那只活蹦乱跳的活物，艳羡之情溢于言表。就在那时，这个东洋娃崽突然咳嗽起来，脸蛋涨得通红，跟鸡冠子色相仿，腰身急剧佝偻，脑袋低垂着，咳得最厉害的时候，书本竟然哗啦掉在地上。

那通摧枯拉朽的咳喘声，直惊得树上的鸟雀也扑扑乱飞。纳鲁一直猜测对方患有什么大病，这通咳嗽证明了他以前的判断，他想这个可怜的家伙也许活不长了，因为村寨也常有人因咯血而殁的。那一刻，纳鲁忽然动了恻隐之心，他觉得能捕到一只飞鼠是多么幸福，而同样年纪的塚一郎却没那么幸运，他一定连跑都跑不动，更莫谈爬高跳低上树了。想到他也许真的会死，纳鲁的心肠一下子软得像天空的云团，他完全忘了族人一直以来刻骨的愤怒和仇恨。"给你，小飞鼠，拿回去好好养着，兴许它能给你带来好运！"对方怔了好一会儿，眼睛死死盯着纳鲁，好像这是一件比天大的事情，根本无法让自己相信，因而做出接受的决定需要绞尽脑汁，甚至需要付出巨大的代价。"快拿着吧，我得走了，要不我阿姆该着急了。"纳鲁不容分说，已经将那只装在小竹笼里的飞鼠塞到对方手上了，然后，他一路赤脚飞奔而去。

正是在这暮色苍茫的秋日黄昏，塚一郎亲口告诉纳鲁，明天他们要举行一年一度的运动会了，他的父母亲这些天正在为运动会筹备而日夜忙碌，一早出门前父亲送给他几颗玻璃弹珠。说着，就从兜里掏出来，径自伸手摆在纳鲁面前，不多不少，一共是六颗。纳鲁顿时一愣，双睛立刻被掬在对方手心里的弹珠吸引。怎么说呢，那些东西简直像牛眼一样清澈透明溜圆，更为神奇的是，那玩意里面镶进了红黄蓝绿的彩色小三角，在夕阳的映照下，熠熠耀眼，简直比世上最美丽的珍珠还要神奇百倍。纳鲁长到这么大，还从来没有见过如此稀罕的物件。"这是弹珠，送你，做纪念……"对方用生硬的几乎无法听懂的纳鲁的族语说道。纳鲁有些茫然无措，看看对方憔悴的脸面，又瞧瞧那些无声无息的弹珠，如此反复半晌，一如当初他送小飞鼠给塚一郎时那样。后来没等他做出任何举动，塚一郎突然向他深鞠了一躬，"那就，请收下吧！"

那一刻，纳鲁的脑子满是溪流声，山风在飒飒作响，像阿姆在远处的声声呼唤，暮色已悄然合拢，被掬在那张苍白手掌里的六颗闪亮的玩意静谧无声，犹如夜空里最璀璨的星斗。纳鲁猛地掉转了头，想逃，但立刻被一只小手从后面拽住了胳膊，软软的，没什么气力，但却执着不肯松动。纳鲁犹豫着再次回过脸去，那些玩意在他看来也许太珍贵了，太稀罕了，它不是青蛙，不是小鸟，不是飞鼠，不是漫山遍野的虫豸小兽，他不知道它们来自何方，不知道它们怎么被造出来的，更不知晓它们如何把玩。他脑子里只有一个声音，不，我不能接受，我不能要他们的任何东西。

阿姆老早就告诫自己，他们用大轮船从遥远的东洋运来的一切，都是为了残灭我们的，也许还包括这些闪闪发光的小玩意。可是，纳鲁毕竟是纳鲁，他没有大人那么深不可灭的恨，更没有抵挡神奇诱惑的决心和毅力。关键是，他觉得塚一郎并无恶意，至少不像是有。他终于用自己黑褐色的手掌接住了它们，那一瞬他俩的手上下交接，黑白分明，就像黑夜和白天两个世界交织。等目送塚一郎离去后，纳鲁抑制不住满腹好奇，竟用手指捡起其中一颗塞进嘴里，冰冷的，十分坚硬，他甚至用牙齿挨个咬了几咬，它们纹丝未动。好在，这些玩意没有在嘴里爆破，而是圆滑地在唇舌和牙齿间滚动，纳鲁一颗悬着的心慢慢平复，欢天喜地一路跑跳回家去。

翌日，纳鲁他们的头领率众突然发动侵袭，大伙暗自携带刀械猎枪从四面八方神不知鬼不觉地扑向人头攒动的运动会场，在场的所有东洋男女老少成为被杀戮的猎物，这注定是一场史无前例的捍卫伽亚、勇敢奔向彩虹桥祖灵们的伟大抗争……纳鲁后来得知，塚一郎和他的父母当场毙命。这事件很让族人兴奋，真是解恨啊，恶人终于得到了应有的惩罚！可纳鲁心里似乎又有种说不出的难过，毕竟塚一郎只是个孩子，是个病病快快的小可怜，而且，纳鲁相信他没有做过坏事。

整个晚上母子俩心事重重。于纳鲁来说，那几颗被他一直攥在掌心的弹珠总是如鲠在喉，这些硬邦邦圆溜溜的东西让他背负了某种负担，他想也许当初自己真的该拒绝的，可他又无法阻止自己，就像更早以前他非要心血来潮地送给对方一只可爱的小飞鼠。

阿姆似乎看破了儿子的心事，她只字不提，却梦呓般又喃喃起那一段旧事。

那时的阿姆尚未出嫁，在一个雾蒙蒙的早晨，阿姆所在的村寨陷入一片混乱，家家户户都在抓紧时间收拾必要的家当准备集体迁徙。大伙用绳索拴牢牛羊，拿竹笼圈好鹅鸭，她勉强背起年迈久病的老母亲，一只手牵着阿弟瘦小无力的手，然后跟着肩扛行李手拽牲畜的父亲一起出门汇入拥挤的人潮中；随后他们被迫登上了一条破木船，孩子拼命哭闹，鸡鸭不停啼叫，狗吠声此起彼伏，唯独人们划桨的声音显得不情不愿有气无力；沿途的山岭河汉变得一派死寂，偶尔，可见到鱼儿没心没肺地跃出水面扎一个猛子；不远处的水岸边一头白鹿正在专注地饮水，兴许是沉重的桨声惊动了它，便警觉地飞奔向茂林中去，四周剩下的只有恍惚的面孔和迟疑的船只……讲着讲着，阿姆忽然泣不成声，满面都是伤心的泪痕。

"孩子，现今总算熬出头了，以后你就跟上咱们的头领，再也不受东洋鬼的奴役和鞭挞喽……"其实，这件事阿姆已经讲过无数遍了，当年日本人选定阿姆他们所在的村寨要做什么狗屁基地，就胁迫族人整体迁居到别处去，故土难离，住了几辈子的家园，却又无可奈何。但每次纳鲁都听得很悉心，生怕错过某个重要的环节，那可是一部浸透了血泪的家族史啊！

现在，听到阿姆擤鼻涕的声音，他似乎又依稀可见阿姆年轻时曾有过的依山傍水狩猎捕鱼的平静生活，但是这一切早已被彻底改变。很久以来，就连威武不屈的头领也得逆来顺受忍气吞声。不久前，头领为自己的儿子举行婚宴，那天合族共庆，恰巧两个日本巡警路过家门，出于礼节头领诚邀二人赴宴吃酒。哪知这两个家伙挑三拣四，非说什么主人手上沾了血迹和肉屑，是对他们莫大的轻慢和挑衅，就开始无礼谩骂乃至动手打人，最终惹得头领的儿子们大为恼火，当场就跟日警拉扯打斗起来，整个婚宴被搅得乱七八糟，族人不欢而散。后来为了息事宁人，头领又不得不亲自带上粟酒去驻在所向巡警当面道歉，可对方非但不肯接受，反而放出狠话威胁，说一定要给头领父子以严厉的惩戒。这件事全族人无不知晓，日人的跋扈气焰已经到了让人忍无可忍的地步。想到这些，纳鲁暗自用力攥了攥拳头，那些弹珠似乎没有那么坚硬了，就要被捏扁了似的。

纳鲁还是头一回如此近距离地靠近头领。阿姆拽着他的手离开临时安置点的窝棚，跌跌撞撞在黑夜里找寻，一路上打问了好多在密林中歇息的族人，总算是站在头领面前了。

那时头领正低着头，全神贯注地用手里的猎刀削刮一根大拇指粗的竹竿，新削出的茬口白森森的，尖如利箭。每削好一根，头领就眯缝着一只老眼，仔细打量那细细的竹尖，从他肃然的神态似乎可以看出，这东西终将会无比锐利地插进敌人的喉管。

阿姆一直带着浓切的悲腔，整个人似乎还沉浸在刚才的回忆中难以自拔……"看在祖灵的分上，我求您也带上这伢崽吧，他还年轻，身上有的是力气，能爬到树上抓飞鼠，会钻进湖底摸鱼鳖，您就发给他一把刀枪，让他做回真正的赛德克吧，有朝一日他也能走上彩虹桥……"

而纳鲁的注意力早被头领手里的刀子深深吸引了。那逼人的寒光在这寂静的雾夜里叫人胆战心惊，所以，他根本没听清阿姆后来都啰唆了些什么。猎人的刀真是无所不能，挖洞的时候能当镐头使，砍伐的时候能做斧子用，削刮时就像一把锋利的镰刀，一旦遇见猎物或敌人，它会毫不犹豫地刺进对方的胸膛。对于这位远近闻名的莫那头领，纳鲁多少有些胆战心惊，仅对方那副壮硕魁伟的身躯，就如一座矗立了千百年的古塔，叫人望而生畏，更别提他年纪轻轻就勇猛地猎获敌族领队的首级而声名大噪，当然还有他那勤于耕作极善狩猎的持家才干更为他赢得头领的桂冠，可以毫不夸张地说，在马赫坡在赛德克族他本身就是一个旷古传奇，无人可以企及和超越。

纳鲁突然全身不由得一颤，他发现头领不知何时已停下了手里的活计，正冷冷地盯着自己上下打量，那额头和下巴颏上深沉而醒目的图腾令人愈发肃然起敬。年轻可不作数，猎人讲的是勇气和经验，而不是拿年纪和体力来证明什么。头领总算是闷声闷气地冒出一句话来。说着，他忽地一把扯过纳鲁的一只手。那感觉像被锋利的鹰嘴叼住了似的，纳鲁疼得"吱"了一声，眼泪差点没掉下来。他的五根手指就乖乖地松展开来，攥了许久的彩色弹珠显露出来。

　　头领稍一迟疑，眼神陡地凶悍起来，如同看到了毒蛇，啪地一把就将那些东西扫落到无尽的黑暗中。纳鲁急得想叫，但迫于对方那股又怒又威的气势，只得默默忍住。头领已松开了他那有力的大手，随即起身，背着双手头也不回地朝不远处一簇火光大步走去，那里围坐着好一大堆男人——在狂风暴雨般突袭了运动会场后，勇士们按照头领的意志，连夜撤离到这个被密林包围着的塔罗湾溪和马海璞溪交汇处掩蔽下来。

　　纳鲁依稀听见头领走开时撂下一句话：他还是个娃娃，这里将是杀敌如麻的战场！纳鲁一下子遭受了平生最大的打击和屈辱，眼泪终于不争气地滴答下来。"我不是娃崽，我也是一名赛德克！"他嗫嚅着回头望了一眼自己的阿姆。

　　这种时候，在母亲眼中，他真的只是一个孩子。阿姆伸出温暖的手，想摸摸他的脑壳，却被纳鲁毅然决然躲开了。

　　晨雾笼罩着黎明中的密林，潺潺的溪流声缓慢而悠长，画眉鸟又开始在枝头鸣叫不休。纳鲁惺惺忪忪张开眼皮，发现小小的临时窝棚里只剩下他自己，阿姆不知去向。他使劲揉揉眼睛，一骨碌从草铺上爬起来。他想阿姆一准是去林中采浆果了，雾社事件爆发之后，族人把家中仅有的粮食都拿出来支援自己的勇士，好让他们背着干粮去跟东洋鬼拼命，妇女和孩子只能自己解决吃食。不知怎的，纳鲁兀自又想起那些神秘的弹珠，他还隐约记得昨夜被头领打落弹珠时的那个方位，因为那里有一株株巨大的松树，就在溪水边上。纳鲁刚要出门，脚下什么东西闪闪发光，低头一瞧，竟是一把短猎刀，并不十分锋利，看上去也有些年头了，在刀子下面还压着一条麻布袋。

以前听说族人上山狩猎，通常要离开村寨两三天时间，所以每个人身上都要佩带这样一个猎袋，用来装满足够的干粮和炊具，尤其是每当猎获大只的野兽，为了避免肉质腐烂，同时也方便携带，猎人就会用手里的刀子就地肢解，取出内脏，再架火熏烤，这样就能把猎物的肉装进袋子欢欢喜喜背回家了。纳鲁喜不自禁，毫无疑问，这是阿姆特意找出来给他的，看来昨天的眼泪没有白流。

于是，他兴致勃勃地将猎袋斜挂在肩上，再将腰带拦腰重新一扎，然后将猎刀攥在右手，原地左右转了两圈，感觉有模有样十分威风。之后，他像出笼的雏鹰，连蹦带跳蹿出了窝棚，朝着那片茂林深处走去。一路上，他不时地挥舞手里的猎刀，嘴里叨叨咕咕，活像个真正的赛德克勇士。他想，就算头领不要自己也没关系，现在他有了属于自己的装备，也许这把刀就是阿爸当年留下来的遗物，用不了多久，他同样可以成为一名猎人，一个地地道道走风的人，他还要用亲手捕获的像山猪的牙齿、鹿角、兽皮还有鸟羽给自己制作头饰和靴子，到那个时候，即便是头领大人恐怕也要刮目相看。也许头领一高兴，会冲他竖起大拇指，还会在他稚嫩的额头和下巴上文刺那种迷人的赛德克图腾。

走着走着，眼前齐腰深的草丛中猛地跳闪出一只白影，纳鲁惊呆了，他脑海里飞速掠过一头灵动的白鹿来，尽管林中雾气弥漫，光影暗淡，他还是看清了那个活物，它跑得太快了，仿佛一道闪电，只在眼前一晃就消失了踪迹。纳鲁觉得这真是天意，要知道白鹿已经在这里消失了许多许多年了，如果今天让他幸运地捕获了，相信他的名字很快会被所有族人熟记，他将提前成为一名合格的年轻猎手，他要用美味的鹿肉去慰劳那些抗日勇士。于是，他不顾一切穷追不舍，白鹿蹬开四蹄飞奔到溪水畔的芦苇丛附近，打茂密的绿叶中露出一双树权般的灰色犄角，嘴唇警惕地一卷一舒。

早些时候，阿姆给他讲过一个有关白鹿的故事。说是很久很久以前，有一次一群猎人在野地扎营而眠，其中一位年长者做了个梦，他梦见一位白衣女子托梦给他，说白鹿其实是她化身的祖灵，特意前来引导大伙搬到这个水草丰美的好地方居住。第二天清晨，老猎人把自己的梦告诉了众人，他们虽说未能捕获白鹿，却发现了一个堪比天堂的富庶家园，从此以后族人就开始一代一代在这里繁衍生息。

此刻，纳鲁上气不接下气，颤颤地举着那把猎刀亦步亦趋。等他终于绕过那条溪流，靠近芦苇丛时，白鹿却早又没了踪影。他懊恼地四处张望，猛然间，整个人震惊了：在那临近一面孤绝的崖壁的坡地松林中，赫然悬挂着一个又一个身体，远远望去，犹如巨大的鱼竿上吊起的一条条可怜的大鱼儿。纳鲁万分惊恐，一步一步哆哆嗦嗦移脚向前。这时，他人简直呆了，傻了，崩溃了，欲哭无泪。他长到十一二岁从来没有见过那么多妇女，老的少的胖的瘦的整整齐齐挂满了松林。一阵山风呼啸而来，松涛怒号，阴气逼人，那些悬挂着的女人像旗帜一样随风摇摆起来。突然，一张再熟悉不过的面孔浮现在眼前，那痛苦绝望的惨相叫人伤心欲绝。

"阿姆——！"

他几乎一路跪爬着扑过去，从下面紧紧搂抱住了那双冰凉潮湿的腿脚……

"阿姆——这到底是怎么啦？！"

打这一刻起，纳鲁再也不是过去的纳鲁。

他一直流着泪，用手中的猎刀割断了套在阿姆脖颈上的绳索，随后又用刀子在地上刨挖出坑穴，再将母亲埋葬在那头白鹿最初出现的地方，他相信阿姆的魂魄将跟随那白鹿精灵重回故乡。纳鲁再也没有亲人，这世上剩下的仅仅是仇恨，像熊熊火焰在心口燃烧。这时候大批的东洋军警和部队正饿狼般疯狂地扑向雾社地区，轰轰隆隆的飞机和大炮声震耳欲聋，整个马赫坡地区陷入一次又一次的激战，古老的村寨转眼被炮火夷为平地，山洞和密林深处总是枪声乍起惨叫不断，那是熟谙山地的部族勇士们在头领的指挥下，跟穷凶极恶的东洋鬼子展开的斗智斗勇的游击战……

偶尔，纳鲁会莫名地想起那些消失在黑暗中的彩色弹珠，它们晶莹、剔透、光鲜无比，仿佛天上的星星，可瞬间一切美好的东西都化作乌有，就像脚下这片美丽富饶的土地。这样伤感的回想也让纳鲁变得更加坚定，他毫不犹豫地钻进大山之中，孤注一掷地用阿姆最后留给他的猎刀开始了自己的复仇行动。或许头领说得对，他确实还是个乳臭未干的少年崽，不过，现在他什么也不怕。有些人身上娃娃气太重，哪怕活到四五十岁了，也摆脱不了那种糟糕的气质，可纳鲁不是那种人，他这辈子早已注定要像岩石一样坚硬。

随着激烈的对抗转为更加隐秘的丛林战后，纳鲁也义无反顾地踩踏着勇士们用鲜血铺就的道路，孤身一人潜入了深山老林。于他而言，这无疑是一场艰苦的狩猎，他毫无准备，形势所迫，除了一腔仇恨和攥在手中的那把猎刀，没有人来教会他接下来该怎么做。正是在这种情况下，猎物在前方出现了。那个鬼头鬼脑的家伙就蜷伏在厚密的草丛中，也许是身体受伤落队了，也许仅仅是躲在这里打埋伏，反正匍匐在那里的架势阴险而诡秘，黑洞洞的枪口不时地朝前方或左右瞄来瞄去。

那时，纳鲁就躲在一棵参天古榕树上，正好借着枝繁叶茂的树身隐蔽自己。高处永远比地面更安全，好的猎手都明白这个道理。不过，他的心打鼓般开始蹦跳，几天以来除了听到零零星星的枪炮声，说句心里话他连东洋鬼子的毛发也未碰着，眼下这个深藏在草丛中的鬼子，恰好跟他狭路相逢了。纳鲁的气息忽然变得凝滞，每一次吸气都让他浑身又热又湿，豆粒样的汗滴顺着两颊和鼻翼不断往下滑落，他甚至能听得清汗珠砸向草丛时发出的吧嗒声。他在等待最后的时机，他要像猎人那样凝神屏息，同时，内心开始谋划怎样从高处纵身跳下，然后以迅雷不及掩耳之势扑向不远处的那个家伙，给他来个一刀毙命。

时间一分一秒滑过，暮色再次降临了，浓密的白雾又开始在丛林中弥漫开来。远处传来一阵乌鸦的聒噪声。自从战事爆发以来，这些馋嘴的黑鸟几乎随时都能觅到饱腹的美餐。现在，这令人厌恶的乌鸦啼叫终于为纳鲁带来了千载难逢的时机，他机敏而果敢地伴随着阵阵鸟鸣悄然落入草丛。地面一片潮湿，他能嗅到被自己的身体压断的一大片植物叶茎发出吱吱的惨叫，还有不时渗出的绿色汁液，所有这些气味都让他着迷。不过，现在他可顾不了这些，一个少年所有美好的天性已经被残酷的现实剥夺殆尽了。

他像一头初出茅庐的幼豹，就匍匐在距离那头猎物顶多二十步开外。他用手指轻轻扒开眼前稠密的薄荷叶子，薄荷汁带着露水的清凉迅速沾到头脸上，让他变得从来没有像此刻这样清醒过。那只黑洞样的枪口正朝四周乱瞄，显然，先前的乌鸦叫闹声让这个家伙感到不安了，或者是纳鲁从树上飞身落地时被他觉察到了。总之，纳鲁知道自己不能再犹豫下去了，他已经清楚地捕捉到对方粗笨的喘息和死神将至前的那种胆怯，同样，这里面也包括纳鲁自己无以复加的狂乱心跳。他满脑子都是阿姆和那些妇女气绝而亡的惨状，他再也无法等待下去，否则他会先于敌人而崩溃掉的。他要做的仅仅是，不顾一切地猛扑上去，在对方尚未明白状况的时候举起刀子，要么鱼死，要么网破。

　　然而，就在纳鲁起身飞速奔向猎物的一刹那，他听到了砰、砰的两记枪声，简直振聋发聩。与此同时，一股呛人的硝烟味顿时在他四周散开。他不清楚到底发生了什么，唯独整个人像一只离弦之箭，拔腿狂奔，如发狠的雄狮一般冲向早已锁定的目标。

　　当纳鲁生平头一回将锋利的刀尖猛刺进东洋鬼的胸膛时，他才注意到这头猎物的手指正死死地扣住了步枪的扳机，食指的弯曲程度已然定格僵死，一股乌黑的血线正从对方的右耳郭和面颊中间泻出，假如射向他的子弹再往里多那么一丁点儿，这家伙的脑袋早就开花了。他稍稍犹豫了一下，就将刀子猛地拔出，然后几乎使尽了全身的力气，奋力割下了对方的头颅。直到此时此刻，他才多少明白了赛德克到底意味着什么。

　　而那个真正的老赛德克，全马赫坡最了不起的头领，依旧是肩上扛着枪，腰间悬挂着无往不胜的猎刀，正跟没事人一样不紧不慢地朝他走来。纳鲁几乎欣喜若狂，他一脚踹开那具死尸，径自弯下腰，打草丛里捡起那支黑得发亮的长枪，那枪管还烫手呢，谁都可以感觉到，一颗险恶的子弹刚从这里射出。

　　纳鲁跟个勇士似的用一只手高高地举起那支长枪。

安魂曲

　　几乎每一天，只要天光晴好，爷孙俩便像老狗带着小崽儿，忠实地守在街门口。

　　老人身子骨已僵硬，跟一截弯曲枯朽的柳树杈似的，刮场大风准能"咔嚓"一声拦腰折断。他习惯性地佝腰驼背，倚着南墙根坐在一摞砖头上。日头最烫火的时节，老人往往自顾垂下眼皮，打着惺忪的盹儿，一味地昏昏沉沉。墙根下的这堆砖块，还是孩子的妈妈从外面一块一块捡回来的，说是攒多了可以用来修门楼。街门靠右手的一面门扇坏了，去年深秋遇上连天雨，让街门楼的一头忽然坍斜了，门框也严重变形，将右手门扇压得再也无法推转，好在左边的门还能凑合着开合。所以，平日里人只能从这边将就着进出。只是夜间，不能像往常一样上锁，得靠一截粗木棍由里面用力顶死。雨水就是这么讨嫌，要么死活也不肯来一次，要么就下个水天涝地，可比起那几亩可怜的庄稼，街门楼的损失实在算不了什么。

　　小家伙总爱蹲在爷爷的跟前，手里抓着一根木棍或小石块，嘴里嘀嘀咕咕，小雀儿似的，在地上胡乱画着什么。他边画边往后挪着一双小脚，眼前的画面就越挪越大，有时画着画着，竟把整个街门前的空地都画满了。不过，通常不会有人留心这小家伙到底画些啥，或许，只有他自己心里清楚。实在画腻了的时候，孩子才慢慢站起来，悄无声息地走到路边，然后顺着坑坑洼洼的小路东张西望一会儿。如果恰好有什么车辆或行人远远过来，小家伙的心会突然很厉害地扑腾那么几下。他会踮起脚尖，使劲眺望远方，直到目标物离他越来越近，直到他认为跟自己一点儿关系也没有，才心灰意懒地转过小小的身子，百无聊赖地走回老人身边。

　　有时，孩子也会没轻没重地将迷迷瞪瞪的老人唤醒："爷爷，肚子饿！"或者无休止地追问起来："我妈咋还不回来？爷爷——她啥时候回家？我要我妈，现在就要……"老人糊里糊涂眨着惺忪的睡眼，阳光刺得他像个十足的盲老汉。"快了快了，你妈就快了，乖啊！"事实上，像他这把年岁带个孩子早已力不从心，小家伙成天跑跑跳跳的，一不留神就会摔跟头，就会把哪儿弄破直流血。可又有什么法子，儿子这两年一直在外面扑腾，把个家全丢给媳妇。孩子将满五岁，正是一刻离不开大人的时候，他不操心谁操心呢？很多时候，他会不由得羡慕起故去多年的老伴，觉得还是她有福，早早就去了那个清清静静的窝窝子。其实，村里像他这样的老人多得是，一个个哼哼唧唧浑身是病，活着不过是熬熬剩下不多的光阴。瞧瞧年轻力壮的，有哪个愿意留在村里，农忙时节田间地头星星点点晃动着的，尽是些戴花头巾的妇人和半大的娃娃，老人们大多干不得重活了，只好留在家里，看看门，领领娃娃。

"小家伙你在地上画啥呢？让叔叔也瞧瞧——嗬，有房子，有树，有花，有一群小鸟……还有汽车和小人人呢，真不简单呀！"这天，略显低沉沙哑的话音在耳边响起的时候，孩子依旧蹲在原地，只是好奇地直起腰来，一眨不眨盯着说话的男人。这人长得不算很结实，个头好像也没有爸爸那么高，只是肩上却背着一个很大很大的黑包，简直像装满了粮食的大口袋压得那人喘不过气。男人脸上身上都出了不少汗，闻起来多少有些酸臭，整个人看上去也灰头土脸的，神情显得十分憔悴。孩子不认识他，也从来没见过，所以，小家伙的目光多少有些惊怯。孩子一面起身，一面扭过头去，求援似的望了一眼昏昏沉沉的老人，小嘴微微启动了一下，想叫醒爷爷的，却不知为什么没敢出声。

"别怕，咱们的小画家啊。"

男人说着，先将随身的大包卸下来搁在脚下，这包又大又沉，黑帆布的，落地时"砰"地响了一声，惊起一团灰尘。孩子不由得缩了缩脖子。男人乘机从一侧的兜里摸出一只棒棒糖来，粉色玻璃纸包装，嫩绿嫩绿的塑料杆儿，糖果看上去圆头圆脑，十分招人喜欢。孩子目光中的生怯渐渐隐退了一些，取而代之的是灿灿的艳羡神色。

"想不想要？给，快拿着呀，这是叔叔送你的。"

孩子愣了一愣，小脸蛋忽然红扑扑的，小手刚伸出去又莫名地缩回来。然后，他将两只手很拘谨地全都背在身后，并暗暗地互相抓牢，小胸脯努力往外挺着，好像是，这样才能抵挡住陌生人糖果的巨大诱惑。同时，小身子也一左一右拧起来，既有些难为情，又有点儿害怕。

"你叫升升，对不？叔叔不光知道你叫升升，还知道你特别喜欢画画，叔叔说的对不？"男人尽量在孩子跟前蹲下来，这样他俩的个头就一般高了。"我跟升升爸爸在一块儿干活，我还见过升升以前的相片呢，不过你比相片上长高了好多！"

兴许是听到了自己的名字，最重要的是还有爸爸的事情，孩子再次盯紧对方，饶有兴致地打量起来。半晌，终于兴奋而勇敢地接过那只绿杆儿的棒棒糖，又径直跑到墙根下打盹的老人身边。

"爷爷、爷爷、爷爷，你快醒醒！"孩子迫不及待地张开小嘴嚷嚷起来，"有个叔叔来家啦，你快看呀……爷爷！"

伙房里的烟火气愈来愈重。没风的日子往往如此，屋顶的烟囱老是不好好往外扯烟，总是往出走那么一点儿，就又赌气似的返回屋子里盘旋不散，弄得做饭的总是很伤心的模样。

等生着火烧开了水，女人的眼圈就跟母牛一样湿乎乎地泛起了红波。女人围着锅灶忙活的工夫，小院里不时传来咯咯的笑和快活的尖叫声。很明显，那个人已经把自己抹洗干净了，正在外面逗着升升玩得尽兴。

儿子简直活泛得像换了个人，平常他就爱埋着个小脑壳，在地上或墙上画啊画，很多时候活脱脱一个小哑巴，半天也不跟大人多吐一个字，难得今天这么欢天喜地。饭锅里下好米，几个蔫土豆也被麻利地削了皮，切成细丝泡在铝盆里。她又在白瓷碗里打了两只鸡蛋，想想毕竟添了客人，就又多打了两个，才拿起筷子呱啦呱啦搅拌起来。蛋黄蛋清快快活活地融合在一起，整只碗里荡漾着金灿灿的幸福光芒。

这个过程，女人忽然听到另外一种声响，跟先前一味的嘻哈笑闹完全不同，是静的，又清澈又嘹亮，开始还断断续续，渐次就有了调儿，是一支什么曲子，过去好像在广播里听过，仿佛百鸟齐鸣，婉转而动人。她的目光再次好奇地穿过烟雾缭绕的门口，依稀看清是那个男人，蹲在院里吹笛子。升升正直挺挺地背着小手站在他跟前，两只小眼珠仿佛被看不见的丝线牢牢地系在那只神奇的笛管上。这时，天光倏地又坠下一层，一大一小两个男人便似电影里的剪影，都神情专注地凝固在傍晚的小院里。似乎是那悠悠的笛声引来了一丝晚风，她看到一圈灰尘，正围着土院墙四边淡淡地旋来转去，整个家院似乎弥漫着某种罕见的灵气。

在笛子奏出的曲调中，女人的心情渐渐变得有些异样，起风了一般，忽上忽下，起起落落，却无声又无息。愣怔之余，有种奇怪的酸楚慢慢爬上心头：要是升升爸爸回来就好了，那样她跟孩子会更踏实更欢喜的。但不管怎么说，今天能有他的消息已是天大的喜讯，毕竟丈夫还托那个人捎了一大笔钱给家里，而且，这钱是她几辈子做梦都想不到的，几乎是天大的数字！她刚捧到手里的时候简直有些心惊肉跳，不敢伸手去接。听那个人说，施工队最近刚揽到了一桩好活，老板人也爽快，一次性算清了过去几年拖欠下的所有旧账，还额外预支了这一年的工钱。

看来，在外头干还是比待在家里好得多，尽管她跟孩子要多受些寂寞和委屈，可光靠侍弄那点几亩麦地，啥时候也别想有闲钱用，村里但凡日子过在人头前的，哪个不仗着男人们外出闯荡？在这一点上，她还是很信任丈夫的，他心灵手巧，盖房、砌墙、抹泥、铺砖，样样拿得起来，人也是再勤快踏实不过的。头二年总听他回来发牢骚，说活倒不太难找，只是钱不好要，那些工头都鬼精贼滑的，开始谈得妥妥的，临了准要赖变卦。她也为此没少劝他，说实在太难了，就别出去了，日子穷穷富富都能过得去。可每年一开春，男人多一天在家也待不住的，急忙辞别了一家老小出门上路，外面那个世界把男人的魂儿勾跑了。这下可好了！她心里不停地盘算着，这笔钱足够家里盖一院子崭新的砖瓦房，非让村里人眼热死不可，还能再买一台小四轮车，这是男人做梦都想要的农机，到那时候，他就再也不必出门了，她要和他好好厮守着过小日子，还有他们的升升。

两三道家常菜不一会儿就烧好了。女人盛好了饭菜，利索地端到堂屋的饭桌上，才客气地招呼那个人进屋来。这时，孩子和那个人已经有些形影不离了，屁颠屁颠地跟前跑后，就连做妈的指使他去耳房叫一下爷爷来吃饭，他居然也爱答不理的。"这孩子人来疯，一点儿眼色也没。"碍于情面，她只好又自言自语地去了耳房。老人刚才在屋里迷糊了一会儿，精神头多少有些不济，吃饭前还张了好几个哈欠。她在这个家伺候公婆多年，婆婆去世后，老公公的身子骨每况愈下，男人每回外出前，都要说句把爷孙俩托付给她的话。那种时候她总是一声不吭，幽幽地望着男人的脸，跟伤风了似的使劲吸两下鼻孔。

　　"饭菜不合口，将就着吃点儿，"她一边殷勤地给那个人夹菜，一边红着脸面说话，"家里平常很少来人，也没啥好准备的，都是粗茶淡饭，可别嫌弃。"

　　"嫂子做的菜好吃，比咱工地上的伙食强到天上去了，要是大哥能……"说到这儿，他的声音无缘由地低了下去，简直有些虎头蛇尾，仿佛忽然意识到自己这样说话很有些孩子气的。

　　她便不好意思再说什么。倒是老人一直很好客地问长问短，对方都一一回答了。孩子饭吃得实在有点儿心不在焉，那只小碗捧了老半天，米饭总是不见下去，一双小眼睛老随着客人的表情眨啊眨的。

　　客人刚刚放下碗筷，孩子就嚷嚷开了："还要听笛子，我现在就要听叔叔吹！"

　　"真没礼貌，人家叔叔刚吃完饭，"女人脸色就沉了下来，

"再说，你今天要是连饭也吃不完，别的都是妄想！"

孩子小嘴立刻嘟噜起来，能挂住一斤重的酒瓶子，他没好气地连着扒拉了几筷子，嘴唇和下巴颏上尽是白米粒。

那个人端详着孩子的小模样，忽然忍不住笑了一下。"升升听话，只要你把饭吃完，叔叔还有好东西给你呢。"说着，他的目光很自然地由孩子的脸蛋转移到两个大人身上。"大伯，嫂子，可能还要给你们添点儿麻烦，我这次过来还带着个任务呢，就是替我们老板在周围物色些民工，城里现在正闹用工荒呢，人手不太好找，等事情办妥了我就走。"

饭后，安排那个人跟老人住在耳房。她还特意将男人的一床薄被抱过去给他盖。孩子跟屁虫子似的，简直一刻也离不开客人了。上床睡觉前，那个人又变戏法似的，从他的大黑包里取出一盒水彩笔，竟然有二十四色，说这是升升爸托他带回来的。孩子拿到爸爸的礼物，原地跃了好几个蹦子，雀儿似的兴奋得喳喳叫。

娘儿俩回屋后，升升又闹着要画画。她说先睡觉明天再画，升升死活不依，非要现在就画。磨了半天嘴皮子，一点儿用处也不管，她只好从柜子里找出一片废纸，由着他在反面上画。水彩笔的颜色真鲜，难怪孩子那么喜欢，村里好几个孩子老早就有了，升升也几次三番嚷嚷着要她买，可这东西老贵老贵的，她每次去镇上看看都舍不得花钱。升升实在催得急了，她就说镇上的东西都是假货，等爸爸下次回来时让他捎一盒好的。升升就信以为真，见天盼星星盼月亮等着。其实，上回她也就顺口给丈夫提了一句，是搪塞小孩的，没想到这次真的就兑现了。尽管她知道这东西贵，可爸爸舍得给儿子花钱，她心里还是觉得暖暖的。

　　天麻麻亮，一只花喜鹊便雀跃地蹲在院里的苹果树上，呱啦呱啦叫得欢实，硬把一场好梦给她搅没了。丈夫老早就答应要带她和孩子去大城市见见世面，这天他们一家三口终于坐上了长途汽车，高高兴兴上省城去。那车开得好快好轻，跟插了翅膀似的，眨眼就把村庄远远撇在后面了。她看见了一大片一大片高高大大的楼房，还有密密麻麻杨树林子样的塔吊悬在半空。丈夫就指着那种在天空中旋转的大铁架子说："快看，那就是我们干活的窝窝子。"她只觉得眼晕，几乎不敢盯着塔吊久看。升升的小手指始终在车窗上画来画去，像是要把眼中的景象全部描绘下来。她就把脸贴到升升耳边说："乖儿子，等你长大了，也住这样的高房子，好不好？"升升不言语，只是不停地在玻璃上滑动着手指。丈夫心疼地摸了摸儿子的后脑勺："升升以后要有大出息，不要像爸爸这样只知道下苦力……"再后来她觉得小肚子胀胀的，很想下去方便方便，可汽车根本不可能停下来，始终呼啸着在高速路上飞驰……

　　窗外的喜鹊闹哄哄的，可她似乎一点儿也不生气，尽管一家人进城去的好梦还没来得及做圆满呢。家里来了贵客，这鸟儿真比人都灵醒。那个人大概老早就起身出门了，她估摸着人家是要忙自己的事情。升升昨夜任性得离谱，那盒彩笔简直把小家伙的魂都勾跑了，早晨哼哼着又赖在床上不肯起。两只小手涂得五颜六色的，好像开满了碎花儿。帮升升收拾画笔的时候，她顺手从桌上拿起那幅画，盯着出了半天神。升升画的东西越来越奇怪，都似是而非的样子，她一点儿名堂也看不出来。很多时候，她觉得升升比自己还要孤单。

往年收割都是男人的事，女人也就打个帮手，可现在里里外外就她一个人。丈夫上回临走前倒是交代过，田里的大活可以花钱雇个人干的。昨天以前她也动过这个念想，甚至打问好了价钱，可不知为什么，当她拿到丈夫托人带回家的那笔数目不小的血汗钱时，这个想法在脑海里一下子消失殆尽了。人都是这样，越有钱就越抠，好像拿到手的不光是一笔钱，而是一股无穷无尽的力量，让她勇气倍增，干劲十足。她想，不就二三亩麦子吗，咬咬牙，苦上那么几天，就熬过去了。所以，她只跟老人安顿了两句，便拿起镰刀匆匆下麦地去。

晌午过后才从地里赶回来，要不是惦记着那爷孙俩的饭食，她差不多能一口气割完小半亩麦子。当然，也想到了那个人，那是丈夫最要好的工友，大老远来一趟，不能慢待了人家，起码别让他饿了肚子。等她踏上村路，隐隐约约就听到前面路边有些叮咚的响动，她把一只手掌遮在眉毛上方放眼瞧了瞧，有一团白色的烟尘，招摇着从家门那边升腾起来，弥漫了一小方天空，间或，还听到男人大声说着什么，总之嘈嘈杂杂的，好像发生了什么大事。她心里不由得一惊，眼皮一阵闪跳，赶紧加快脚步往回赶，没走几步，又气吁吁地小跑起来。

天哪，街门楼咋叫人给拆掉了，只剩下一副空荡荡的门框立在原地，跟照相馆的道具一样，原先那截连着土门楼的矮院墙却没了，院里杂七杂八的物件一目了然。谁这么大胆子，大清早出门时，不还好端端的吗！她简直被吓蒙了。

　　再走近一些时，她惊讶地发现，院子当间有两个粗壮的男人在和着一大堆泥。其中一个男人手里拎着个鼓鼓囊囊的旧麻袋，正一把一把将袋里的那种细碎的麦草屑撒进泥水里；另一个男人则用铁锹不紧不慢地在蓄了水的泥坑里翻来搅去，好像在做一件很神秘又很精细的活计。这俩人她一个也不认识。奇怪的是，他们怎么会跑到自己家院里来呢？

　　她满腹狐疑地盯视着第三个男人。那个人低着头在伙房窗根下的压水井前打水，随着男人手臂上下有力起伏，清凉的水柱正从井管口喷涌而出。她还看见升升乖巧地蹲在井台跟前，两只小手托捧着下巴颏，像个天真的小姑娘似的。那个人一边压水，一边跟孩子讲着什么，升升偶尔发出嘎嘎的笑声。总之，眼前的景象反倒给人一种美好的错觉，仿佛他们是一对情投意合的父子，正在那里窃窃私语，以至于她快步走过去的时候，他俩谁也没有立刻发觉。

　　"噢，是嫂子回来啦！"那个人提起满满一桶水，圆圆的水面就晃出一圈圈的碎银光，好像把一只神奇的月亮藏在水里。他抬起头时，很从容地跟她打声招呼。"我昨天见街门楼快塌了，要是秋上再来场暴雨，那可就悬了！正好今早刚物色了两个泥瓦匠，一来想试试他们活干得漂亮不，二来也顺便帮嫂子把门楼修修。"

他说得合情合理，可她多少还是有一些迷惑和迟疑的。门楼的事她早合计过，光那一堆砖块就让她备了好些日子，可上次男人直到年关才回来，寒冬腊月泥瓦活根本没法干，所以修补的事只能一拖再拖。此刻，她的心儿依旧扑扑地跳得潦草，脸上渐渐漾出几分温和而红润的笑来。那个人说完话，早提起水桶一左一右摇摆着朝那堆泥走去。升升见状也忙起身，根本顾不上跟妈妈说什么，就火急火燎地撵了过去。放在平时儿子见到她，准会扭屁虫似的马上黏上身来要吃要喝。

那个人上身只穿了件浅灰色背心，黑裤管卷到膝头上面，光着两只大脚片子，小腿肚上的两疙瘩肉瓷实得像酒瓶子，身上溅了好些泥点子。她甚至还留意到，他一侧的脸庞上不知在哪里蹭了两道浓浓的黑灰，跟黑猫胡子相仿，看上去多少有点儿滑稽。她不知道该说什么好，只是呆呆地望着那个人的背影，直到听见自己的公公咳嗽着从耳房缓缓走出。老人站在屋檐下望着她说："升升妈，还不急忙做饭去，大伙肚子早饿了。"

这才回过神，一头扎进伙房里。生火做饭轻车熟路，不同的是此刻的心绪，她怎么也想不到，人家会自作主张给家里拾掇门楼。这物件斜腰趔胯的是该彻底修一修了，每次打那里进进出出，她心里都存着无比的惧怕，万一突然塌下来，万一把她的宝贝儿子砸着该咋办？可是家里没男人，她一个女人家顾头顾不了尾，况且，这种活计不是一个女人做得来的。转念她又想，兴许就是升升爸爸让那人来家里帮她这个忙的。

灶坑里的火苗呼呼往上蹿，把那锅底舔得通红通红，屋里的烟气却是前所未有的小了，眼鼻几乎都觉察不到呛味。她甚至清晰地听到浓浓的烟气正顺着长长的烟道呼噜噜往外扯去，一切是那么畅快自如，那感觉就像是，屋顶突然换了根新烟筒。

她忽然又想起刚才那个人脸上的几道锅底黑，难怪这样呢！伙房的烟筒的确好久没有捅弄过了，可想而知，那些积蓄已久的烟垢和灰尘早把烟筒糊住了，不刮风的话，烟气休想跑出去。想到这里，她那柔软的内心越发地温热舒畅起来，尽管割了整整一上午麦子，可此时手脚麻利得连她自己也想不到，一桌子香喷喷的饭菜不知不觉就做好了。最后，她还特意多煎了两只荷包蛋，都悄悄地埋在那个人的米饭碗底。

饭吃到一半，她又去伙房添菜，等再回到堂屋，却发现升升的碗里多了一只黄亮饱满的荷包蛋，小家伙正嚼得满口流油呢。她欲言又止，眼睛的余光默默地滑到升升旁边的人脸上。那个人饭量少得可怜，有些心事重重的，吃起饭来简直不像是个出大力气的男人。他只是象征性地扒拉几下饭菜，始终跟另外两个匠人商量着接下来的活怎么干。这一点倒是跟丈夫很相似，他在家的时候总是在饭桌上说这说那。那种时候，她会觉得日子过得满当当的，就像热乎乎的饭菜把人的嘴巴和肚子填饱了。

三个男人干劲十足。赶在天黑之前门楼便落成了，被拆去的半截土墙也恢复如初，还特意摞高了一层土坯，新抹上去的墙皮在夜色中黑得发亮。等把两扇街门轻轻合上，整个小院突然就变得像个严实的堡垒，透着一股富足的气息。

本来，晌饭后她是想留在家搭把手的，可那个人说："嫂子，还是忙你的吧，这点儿活不够咱们仨对付的。"她还想坚持什么，那个人又冲她摆摆手："只要有晚饭吃，嫂子就算帮大忙了。"她当时忍俊不禁，差点儿笑出了声，人家可是给自己干活，哪有不管饭的理儿？所以，后半晌她仅仅割了两趟麦子，就匆匆离开麦地直奔镇上去，无论如何也要割块鲜肉犒劳犒劳大伙。

兴许是家里很久没动过荤腥，肉菜的鲜香气息始终在院子里飘荡。又似乎是，新修好的土门楼和院墙把这些好闻的味道团团地包围起来，怎么也不会散发出去。她在伙房里洗洗涮涮的时候，那个人一只手拉着升升从堂屋里出来，然后笛声便悠悠地飘来了。不用猜准是儿子又闹着要听的，孩子这两天越来越不像样了，十足的人来疯，一点儿也不听她的话。

她静静地从伙房里走出来，随手摘下胸前的花布围裙，本想把升升唤回身边的，可那婉转的笛声很快就将她吸引住了。一颗心儿也随着那乐曲，时而起伏，时而激荡，整个人忽然间变得轻飘飘的，好像风中的一片羽毛。直到笛声戛然中断，她还是出神地望着眼前的那双黑影。她听见那个人亲切地问升升，"小家伙好不好听，还想不想听？"孩子几乎着了迷一声不响，只是拼命点头。然后，又听见他说："那叔叔就再吹一个，是升升爸爸以前最喜欢的曲子。"

随即，笛声再度入耳，她的心跳也莫名地加快了，可能是对方说丈夫也喜欢听这曲子的缘故吧。却是一曲叫人忧伤得想哭鼻子的调儿，她对这些玩意虽说一窍不通，可还是隐隐约约感知到那种挥之不去的惆怅，丝丝缕缕，牵肠挂肚，该是一个人出门在外想家的意思吧。反正，听着听着，她竟潸然落泪了，这曲调真是厉害，一下子将她腹中的所有思念和委屈都勾了出来，变成滚烫的泪，那是一个又一个漫长漆黑的夜晚，孩子在她身边熟睡以后，她独自仰望着窗前的一弯残月，总是思前想后久久难以入眠。渐渐地，那笛声似乎变得愈发缠绵低回如泣如诉了，她就地蹲下来，将湿漉漉的面颊紧紧贴在大腿面上。

"嫂子，我有话想跟你说。"那个人吹完这一曲，径直走到她跟前。她木讷地一怔，人还完全沉浸在百转千回的愁绪当中。"升升听话，先进屋画画去，过会儿叔叔可要检查你画得好不好。"

儿子冲他们眨了眨黑亮的小眼珠，才不声不响地走进了堂屋。她心里多少有几分妒意，当妈的也许都这样，孩子不听她使唤，却把客人的话当圣旨。她随便用手背抹了抹眼角和面颊，好在外面黑灯瞎火的，估摸对方是不易觉察出什么的。那个人已转身走到街门前，伸手将其中的一扇门拉开了，她没有多想，默默地相跟着走出了院子。她脑海里又浮现出晌午刚到家时看到的情景，简直跟做梦一样，现在当她穿过这崭新牢靠的门楼，心里忽然有种很踏实的滋味，似乎再没有什么后顾之忧了，即便接下来秋雨连绵，她也不必担心门楼会突然倒塌伤及老人和孩子。

"真不知该咋谢你好呢，帮了我们家这么大一个忙。"话一出口，她就意识到自己真的很不会说话。"回头把这一天的工钱，还有料钱，都好好算算，嫂子好拿给你。"

那人却始终静默着，整个人仿佛跟身后的门楼墙壁浑然一体，又或者根本不在听她说话。过了好一会儿，他从裤兜里摸出一根烟，颤颤地叼在嘴里，接着吧嗒吧嗒摁了好多下，才用打火机点燃了香烟。

也就在火光亮起的一瞬间，她无意中瞥见那张脸：忧愁而又焦虑，心事重重，甚至还有些痛苦不堪的意味。她马上诧异了。不知道他遇上了什么烦心事，昨天到今天不是还好好的一个人吗，这阵子到底是怎么了呢？"兄弟，刚才你不是说有话说吗？"她的口气变得战战兢兢的，一种不祥的预感莫名地将她整个人攫住。

那个人依旧闷闷地吸着烟，既不立刻作答，也不回头看她，那感觉就像在刻意回避着什么。她记得以前丈夫在家遇上啥不顺心的事，好像也会这样蔫头耷脑，唯独把个烟屁股嘬得嗞嗞响，就跟有啥深仇大恨似的。

"噢，其实……也没啥……明天正好闲着，"他说话的声音越来越小，几乎是在自言自语，"我还想跟嫂子去地里看看……"

接下来的一整天里，那个人孤注一掷地非要跟着她下地去收麦子。

她实在是于心不忍：不就在家里暂住了两三天，吃了几顿家常便饭吗，凭什么让人家又干这又干那的？可她又无法阻止他的行动，怎么说呢，这个人的目光和声气里，总有种叫人无法抗拒的真诚和朴素。就连升升的爷爷一早也出面劝说了半天，可到头来他依然故我，简直就像甩不掉的尾巴，死活要跟着她去麦地。

后来她也暗自琢磨过，毕竟那个人跟丈夫在一起干活，丈夫能那么放心大胆地叫他捎钱给家里，至少证明他们俩关系很要好。说不准，这一切原本就是自己男人的主意吧，他自己忙得回不来，所以就托付这个人来家里帮她干一把活。这样想似乎又是顺理成章的，她又渐渐地心安理得了，她甚至还拿定主意，等离开的时候付给他一笔工钱，怎么说也不能叫人家白白受苦吧。

在麦地里，那个人也算是把好手，镰刀挥起来得心应手，麦茬子割得齐刷刷的，那么长一趟麦子割下来，也不知道坐下来歇缓歇缓。她急忙把水鳖子给他递过去，他仰起脖子咕咚咕咚往下猛灌几口凉茶，也不跟她多说一句话，又埋头忙起来。地头田间难免会有熟人观望，甚至有俩女人过来跟她搭讪，问是从哪里雇了这么一个干活的，言外之意好像是，这家伙真能干，简直像台收割机。她脸上红扑扑的，很有面子的样儿。自从男人外出以来，很少有过这种幸福的满足感，平时她总是孤零零的，干什么活都没精打采。

她的心情实在好极了。傍晚回家做饭的时候，嘴里还轻哼着一支叫《金梭和银梭》的老歌子，是拿太阳月亮来比光阴的意思，那还是她当姑娘时就会唱的。她忽然意识到，自己很久都不哼歌子了。昨天她称回的鲜肉还剩下一小块，她把肉切成碎丁子，用油煎了，又往锅里加了些小土豆块和葱段，再用慢火炖成臊子。随后就开始和面，一块圆圆的面团在擀杖的不停挤压和推碾下，很快就变成宽宽大大的薄面皮了，再一层一层叠擦起来，拿菜刀匀匀细细地切了，长长的白面条便可以下锅了。

这种时候，作为一个知恩图报的家庭主妇，她几乎全身心地在给客人做这顿自己最拿手的臊子面，所以，外面发生的事情起初她是一点儿也不知晓。男人瓮声瓮气的质问、怒不可遏的吼叫，孩子由最初的哭哭啼啼，继而惊恐地号啕起来，叫人烦恼而又心焦，一切都是突如其来的，顷刻间，将原本宁静寂然的小院吵了个天翻地覆。

当时，雪白雪白的长面条刚刚煮熟，她还没来得及捞到客人的碗里，从耳房方向传来的无休止的哭闹声令她吃了一惊。倘若仅仅是小孩子的，那倒也不足为怪，问题是，那个人好像也在暴跳如雷冲谁发火。她简直惊愕至极，顾不得多想就三步并作两步跑出伙房。老人那时也恰好从堂屋走出来，正皱着眉头不解地问她："咱升升咋的啦？哭得跟断气了一样……"她并不跟公公答话，而是直奔耳房。

耳房门大开着，那个人光着膀子站在地当间，满身汗酸味，眼睛里往外冒着火，一副凶巴巴的样子；儿子异常惊恐地瑟缩在一个角落，早已哭得死去活来。她慌忙跑到升升跟前，像所有母亲那样本能地护住自己的小犊子。

"乖宝，别哭，别哭了，快跟妈妈说怎么啦，到底谁欺负你了？"

直到这时，她才注意到眼前的地上乱七八糟的：那只像座小山似的大黑帆布包横躺在地上，包口的拉链敞开着；一只黑褐色的四四方方的匣子倒扣着，一大摊像白面粉的东西铺了一地。很明显，这种白花花的东西是从翻落下来的黑褐色匣子里撒出来的。她当然知道，这两天客人的大黑包一直搁在耳房的米柜上，她收拾屋子时也没碰过一下，怎么现在突然掉到地上了？肯定是升升干的。她心里想着，嘴里带着火气说："活该！咋那么调皮，谁让你手贱，乱翻叔叔的东西。"这时升升跟得了救命稻草似的，早湿乎乎地黏住了自己的母亲，小身体一个劲抽缩着。

那个人的身体忽然像打寒噤似的晃了两晃，随即，竟"扑通"一声，很无力又很痛心地跪在地上了。他的两只肩膀头，还有双臂和脑袋，都软塌塌地低垂着，像是犯了天大的过错，先前那副愤怒的凶相已消失殆尽，取而代之的，是泪流满面的痛苦不堪的模样。

"大哥，是兄弟我对不住你，让你又受惊了……我真是该死！要知会这样，我早该把你请出来……是我累害了你，累害了这个家……"说着，他抖颤着双手，小心翼翼地将那只黑褐色匣子从地上款款端起来，又平平稳稳地安放在自己跟前，然后，他又双膝朝前轻轻跪爬了几下，两只手开始哆哆嗦嗦去捧地上的白粉末，好像是，那捧起来的都是洁白无瑕的雪花。每捧起那么一小撮，便如获至宝般地小心翼翼地盛进匣子里。整个过程，那个人的嘴都在不停地嗫嚅着，有时又如梦呓一般：

"大哥啊，我的好大哥，这回你到家了，兄弟我把你带回来了，这下你该落叶归根了……升升太小，不懂事，我知道他是想找那只笛子耍呢，娃娃不是故意的，你千万别怨他啊，有啥不周全的地方，就怪兄弟我吧……家里一切都好，嫂子又贤惠又能干，升升画的画没得说，将来长大了准会有大出息的，老爷子身子骨也硬朗着，你就放心地走吧……你以前老跟我说想带娘俩去省城转转，还说以后有能力了，也想让升升进城去念书上大学，大哥啊，请你放宽心走吧，今后这里有我呢，就是砸锅卖铁不吃不喝我也要让升升把书念好……可这两天我老在琢磨，这狗日的城里到底有啥好的，害得咱多少人丢下妻儿老小不管，一门心思往城里钻……就算那城里再好，可那里终归没有咱的亲人呀……"

直到此刻，她整个人像是刚从梦里苏醒，又仿佛，顷刻间坠入一场无边无际的噩梦中去了。她是从那个人断断续续的哭诉中，获知事情真相的。

不久前，他们所在的施工队去国道边加固维修一座跨河大桥，那桥少说也有四五十个年头了，桥基早已严重变形，桥板出现了不同程度的裂缝，就连桥栏杆也歪歪斜斜不成样子。出事那天，他们两个人分在一个组里，她男人负责往那些裂缝里灌注混凝土，那个人主要在旁边和灰和运料。工地上的小推车只有一个轮子，稳定性是很差的，加之桥面又坑洼不平，走起路来总是摇摇晃晃的。一不留神，那个人脚底被石子绊了一下，整个人忽然就失去了平衡，手中那辆推车失控般猛地冲向了桥边，倒霉的是那里的桥栏恰恰是断开的，竟毫无阻挡，他便连人带车一头栽了下去。她的男人,升升的爸爸,在旁边见势不妙,忙撂下手里的活,紧跟着也跳了下去……正值盛夏时节,河水泛滥成灾,男人虽然也有些水性,可那个人却是个旱鸭子,在河里死死抱住她男人,两个人就像两袋子水泥一起往下沉……后来,还是她男人费尽九牛二虎的气力,硬是把那个人拖到岸边,自己却在河水里冒了个泡泡,就再也没影了……大约半个月以后,尸骨才在很远很远的下游被人捞起,可早没了人模样了。

难怪,她打头一天拿到那笔钱款时,会心惊肉跳得那么邪乎,像捧了一疙瘩烧红的炭块。现在,她什么也不稀罕,钱算什么,再多的钱也顶不上一个大活人啊,她一点儿也不稀罕那些钱,她只要升升爸爸囫囵囫囵回来,一家人能安安生生过小日子。她跟疯了一样,尖叫着,号啕着,抽搐着,跌趴在耳房的地上,双手死命地去抓那些粉末,右手抓一下,左手抓一下……可半天,什么也抓不到,人没了,再也抓不住了,只是双手沾上了一层白灰,她只能将白色的手掌死死牢牢地摁在自己的胸口上……

黑夜怀着一股静穆之气,浓浓地笼罩了整个小院。

除了女人、孩子和老人悲痛沙哑的哭泣声,依稀还有一曲哀恸的笛音正忧伤地穿过尚未干透的门楼,飘向不远处的黑色的麦地——那里的麦子已经割倒了,正静静地躺在天地间,直到最终被打场晾晒收回谷仓。

福寿双至

　　最后一刹那，拐棍在手里变成了一条老气横秋的蛇，仓皇地遁入渠沟里去了。

　　水面上灰茫茫地跃起了几朵水花，便再无什么迹象了。六福稍怔了一下，觉得那么可惜，毕竟它跟了自己十来年了，就连弯曲的手柄也被磨得打了蜡一样光滑，木头跟人有了感情。就在刚才拐棍脱手而去的瞬间，六福本能地想攥紧它，死死抓住不放，可它真的变成了蛇，有毒的蛇，溅上了血腥的蛇，野心勃勃，欢蹦乱跳，他抓得越牢它跑得越快，几乎是从他手里呼啸着飞蹿到水里去的。

　　六福虽说耳背，但他茫然地扭头走开时，还是听到了汩汩的水流声，听到河水啪啪地接连拍打着沟坝。那些声音在他耳朵里迅速翻卷成呜呜的旋涡，听起来有些悲怆，然后又渐渐隐没了。

手里没有了拐棍，六福走起路来就跟刚学会走路的孩子一样蹒跚着。幸好是大伙歇晌觉的时间，又在田间地埂上，没人看得见他。如今肯在地里下苦的人越来越少，都在生着方儿想多弄俩钱花，地里根本长不出那么多现钱，想弄钱就得到城里去扛个活儿，靠种庄稼吃不开。六福的目光穿过晌间宁静的田原，他尽量让自己往快里走，能走多快就走多快。他的右手始终保持着平时握着拐棍时的固定姿势，像煞有介事，一触一点的，似乎那只拐棍还牢牢地攥在他手上，一刻也不曾离开过他。他的两条腿前后一拽一拉，一拽一拉，拖泥带水，膝盖那里硬邦邦的，根本不能弯曲了似的。这种时候，六福并不是没有想到跑，可那种剧烈的动作早已经不属于他了，不是现在，而是很早以前就不可能了。六福知道，跑，那得等到下辈子了，这辈子再也跑不动了。想想看，一个七十来岁的老棺材瓢子，还瞎胡跑个什么劲儿。

不过，这样想的时候，六福便自然而然地记起来旧年间的一桩子事。

几十年前的那个傍晚，六福还记得那天社员散工散得很晚，天擦黑了，蚊子已经扑上来了，像一朵一朵的乌云在人的脑门子上乱撞乱咬。那天大伙干什么活来着？哦，一着急他差点给忘掉了！那天，男人都在牲口棚里出粪，圈里的畜粪堆了半墙厚，再不出掉牲口们一抬腿就跑出来了。那天女人被分成两拨，一拨派去玉米地里薅草，另一拨去队里的果园摘杏子，杏子黄熟了，要不是惧怕看园子的双禄（看园人双禄就是队长的亲兄弟，他在园子里养了一条黑狼狗，那狗的眼睛凶巴巴射着绿光，简直跟黑脸的双禄像亲哥俩），谁都想去摘的。六福在猪圈里出粪，一锹一锹地从圈里往墙外扔。过去在生产队里，谁都知道，猪圈是最脏最泥泞的地方，猪粪最难出，出一锹猪粪能赶上出十锹八锹驴粪羊粪。有句话叫作，宁犁一亩田，不出一车粪，说的就是这个道理。

六福那天大概运气背了点，队长非指名道姓要他去猪圈干活，他心里当然不乐意，可还得去，干什么活由不得他。六福转念一想，自己的未婚妻喜儿可是被派到果园里摘杏子去了。摘杏子多好啊，杏子黄了，手一捏上去软乎乎的，香味四溢，就算吃不到嘴里，闻着那股甜里透酸的味儿，也该心满意足了。当时六福心里就是这么想的，他还想象着未婚妻喜儿在果园里摘杏子时的俏模样。喜儿的手他悄悄抓过几次，还偷偷地亲过一次她的脸，喜儿的手面条一样又白又软，喜儿的脸蛋嫩得出水，比树上熟透的黄杏子还鲜嫩可口。

一路胡思乱想，六福已经从玉米地里走出来了。

村子靠北，庄稼地在南面，中间隔着一条黄泥汤汤的水沟，上面有座石板桥，过了这桥再走一刻钟，就到了村子里。刚才走上桥的时候，六福扶着桥栏杆站住，他实在是走不动了，气吁吁地喘了半天。桥面上的石板年代久了，那还是一九五几年修下的，接缝的地方露了空，站在上面可以看清下面的水在流动，急速而又汹涌的样子。六福的手颤颤地摸着圆滑的石头桥栏，石头被太阳晒热了，摸上去不像石头，倒像熟睡中的绵羊的身体，让他不再感到那么心慌。这样一来，六福却发现自己的双手是冷的，不光是失去了拐棍的那只手，左手也是那么冰凉，像黑夜里从水里捞出来的石头。

也许是站在桥上久了的缘故，水流声又显得那么湍急而又嘈杂了，听着听着，六福忽然产生了幻觉，就像水下有什么怪物在嗷嗷乱叫，又像溺水的人在下面拼命挣扎呼号，简直吓人极了。六福又一次感到心惊肉跳了，这种感觉似乎比刚才他在地里一下一下挥舞拐棍（少说也有二三十下吧）的时候来得更加强烈。他勉强用一只手扶着桥栏，一步一挪地怯生生下了桥，然后又跌跌撞撞地朝村子方向走去。

六福现在真的有点后悔，失去了相伴自己多年的拐棍，就像失去了一只臂膀或腿脚，这几乎使他丧失了行走的能力。要是那根拐棍还在手上就好了，那样的话，他也许能走得稍稍稳当一些。

润叶是从窗户里面瞥见老公公的。平常这个时候，润叶早就起来了，喝口水随便拾掇一下，也就该出门干活了。地里的玉米要除草，除草时又发现一层细密的小虫子在玉米秆和叶面上蠕得欢实，所以她还得着手打农药。男人这两年一直带着儿子在外头跑跑颠颠，心思全不放在庄稼地里，这一家田地屋院就靠润叶一双手把持。

润叶确实比平时多迷糊了一阵儿，上午村长给老爷子做八十大寿。头天人家大门上就贴出了"国富民强，人寿年丰"之类的大红对子，还把一溜儿帐篷搭到村街上，远远望去像一片营盘看不到头，声势浩大得很。润叶本来是想让公公爹去出这个人情的，她一个女人家又喝不得酒，再说地里的活还等着她呢。所以，头天吃过晚饭，润叶就回自己屋取了张五十元的票子给公公爹，当时老人半天也不言声，坐在饭桌前只顾悠悠地抽旱烟。

润叶说："爹，你明天吃去吧，平时家里也吃不上啥好的。"

老人呆呆地蔫耷着头，始终没去接润叶手里的票子，鼻孔呼呼地往出冒青烟。

润叶又说："爹听话呵，人家双禄爷的八十大寿，你替咱们去吃席，再说你们老哥儿俩也能乐和乐和。"

说着，润叶就把那张票子往公公爹手里塞。润叶万万没有想到，老人非但不接她给的钱，还突然一扬手把她的手拨开了。接着，像是气不打一处来，狠狠地把自己手里的旱烟锅子也砸在桌子上，黑烟末和火星子四处飞溅，然后他呼哧带喘地拂袖而去，把润叶吓了一跳。

她实在搞不清楚公公爹到底是哪根筋抽的，好端端地就冲她发了一通脾气。婆婆走得早，润叶过门没几天婆婆就病殁了。过去的十来年里公公爹也着实不易，尽量帮衬着给他们干点子活，农忙时还要给他们在家里领领孩子往地里送送茶饭。所以，润叶后来就想，人老了真的就跟孩子一样，脾气上来一点道理也没有，她也就不再计较什么。

第二天上午十点以后，听到外面锣鼓喧天响，润叶心里还是想叫公公爹去参加，可屋里院外找了半天，也不见老人的影子。后来没法子，润叶才只好自己去村长家吃席了。村长家的席面排场大，还请了鼓乐班子连吹带敲好不热闹，酒桌上更是七碟子八碗大鱼大肉，应有尽有。一村男女老少都颠颠地去给双禄爷祈寿道喜。

村长家的老爷子今年整整活了八十岁，是羊角村里年纪最长的老人，身上也从不见个头疼脑热痢疾风寒，他每日上午都要去自家地里找点子农活做做，无非是可有可无地锄两镢头玉米地，或者用手捉一捉菜叶里的小虫子，总之他是闲不住的那种老人。用双禄爷自己的话说，这人呀干了一辈子活儿，临到老了一时也离不开庄稼的气味。因此，给这样的老寿星过大寿，确实是可喜可贺的好事啊。

润叶还特意上前给双禄爷敬了杯酒，老爷子笑眯眯地抿了抿她敬的酒，看上去还硬硬朗朗的，古铜色皱巴巴的猪腰子脸上，有一股子藏不住的得意劲，就跟现任的村长一样，这爷儿俩简直就是一个模子脱出来的。润叶当时就想，公公爹比双禄爷还小上六七岁呢，应该也能活到八十岁的，到时候他们一定要给老人风风光光地做个大寿。这样想的时候，润叶突然对昨晚公公爹发火的事有了新的解释。她想，说不定老人就是眼热村长大张旗鼓地给老爷子做寿的事。润叶进一步想到，其实，老年人的嫉妒心一点儿也不比年轻人弱。

上午吃席，润叶少说也喝了十来杯子酒，有一多半都是在替自己的男人和公公爹喝的。村长说："你男人就知道在外面挣大钱，你得替他干上三个。"村长的胖老婆也凑过来说："你老公公今儿咋没来，这三杯子酒润叶你得替他喝了。"所以，润叶从席桌上回来就软得没了筋骨，进门就面团样斜歪在床上，她还破天荒地扯起了呼儿。

润叶迷迷糊糊做了个梦，竟梦见了婆婆。她嫁过来二十多年了，从来没有梦见过婆婆。婆婆好像也老得不行了，牙齿只剩下前面几颗，说话露着风，脸面干枣样瘦瘪，还是一副病秧子相，看了让人觉得可怜兮兮的。婆婆说："媳妇子，我回来望望，你公公人咋不在家？我就想见见他。"润叶像是被梦魇住了，她想从床上爬起来，想给婆婆行个礼，可她的身子就是动不了。婆婆又说："你公公昨晚一个劲儿叫我的名字，天快亮的时候他还跑到我的坟头上哭了一鼻子。"润叶听了觉得非常蹊跷，又似乎想到了什么，就难为情地跟婆婆说："兴许我爹是想你老人家了吧。"跟婆婆搭话的时候，润叶还依稀闻到一股淡淡的香味，就像刚从树上摘下来的熟杏子。可眼下已是初秋时节，杏子老早就下世了，屋里哪来的这种气味，真是奇怪啊。

梦还没有做完，润叶就被一种声响吵醒了。她懒散地翻起身，透过玻璃窗看见一团影子在院子里的压水井跟前晃动。再一瞧，是公公爹蹲在井台子跟前，唰啦唰啦地洗什么东西呢。润叶接连打着哈欠，睡眼惺忪地走到院子里。公公确实在那里洗衣服，手里笨拙地揉搓着一件布衫子，盆里还泡着黑黑一团。

这时，润叶注意到公公爹竟然光着一双脚片子，那脚面上罩着一层白兮兮的干皮，好像古怪的袜子。他上身只穿了一件松松垮垮的旧背心，背心烂得都是窟窿，老人露在外面的皮肤软塌塌的，像褪光了羽毛的老公鸡。她一边看着，一边好奇地走到老人跟前。

润叶说："爹，你这是干啥？放着我给你洗嘛，你看你弄得浑身都是水点子，鞋也不穿，万一着凉了该咋办哟！"

公公爹仿佛从梦里醒过神来，他猛然抬起头瞧着她，目光多少有些凄惶。润叶能看出老人的脸像是刚刚洗过的，鬓角的灰白头发还湿漉漉地抿在一起。他的眼神中快速掠过一片陌生的惊怯，又像是很难为情的样子。老人很快就垂下头，闷声说："我自己能洗，你忙你的去。"

润叶越发觉得公公有些怪异了，还有他说话的口气，更是有些硬巴巴的，平时他很少这样。平心而论，这些年公公的衣裤汗衫被褥，都是由她一手清洗晾晒的，而且，公公也从不跟她见外，感觉中她好像不是儿媳妇，更像是他的一个亲闺女。

当即，润叶二话不说就撸起自己的袖子，径自蹲下来，她立刻闻到公公身上发出的一股很浓很酸的汗味，好像还有股说不出的腥气。润叶下意识地屏住气息，她想公公肯定还是为了昨晚的事，心里觉得好笑，就不想跟老人怄什么气了。她一伸手就把公公面前的洗衣盆拉过来。

可是，没等她把手伸进盆里搓洗呢，公公突然怪叫了一声，然后几乎是咬牙切齿地说："急忙给我走开，我的东西不用你插手！"他一面嚷着，一面狠命地拉过润叶面前的洗衣盆，里面的脏水晃荡出来，泼到了润叶的鞋和袜子上。润叶愣了一下，她从来没有像现在这样感觉到老人如此固执又如此可恶，她一赌气站起身转头回屋去了。门被她甩得"乓"的一声响，窗台上的两只正在觅食的麻雀，"嗖"地一下飞弹到对面的树枝上，不满地冲屋里尖叫。

后来润叶就出门到地里忙她的去了。润叶出门的时候，看见公公正在院里的绳子底下晾汗衫子。他的两只手抖抖索索的，就像鸟的爪子，老也伸不展。她看了心里多少有些不落忍，毕竟七十好几的人，早做不得这些活了，可手长在他身上，她也没有办法。

现在，家里除了他再无旁人，但六福还是赶紧去把街门闩好。然后，他颤巍巍回到自己屋里，将先前脱下来的那双脏鞋跟死鱼一样从炕洞下面提溜出来。他先把鞋泡在又黑又脏的水里。鞋一放进洗衣盆里，立刻咕嘟地冒了几个奇怪的泡儿，死鱼遇见水仿佛又活了，它们迅速地沉到水底隐藏了起来。

六福这才慢腾腾地去了儿媳妇的屋里。一进去，他的鼻孔就不由自主地抽了抽，屋里弥漫着淡淡的香皂和雪花膏的味儿，他知道这就是儿媳妇的味道，陌生又熟悉的气息。他无意中抬起头，看到沙发以上的那面墙壁上挂着一只相框，那是一张放大了的全家福，上面有他和老伴，还有儿子和儿媳妇，这张相有年头了，还是儿子刚结婚的时候一家人照的。

六福像是头一次看到，他默默地走上去，行注目礼一般站在沙发跟前，细细打量着相片上的每一张脸面。事实上，儿子的脸是他此刻最不想看到的，尤其是在这张照片上，这个几十年来一直管他叫爹的人最是让他痛心疾首。有时候他想儿子每叫他一声爹，就像是旁人狠狠地抽给他六福一个响亮的耳刮子，打得他眼冒金星，眼泪直往肚里咽。所以，这些年来他跟儿子的关系是若即若离的，自打儿子出生一直到现在，他主观上跟儿子总保持着某种隔阂与防范：一方面他怕自己会动真感情，有朝一日忘记了过去的疼痛和仇恨；另一方面，他必须学会忍辱负重和尽量既往不咎。话说回来，儿子又有什么错呢，儿子当然是好儿子，这一点毋庸置疑。儿子从来对他没有过不恭和不敬，就连儿媳妇他也没一点儿说头，孙儿小时候更是把他这个爷爷叫得亲甜上口，整天缠磨着要他领上抱上，还要骑在他的脖子上玩。

当他的目光最终定格在老伴那张忧郁而又病弱的脸上后，一串泪悄然滑下来。老伴过世快二十年了，但总觉得她还是不能瞑目的，一直在暗处幽忧地凝望着他。不过，他很快就让眼泪止住了，他像是自言自语："哭啥哭，真是越老越没出息哩，这可是天大的喜事哟，该高高兴兴的才对。"他一边跟自己说着，一边狠命揩掉那串不争气的眼泪，并冲相片上的那个女人挤出一抹难得一见的灿烂笑容。

后来，六福在儿媳妇的脸盆架子下面，找出来一把秃鞋刷子，然后，又心安理得地蹲在院里，开始认认真真洗那双穿了不知多少年，总也舍不得扔掉的旧黑绒布鞋。如果他没有记错的话，这双鞋还是老伴去世前几天亲手给他做的。

六福几乎把吃奶的力气都用在那只秃鞋刷子上。短而稀疏的棕毛在鞋面、鞋帮和底子上拉锯似的来来回回运动着，不停地扬起肮脏的水星子，夹杂着污泥点儿，时不时溅到他的头脸和衣裤上，让他感到一阵阵恶心，但同时又似乎有种压抑不住的快感。

六福的表情始终是严肃的，严肃得有些古板。刷子的每一撮棕毛似乎都带着深仇大恨，唰唰唰唰地跟那双鞋唠叨着什么，自始至终唾沫星飞溅，喋喋不休。他也许太用力了，一只鞋头竟然鲇鱼样张开了有点邪恶的大嘴，而另一只鞋底居然陷出一只圆洞，黑色的泥水从那只洞里汩汩地涌出来。

面对这两个突现的破绽，六福终于停止了执着的洗刷动作，而是像一个十足的老顽童，他用鞋底有洞的那只鞋壳盛满脏水，然后双手宝贝般捧起来，看着污浊的黑泥汤子从洞里一泻而出，直到流尽，再复盛满，再眼看着让它流尽。

这样没过一会儿，他就对这只破鞋失去了兴趣。他又将另一只鞋头张嘴的鞋从盆里捞出来，把水控干，然后用左手平抓着鞋底，将自己的右手从鞋口伸进去，让自己的三根手指头从那张嘴处调皮地钻出来，一伸一缩，一伸一缩地蠕动着，像一条恣睢的蛇吐着芯子……他的表情终于不再那么严肃古板着了，相反，他的脸上有种戏谑的味道，有种胜利后的喜悦。他竟莫名其妙地嘿嘿了几声，仿佛实在忍俊不禁了。

等把洗好的鞋晾在鸡窝棚上面，又将盆里的脏水倒进院里的一个枣树坑子里，六福终于累得浑身酸软了。他颤颤巍巍走进自己的屋，晕乎乎地躺下来，屋里变得那么黑，他很快就扯起浓稠的呼声。

正在地里埋头干活的润叶，忽然听到不远处传来一阵阵喊叫声。那种声音来得非常突然，好似猛不丁从地缝子里钻出一股阴风，摩擦得玉米叶子都"嗖嗖"作响了，怪怵人的。

本来，润叶干活的时候就有点心不在焉，一方面她上午吃席多喝了点酒，脑袋还晕沉沉的难受；另外吧，她越思谋就越觉得奇怪，公公爹这两天到底是咋的啦，从昨晚到刚才出门，一直对她鼻子不是鼻子脸不是脸的。难道她真的做错了什么吗？难道是她惹得老人那样生气动怒的？

润叶真是百思不得其解。她一个人猫着腰在安静的玉米沟里锄着草，人像是钻进了一条死巷道，半天也想不出个名堂来。以至于当那种叫喊声猛地在她耳边响起时，她心里先莫名一慌，竟眼睁睁一锄头下去，齐根砍断了一株玉米！她可惜得要命，恨不得拧自己两下。她慌忙丢掉锄头，在断了的玉米根前跪下来，她想看看能不能把断了的玉米再扶起来接上。显然，已经很无望了，断开的新鲜茬口一丝连带也没有，截面处绿水汪汪，就像人血那样从伤口处不停溢出来，奔涌着洇湿了旁边的一圈干黄的浮土。润叶一屁股跌坐在玉米沟里，看着那种绿色而又晶莹的液体默默流淌着，她觉得自己像个杀人犯，变得悔恨而又手足无措了。

不远处的那片玉米地里，依旧有人在大呼小叫。这让润叶更是有些惴惴不安，她不知道外面究竟发生了什么。润叶静下心侧耳聆听了一会儿，好像不是一个人在喊，好像有男人也有女人，好像还有飞奔着的一串串脚步声，都朝着同一个地方而去，好像还有哭爹唤爷的声音，嘈杂不安……一切都变得不可思议而又渐渐地清晰可见了。润叶辨了辨方向，她来不及扛起自己的锄头，就从玉米沟里一趟子跑了出来，朝着前面那些声音集中发出的另一挡子玉米地跑过去。

果然，出事了，出了大事，天大的事。

村长家的老爷子，就是上午酒席桌子上接受众人拜贺的老寿星——双禄爷，脸朝下憋屈地趴窝在自家的玉米地里，样子有点像练蛤蟆功的江湖艺人，屁股稍稍往上撅起一点儿，十指深深地插在泥土里。要从后面看，有多少有点虔诚地伏地下跪的意思。等家人把他翻过来的时候，人已经成硬棒了，趴伏的姿势和弯曲的腿脚久久不能伸展开来。死者粘了一脸的泥土，鼻孔和嘴角间或有一丝殷殷的血迹，黑黢黢的嘴里衔叼着一团青草，牙齿缝隙里都是泥巴，眼睛却是张开着的，眼圈周围也泥糊糊的，甚至连眼球也沾染了潮湿的土尘，看不清瞳孔里留下了什么。除此之外，就剩一把被使磨得锃亮的锄头，孤零零地躺在他脚底下，锄刃上沾带的泥土早干巴了，看上去有点像戏台子上突兀的道具。

老人到底在地里趴了多久，半天也没有定论。村长的粗嗓子始终嗷嗷叫唤，像哭又不像，让人惊讶而又分不清真伪。村长的胖老婆先敞开嗓门哇哇地号了一通，当她家玉米地里人越聚越多，而且，依旧有一批一批人源源不断地从村子里赶过来的时候，这个女人立刻揩抹掉似有若无的眼泪，头脑相当清醒地发表了自己的意见。她说老人平常都是上午下地干点子活，到中午就回家吃饭歇晌了，整个下午不怎么出门。今天家里客人多，老人坐完头一拨席，好像就离开了，至于去了哪里就不知道了，因为家里没有一个人注意到他是否是拎着锄头出门的——但若是那样的话，大伙肯定会挡住他的，哪有让一个老寿星下地干活的理儿。

戴手表的人看了看时间，现在差一刻四点钟。也就是说，老人有可能是从上午十一点半左右出门下地，一直到刚才被人发现趴在玉米沟里，足足过去四个来钟头了。于是，围观的人群一片唏嘘，大伙七嘴八舌，说什么的都有。有人说可怜啊，刚过完八十大寿咋就殁了；有人说造化呀造化，人家老汉没病没灾的，一个人悄无声息走了，不留拖累，落得个圆满，干净；也有人一张嘴就危言耸听的，说什么会不会是遭了什么人的暗算和黑手。

显而易见，这种说法既不科学，又缺乏最起码的人情味，谁他妈的又不是吃疯了，能狠下心肠要一个八十岁老爷子的命！村长毕竟见的世面多，他听了这种分析就很当回事，能看出来他是强忍着悲伤，去挨个翻了翻老人的汗衫和裤子的口袋，结果找出了一百六十几块钱，那张百元的票子崭新地卷成了个卷儿。村长的胖老婆立刻做出相应的判断，她从男人手里接过那些钱，又将百元票子抖在手指间说："你们看，你们看，钱都在呢，这一百块兴许是早上哪个孙男嫡女孝敬老人的寿礼。"这样一来，有关图财害命之说也就不攻自破了，谁也不愿再往那荒唐的方面去想了。

润叶始终凑在人堆里面听着，但她总是走神，听着听着就把头撇开朝四周观看。原来，旁边的玉米秆子被踩踏倒了一圈，她左顾右盼，实在觉得可惜得要命，这么多秆子将来能结多少玉米棒子，又能打多少斤玉米啊！简直造孽哟！女人就是女人，有时候她们只关心鼻子尖尖上的一点子事。

与其说这一觉是睡着的，不如说是累着了。六福身体沉睡不醒，那些梦也都野蝶恋花蜜一般紧紧跟随着他。

在梦境里，六福最初没有见到自己的老伴，却看到了儿子七八岁的时候，也是最调皮捣蛋的年岁。儿子偷偷摸摸翻墙跳进队里的果园，摘了好多半生不熟的酸杏子，全都从汗衫的领口塞进去，肚子那里胀鼓鼓的，像个孕婆子，看着让人又好气又好笑。看园子的双禄大概睡着了，竟没有抓住这个小偷，却被六福逮个正着。六福拧着儿子的一只耳朵把他揪回家，扒掉裤子照屁股蛋子上抡巴掌，一下，两下，三下……足足抡了好几十下，屁股都打出血花来了，也不解恨。这时六福的老婆从里屋跑出来了，流着泪给六福跪下来，说："求求你别打娃娃了，要打就打我吧，反正我早就是个没皮没臊的人，他爹你打死我算了。"六福听了，心上简直像挨刀子剜呢，他抱着自己的头一下一下撞墙，把墙皮都磕下一片来。后来，六福恍恍惚惚听见女人在屋里边哭鼻子边数落儿子。她说："娃娃你咋就不给妈争口气呀？妈做过的错事你咋还去做呢？妈就拾了几个掉在树下的杏子，这一辈子都抬不起头，难道你也要像妈那样让人抓住把柄丢人现眼不成……娃娃你不知道那个看园子人的心有多歹啊，要是让他逮住了可有你娃娃好果子吃哩！"

其实，这并不是梦，或者说，是六福在梦里回忆起来的一段旧事。关于儿子小时的事，他现在能记住的就剩这么丁点了。风风雨雨几十年过来，六福早就把这些事淡忘掉了，不知怎的，大白天做了个梦，反倒梦了起来，真实得就像发生在昨天晚上。

六福是哭醒的。一开始光是流眼泪淌清鼻涕，后来就放声哭起来号起来。一辈子从来没有那么放纵地哭过，声音太大了，硬把自己从梦里吵醒。他看见枕头上湿漉漉一摊亮光。

晾在外面绳子上的衣裤不知不觉已经干了，看上上硬撅撅的。鸡窝棚上面的鞋还没有完全晒干，一只麻雀灵巧地蹲在一只鞋上，细喙不停地在鞋面上叨来叨去，显得饶有兴趣。六福远远一挥手，麻雀"扑棱"一下飞跑了，却留下了一摊灰白色的鸟粪。

过了一会儿，儿媳妇从地里回来了，她推不开门，就使劲敲起来。六福才想起来自己下午好像把门闩住了，他冲外面长长地应了一声，就摇摇晃晃去开门。儿媳妇灰头土脸的，脸上还泌了一层细汗。她进门后来不及把气喘匀，就断断续续地说：

"爹，告诉你个事，村长家，你知道吗？出大事了，就是早上刚做完大寿的双禄爷，在自家地里干活，一头跌倒就咽气了，身子骨都凉了老半天！"

儿媳妇说完这些话，随手扔掉肩上的锄头，就撇开六福径自钻进屋去了。六福这时才迟缓地"哦哦"了两声。之后，他又在街门口出神地站了半天，双腿有点发软打战。

六福觉得院子里此刻静悄悄的，他甚至听到了自己的心跳声，咚，咚，咚……

去村里的小杂货铺时，天色刚好擦黑。儿媳妇说她没啥胃口，早上吃的席还没消化掉，下午又看了死人，搁谁都一样。他也是随便扒拉了两口儿媳妇给他热的剩饭，就悄悄出了门。

其实，去小杂货铺完全可以不经过村长家的，但六福还是选择了绕道而行。街上的那些帐篷还原封未动立在路面上，远看着巨大而又神秘莫测，仿佛里面埋伏着千军万马随时会冲杀出来。再往前走，就能听到了呜呜咽咽的哭泣声，村长家的院子里亮着灯，间或有人进进出出。六福颤巍巍地打人家院门前走过去，那种像是故意哭给路人听的号啕声一下子汹涌起来，他先前还有些悬着的心终于落下来了。

杂货铺是村里人开的，六福进去只买了香纸和火柴。铺主一连啧嘴摇头，他说："人死如灯灭，早上还好好的一个人，就一眨眼工夫啊！"六福犹疑了一下，他似乎不太认可对方的这种观点。离开杂货铺时，铺主又对他说："还是你老人家最仁义，双禄爷前脚一走，你就惦记着给他送钱花哩。"六福始终没有搭话。

这是他一天当中第二次来老伴的坟上。一早来时天还没亮透，这阵四周已漆黑了，有种人间天上的错觉。点了三炷香插在坟头，然后用手指把冥纸一页页小心翼翼划开点燃，火光立刻将六福的脸镀得金灿灿的了。六福没有跪着，而是平静地坐在地上自言自语起来。

六福说："喜儿，我给你多化些钱使吧，你这一走也快二十年了吧，昨晚我死活睡不踏实，心里一合计，自己今年正好七十三了。喜儿，人常说好人不长寿的话，你信不信？还有一句，叫坏人活千年，这个我可信呢。"

纸钱烧化得缓慢又无声息，六福的脸上红彤彤的，像喝多了烧酒。

六福说："喜儿，你跟了我半辈子多病多灾的，我跟你一样心里也有解不开的死疙瘩呀！年轻时你在果园里干活，顺手捡了几个杏子，有心想送给我尝个鲜，没想到让双禄这畜生盯上了，他吓唬你，非要治你的罪，说你那是破坏生产队劳动成果，当时你吓坏了，你能怎么办？那畜生几次三番地糟蹋你，你都认命了，后来你发现自己肚子里怀上了，你连跳河的心思都有了，你实在走投无路了，才把事情原原本本跟我讲了……喜儿呀喜儿，你知道我当时咋想的吗，我恨不得呀豁出去，宰了那狗日的！可转念又一想，我死了留下你咋办呀，还有你肚子里的娃娃又该咋办？咱们究竟好了一场，人不能那么寡情寡义的，再说了喜儿错也不在你呀！要说想不开，也只有一样，那就是你身子一直不好，咱俩到头来也没能生养下自己的一男半女……看来人这一世是没个圆满的时候呀！"

这时，从远处的村子里隐隐传来一阵呜里哇啦的哭号声，那是村长家在给亡人做晚祷烧纸呢。六福听了无动于衷，他手里捏着一根小木棍，轻轻划拉着坟地上即将燃尽的烧纸。那层厚厚的灰末忽然获得了一种新生的力量，纷纷扬扬飘飞起来，轻盈地扑向夜空。

六福的脸颊上一直往下流淌着闪闪的红光，他早已经有点泣不成声了。"喜儿，这几十年来一直瞒着旁人，也瞒着自己的娃娃，我是打碎的牙硬往肚子里咽哪！我这心头跟压着座大山一样，现在好了，这山搬开了，再也没有啥压着了……喜儿，你说怪不怪，今儿本该乐呵的，可我这心里头咋就变得空落落的了……喜儿你也该好好安息了，你带上这些钱在那边安安稳稳住着，用不了多少日子呀我就去找你，到时候咱们又能在一搭里了……喜儿你也知道，今年是我的命坎啊，过了今天人家兴许一口气能活到八十四活到九十，活个长命百岁，可我不行，我知道自己熬不过今年了……"

后来又在坟头静默地抽了一会儿烟，六福才起身摇摇晃晃往回走。他平常拄拐棍的那只手里还抓着一小卷刚才烧剩的冥纸（那是他预留下的一份），像根短棍子，在夜色里一触一点的，显得那么轻巧洒脱。快走到村长家门口时，他远远就停住脚步，远远望着那一溜儿帐篷。

六福想，这些东西现在正好派上用场了，凡红白喜事都少不了要支桌子搭帐篷的。而且，按照村子里的讲究，人死在外面，尸身不能抬进家门去。心里这样想的时候，六福便若无其事地朝那边一步一步走过去。

奔跑像风一样自如

　　还是先来说说周国强吧。班里那个生着一双长腿而且跑起来跟风一样自如的家伙就是周国强。别人一定以为我还记恨着他，可我一点也不，我为什么那样做呢？再说，我的脑子一直很笨，我几乎不记事的。

　　我这样说的意思是，之前我就想暗自把他给忘掉了，我几乎已经遗忘了曾经历过的那个寒冷的季节。而我的心底却又总浮闪出另一幅图景：一段坑洼不平的土路，旁边迂绕着一条封冻的小溪，白雪笼罩的冰面上摇闪着白森森的光斑，晶莹，凄婉，不露声色，岸边的茅草枯萎于一片片的白色光焰之间。

　　我知道我的意志始终不够坚强，要不，他们怎么会说我简直是不可救药的榆木疙瘩呢？就在我试图要把周国强彻底忘记的时候，却恰恰又将他不自觉地留在脑子里了，这使他的模样（我是说他奔跑的姿态）如同一只顽固而又迅疾的陀螺长时间地在我封冻的回忆冰面上旋转，旋转。我知道，我不可能让它停下来，就这样。

但得承认这个事实：那时周国强是我们班或者说是整个年级跑得最棒的人。我想这是他喜欢体育课的根本缘由，大概也是包括体育老师在内的所有人喜欢他的最主要因素。每年五月的全校春季运动会上，周国强一定会出尽风头，他跑步时的姿态优美舒展，无论挥臂、抬腿、跨越或是面部表情，都恰到好处动感十足，奔放却不夸张，洒脱而不做作。他那两条腿天生就是用来奔跑的，或者迷信一点说，他简直就是一匹千里马转世。

我们班那个生着棕红色头发和八字须的体育老师（大概姓朱的，好多同学都悄悄喊他"猪头"）曾不止一次说过，周国强将来一定可以考上北京的某个体校的。然而北京究竟在哪里呢，我们谁也说不清，那个被我们在语文课本上念作"首都"的地方一定很遥远吧。每次周国强的脸上都光灿灿的，像镀了金的瓷器一样闪闪耀眼，他的眼皮上面也总是挂着一层叫作骄傲的颜色，那种颜色时常在大家面前闪烁。大家总能看见周国强同学拼命地在操场上跑，俨然一副长跑冠军为国备战的架势，甚至在放学回家的路上，他也那样一路狂奔而去。

那段时间，学校除了开春季运动会之外，还会时不时地举办一些队列或广播操比赛，阵势也不可小觑，分年级拉开赛事。

周国强是我们的班长兼体育课代表，每逢这类赛事来临之前，他就神气活现起来，把老师的话当圣旨，成天把我们这帮小喽啰召集到操场，"一二一"地折腾个没完没了，很有些拿着鸡毛当令箭的派头。

　　眼看比赛日期临近，体育课便搞得跟阶级斗争似的激烈，一节课四十五分钟连口气也不让多喘一下，什么稍息、立正、向左向右看、起步跑步走、立定，把我们每个人当猴似的挨个操练，一副不拿第一决不罢休的架势。这天下午，"猪头"老师板着脸孔强调：谁做不好就留下谁。同学们一个个都像细小的沙砾一样从筛子眼里一颗颗漏走了，唯独我是一块愚蠢蹩脚的石头，被很滑稽地留在一面大筛子一样的操场上。那天我充当着一个长期滥竽充数的虚伪的家伙，终于在单独训练的严格要求下原形毕露。可想而知，我的样子该有多么狼狈呀！周国强一直对我的表现投以蔑视和不满的目光，那目光像火一样烫人的脸。体育老师的面色更是古板得要命，他那头泛着棕红色的头发在脑袋顶上一岑一岑的，这使他的脸孔看去酷似一块坚硬的冰，让人联想起很多可怕的东西，比如庙宇中的鬼怪塑像或二郎杨戬的模样。下课铃一响，很多不同年级的学生都向这边汇集，他们的窃窃私语和间或发出极其夸张的嘲笑让人尴尬而又慌乱。我总觉得自己是一只断了几根线的木偶，任凭如何摆弄，就是不知道该怎么做，后来竟连最起码的跑步应该先迈哪条腿也搞不清了。我真的全蒙了。我跑起来身体晃动得跟一只被恶狗追在屁股后面撵逐的鸭子没什么两样。还有，我同手同脚的怪模样让他们快要笑破肚皮了。

体育老师自始至终保持着某种可怕的沉默，当他看到操场上的人越聚越多，而且每个人的脸上都堆满滑稽不堪的笑颜时，他也许改变了初衷。他命令我和周国强面对面站立，然后由他亲自上阵指挥。他先喊一套口令由周国强示范给我看，再让我照着周国强的整套动作模仿一遍。我还没做到一半的时候，他就突然从我的背后冲过去，大概是抬脚在我的屁股蛋上凶恶地踹了一下，实际力气并不大，可我却棉花团似的瘫软在地上。我早就是一只惊弓之鸟了。周国强笑得前仰后合。我看见他的鼻涕和眼泪同时从他脸上的四只黑窟窿里涌出来。旁边的学生也跟着他一起嬉笑。他们稀里哗啦地笑过一阵，见我又狗熊一样从地上爬起来，"猪头"老师早已恢复了严肃，他让周国强继续下一套动作，再命令我重复。这样反反复复几轮下来，我的思维愈来愈迟钝，大脑里像灌满了混凝土，濒临僵化。

几个女同学大概是笑狠了，她们接连用粉红色的手指一遍又一遍地搓弄着自己的两腮，边搓边说，真是好笑呀，快笑死人喽！没想到竟被老师看在眼里，老师就声色俱厉地批评一通："以为这是让你们玩的吗？真不像话！这是任务，懂不懂！帮助后进赶上先进是我们每一个人的责任！简直岂有此理！"大家顿时收敛起来，目光全部很严肃地落在我的身上。我知道他们此刻看似肃穆的面孔下面依旧是压抑不住的笑，他们所有热切的目光正把我的脸蛋划得刺啦刺啦响呢。

体育老师当即给我定下一条罪状：蒙混过关，弄虚作假。

原本短暂的一堂课持续了足足有一百二十分钟，这堂课一直延续到课外活动和大扫除的时间。好多双眼睛正兴趣盎然地观望着我，他们大概看到了一口白垩纪时代的蠢猪。我是一个不会跑不会转甚至根本分不清东南西北的大傻蛋。连我自己也奇怪，我几乎突然间就变成这副样子了，他们说我的脑袋简直就是一块榆木疙瘩顽固不化。

　　冬日的天色总是说黑就黑，阳光短得可怜。

　　那时，操场上已经变得寥廓起来，四周一片寂静。冷冽的空气中悬浮着一层霭霭的烟尘，连最后留下来做大扫除的学生们也都稀散地离去了。他们走路时高高低低的声音，马蹄一般嘚嘚地在耳边回响。我很想回家去，可脚下却没有一丝气力，也许我只是想家，但我并不想立刻回去。我的脸皮在冬天的落日前发出嗞嗞的皲裂声响。风把我的脸色吹青又吹紫。我的衣服上也爬满了灰尘，它们是成群结队的肮脏的虫子，在我的身体上爬来爬去。哎！连这些灰尘都在嘲弄我呢。我尽量用力拍去那些尘土，尘土落地的声音带着某种嘈杂的微弱响音，这一切在我的听觉当中变得竟那样清晰又那样遥远。

　　这当间，班主任牛老师曾来看过我一次，我真高兴她能来看看我。可她大概只是想过来见识见识我愚蠢的程度。牛老师一副不可思议的腔调，你怎么这样笨呢，难道跑步转圈比算术题还难做吗？！说着，她贵族马似的绕开了我，朝猪头老师走过去。我不想让她这么快就走开，我愿意听她的声音，她朗诵课文的声音好听极了。可我听见她分明很客气地同体育老师谈笑风生着，我知道作为一名班主任她当然是心存感激的，任课老师这样认真负责，她还能说什么呢！况且，假使这场比赛获得好的名次，荣誉毕竟是她这个班上的。换句话说，也正是她自己的。

所以，在成绩面前，两位老师很容易彼此沟通的。

我还隐约听见那个被大家悄悄喊作"猪头"的体育老师给班主任打了包票，说："没问题，你们班准能拿第一。"而我听的最响亮的就是"第一"这两个字。

牛老师也笑得哗啦啦的响亮。

我认为他们也太小瞧人了，这有什么了不起的！世上无难事，只要肯登攀。我相信我有能力做好，甚至还可以超过他们。为此，我私下里没少下功夫，我对着自己家的镜子一遍又一遍地练习那些队列动作。在镜子里，我看到自己的脸上又充满了自信，我用嘹亮的嗓音为自己喊着口令：稍息、立正、向右看齐、向前看！

在两周后的那个下午，队列比赛如期拉开帷幕。全校近千名师生把操场围得水泄不通。放眼望去，操场上堆满了蓝了吧唧的矩形人块，学生们都穿着那种胳臂和裤腿上缝着两条白道道的蓝色运动服。我是这群人中的一员，洗干净的队服还带着肥皂的味道呢。尽管我被特意编排在队列后方的一个不起眼的位置，但我心里暗自憋着一口气：我要证明给每一个嘲笑过我的人看。

让每个班派一名代表去主席台抽签，周国强自然一马当先。我看见他从台上跑下来的时候满面春光威风八面，他甚至不拿正眼看其他同年级的体育课代表。我们年级七个班，周国强抽的签是四号，这是一个非常关键的步骤，太靠前或靠后都会直接影响评委们打分的情况，也就直接影响了结果和名次。

周国强把手里的签条亮给班主任看，很有点万里长征走完第一步的自豪。牛老师立刻伸出一只手在他的脑袋上轻轻地爱抚了一下，以资鼓励。我本来不想多看他的，可周国强的头始终昂得高高的，脸上牛气极了！这使得牛老师的手指很容易摸到他的脑袋，也就是说周国强很愿意接受老师的这种赞誉方式，并且很顺从地摆好了被表扬的姿势。我的心里就酸酸的，于是，我急忙把目光瞥向天空。天空真蓝呀！有一群快活的小鸟正从我的头顶一掠而过。

临上场前，我很奇怪地想起了写童第周的那篇课文。我暗自握紧拳头，一定要争气呀，我对自己说。

这时，周国强突然走过来。他用眼睛斜睐着我，好几秒钟后才学牛老师那样把手搭在我的肩膀头上很牵强地拍了拍，他拍得很轻，像在拍一只微不足道的蚊子。我一惊，鼓足的那口气悄然松懈了。周国强的表情怪怪的，随即他很夸张地笑了两声说："傻瓜蛋，就看你的了！"我身边的几个女生立刻就禁不住跟着笑了，笑声咯咯的，给人的感觉是她们刚刚排下一堆热乎的卵正在自由欢畅。

那一刻，我的脑子便"嗡"的一声，我害怕女生们的这种刺耳的声音，竟觉得自己在整齐的队列中被完全孤立了。他们都距离我那么近却又无法伸手触及，四面尽是稀奇古怪的声音，此起彼伏地漫卷开来。我的思绪在他们笑声的旋涡里又开始漫无边际地翻转游荡，任凭我怎样试图将它们拉回来，这些调皮鬼就是不买我的账，甚至头也不回越跑越远。

在接下来的比赛中，周国强把每一句口令喊得震天响，可对于我来说却是枉然的。我什么也听不见了，两只耳朵跟我捉迷藏似的，尤其是那两条可恶的腿，更是异常险恶地拿我寻开心，全不听使唤。于是，我当着全校师生的面出尽了洋相。例如：大家都向左转唯独我向右转或原地站着不动，还有周国强喊立定的时候，我却又多跑出了几步远，还踩到前排同学的脚后跟。

比赛就这样结束了，但对于我来说，一切好像才刚刚开始。我经常听见有人在我的背后指指戳戳或者怪声怪气地喊立定向左向右转等口令，作为一个全校最愚笨的低能儿，我根本没有资格和勇气来反击他们，我只能低下头面无表情仓皇离去。除此之外，我还能做些什么呢？

他们说是我拉了全班的后腿。我们班在比赛中不仅没得到预计的好名次，相反，比赛的分数是全年级倒数第一，全班同学一个月的辛苦操练就这样付诸东流了。

那天回到教室后，我想牛老师一定会狠狠批评我一通的，哪怕揍我一顿也行呀，再不就让全班同学每人臭骂我一句我也乐意，要知道我的过错实在不可宽恕。而牛老师连看也没有看我一眼，我想她大概是不想再让我伤心的。她的脸上泛着一团铅笔芯般灰黑的光亮，在逐渐昏暗的教室里显得深不可测。在她宣布大家可以放学之后，我看见周国强依旧坐在自己的座位上，两只腮帮子鼓鼓的，恰似一只缺氧的鱼。他的座位离我不远，可他故意将脸扭向窗外。这不能怪他，我这号傻瓜蛋鬼才愿意理睬呢。

那时，牛老师很和蔼地朝我们中间的夹道走下来，我的心肌立刻快速收缩着，接着慌乱地蹦跶起来。我用两只手使劲捏住大腿，生怕自己随时会从凳子上面弹了出去。我的脑子渐渐有了些微动静，似乎比先前活泛了。我拼命想象老师如果将手放在我的脑门上并且说没关系下次咱们再争取，那我该如何面对呀？

而实际上，牛老师根本没有丝毫搭理我的意思，她就在我万分慌乱之中在周国强同学的身边坐了下来。她真诚地伸出手来，只是，那只被粉笔屑夺去光泽的手并没有落在我的身上，我听见她不停地安慰周国强："快回去吧！国强，这不能怪你，你是好样的……你已经尽力了呀！"

老师说得对，这事怎么也不能怪周国强？他的确尽全力了，他是个称职而优秀的班干部。我真想对老师说声都怪我这全怪我，可就连我的嘴巴也失去了往日的自如，它是一面敲破了的锣鼓，即使再使劲，也发不出任何像样的响声了。

那以后，他们可以随时拿我来捉弄一番的。他们经常在我的背后大喊大叫：傻子向后转！立正！这家伙真是个榆木脑袋呀。然后就是一通滑稽的哈哈笑声，好像我穿错了衣服或突然下了一只蛋似的。当然，所有这些又充分表现在令我惧怕的每一堂体育课上。无论学习哪一个新的体育项目或队列动作，那个"猪头"老师都先要把我拉出来示范一遍，然后他用一根粗短的手指指向我并冲全班同学高声强调："你们大家一定要注意，这位同学的动作和狗撒尿一样难看！他的头勾得太低，手臂缺乏力度，腰扭得像水蛇，两条腿中间能夹住一只球……"说着，他的手和脚早就从我身体的那些部位一路拍打下去，有时会把一只篮球或足球塞进我的裤裆中让我夹紧。他说："现在大家再来看看什么是正确的姿势。"他的话音未落，周国强早已很笔直地站立在队列面前整装待命，在老师的口令下他一招一式有条不紊地开始演练。

通常这个时候，那个红头发的体育老师会很突兀地将目光瞥向我，假若我思想稍有不集中的蛛丝马迹，他会毫不犹豫地将手中的一截红白相间的接力棒或一只球重重地向我抛来，惹得身后的学生一片哗然。

在我的感觉里，周国强在体育课上跟老师配合得简直是天衣无缝妙不可言，他们宛如一对合作表演双簧的专业曲艺演员，彼此配合紧密默契无可挑剔。你甚至可以强烈地感受到一种错觉：老师就是周国强，周国强就是体育老师。他们俩在以后的每堂课上，都会把上面的事情电脑程序般地重复一遍，而我必须机械人似的旧戏重演。

这一点儿也不夸张，即使某堂课体育老师请假不能来，我们班的体育课也从未间断过，周国强总有能力把同学组织得很好，先复习上一堂课学过的动作，而且决不给我落网的机会。他通常会从同学中挑选出一名精兵强将来全力配合他开展工作，然后再由我们三个人联手进行错误与规范动作的矫正。

而一旦我接连三次出现毛病，周国强便学老师那样用手指戳着我的鼻子说："你是世界上最蠢的傻帽！"随即，便命令几个身体魁伟的大个男生轮番在我弯曲佝偻的身体上玩跳马，直到我跌倒后并且被他们几个重重地压在身下。周国强的嘴里还骂骂咧咧："使劲骑他压他，我就没见过这么笨的猪！"

家里人对我也基本上采取不闻不问的态度，偶尔听到母亲在给我换洗脏衣服时嘴里会很阴毒地斥骂："你难道是猪变的吗！一点也不懂得爱惜。"而我从来也不还嘴，因为每堂体育课下来我的衣裤总邋遢不堪。我觉得自己跟小猪猡已经没什么两样了。

那时我们一个礼拜有两堂体育课，分别是周三下午和周六上午，面对这种景况我只勉强撑了不到五周。到第六周课即将来临的时刻，我几乎彻夜难眠。我将头用被子紧紧地蒙住，我害怕风，哪怕是很细微的一丝凉风也让我胆战心寒。清冷的感觉总让我想起迎面而来的风，而周国强总在风中奔跑，或者他跑起来就是一阵风。

我终于不得不开始旷课或者逃学。

我向老师编造各种谎言来掩盖自己的胆怯。每次当我以极其迅疾的速度神不知鬼不觉地离开教室冲出校门，我的牙齿便欢畅得如血液一般在口腔中哗啦哗啦战栗流淌，我听见书包跟屁虫似的吧嗒吧嗒地拍打着我的后背。

逃学的感觉如同喝进一杯香醇甜美的盖碗茶，让我在无拘无束的肆意奔跑中回味不尽。这种近乎逃亡的过程中，我根本不在乎自己跑起来有多难看，也不会有人注意我，我只是为了逃而跑，为了跑而跑。

可这天我刚刚溜出学校拐进一条小路，就被身后穷追不舍的周国强撵上了。

周国强跑得跟飞一样快，在他的面前，我是一只随时束手就擒的小鸡娃，而对方是凶猛的鹰。

周国强隔老远就喊："想跑！没那么容易！逃学鬼喝凉水，扳倒缸砸折腿。"

他叫嚣着已撵到了前面。可任由他死拽硬扯，我就是趴在地上死狗样一动不动。周国强就拿拳头敲我的脑袋，用唾沫啐我的脸或者把脚尖狠命地踢在我的屁股上，踢得骨头都跟着响。踢一脚，骂一句："死猪！回不回去？"我用双手捂着脑袋一声不吭，我想有本事你就打死我吧，反正我死也不跟他回去上课。周国强连踢带骂了好一阵便急了眼，用尽浑身解数想把我拖回去，别看他跑得快，可论力气他并不比我强多少。那天我大概是被逼急了，我就势抓住他的手狠狠咬了一口。周国强立刻杀猪一般号叫起来："你他妈是狗变的，狗才咬人呢！你这条癞皮狗，你狗屎都不如！"

我也许该为自己的行为付出代价。可我敢对天发誓：我真的不是故意咬他的。

　　但后来，我还是被周国强拽狗链子似的拽着脖子里的红领巾撞撞跌跌地拖回了学校。其实，我原本是可以跑脱的，可倒霉的是我咬破了周国强的手，血一直汩汩地往外流，怎么也止不住了。我恐惧极了，我不知道一个人流出那么多血会不会死掉。我不想看着谁死掉。

　　所以，我被老师当场宣布是全班最最最大的坏蛋加蠢猪。

　　幸运的是，这堂体育课我不用像往常那样傻乎乎地给大家献丑，其实，老师根本就不让我站在队伍当中。那时第一场雪下过没几天，操场南面的围墙下面还积着很厚的一层，仿佛是那面墙投在地上一道长长的影子，远远地匍匐在那里。他们说世上没有白色的影子，可呈现在我眼前的分明是一道又长又白的影子，那白色已经白得有些发蓝发青，它是我所见到的最可怕的影子。体育老师命令我跑步到墙根底下站立，随后，他吹响了哨子，示意其他同学自由活动。然后，他就带着周国强还有另外几名男生朝这里疾步走来，他们彼此的眼神会意地交织成一根又长又粗的光柱，毛毛糙糙地伸向我。通常，一个人注视另一个人的目光，也就完全决定了他对另一个人的善恶。我已来不及惶遽，脚下的积雪被踩得一片凌乱，咯吱咯吱地嘶吼着。

　　周国强和一个同学早就率先冲过来将我摁倒在地。立刻，一堆晃动着的复杂暗影占领了我们脚下皑皑的白雪。我说："你们别打我。"可我的多半拉脸已深陷在积雪当中。我含糊地喊：

"别打我千万别打我呀！"我觉得自己犹如被一把巨大而又锋锐的刀子狠命地将脸皮刮去了一层，鲜血和疼痛"呼啦"一下从所有的毛孔中间涌泻开来。我依稀听见另外几只手铲子一般在雪地上忙乱地刮雪的声音。很快，他们每个人的手里都攥着两三个拳头大小的雪球朝我一步步逼近。我哭号着："求求你们放了我吧！"可我的惨叫声并没有发挥它应有的效果，相反，它完全泯灭于骤然闯进我口腔中的一团积雪中。我知道我已无力抵抗他们，就算跑也跑不过的他们中的任何一个。我在极度的恐惧中想到了老师，我有一句没一句地呼叫着："老师快救救我吧！求你让他们饶了我我再也不敢咬他的手了……我害怕呀……老师老师……"而我的喉咙、气管和肠胃里却倏地钻进一种叫作刺骨的疼痛，它们使我在剧烈的抖动与无助的悲泣中逐渐丧失了生气。周国强他们的鼻孔和嘴里都源源不断地冒出白茫茫的气体，越来越浓，浓得我无法看清他们的脸。他们如同一列列喷气机车疯狂地向我呼啸而来，并将我平展地碾轧在雪地里，最后我完全看不到自己的一丝哈气了。

我必须咽下那些七手八脚塞进我嘴里的雪球，否则我的牙齿和腮帮子一定会被周国强他们掰了下来，我相信他们会这样做。

其实，什么事情都是开头难，当你吞下第一口的时候，也就意味着你能吞下第二口、第三口……后来，他们终于停下来，他们之所以停下来是因为他们每个人的嘴里都在叫唤个不休。

他们连声嚷："算了吧，我的手指快要冻断了！"

老师罚我站在雪地里，作为无故逃学和出口伤人的最有力惩罚。用周国强本人的话说，活该！这叫以"雪"还血。而我脚下的那双旧棉鞋早就快磨破底了，它们是我这段时间逃学最有力的见证。现在雪气残酷又轻而易举地钻进我的脚心和腿肚子里。极度的冰冷让我必须跌倒在地，也许跪在地上会比站着更能体现我接受惩罚的虔诚。我不得不那么做，因为我的双脚已经没有丝毫支撑的力气，如果手里有把刀，我会不假思索地剁掉它们，这也许是摆脱疼痛的一种办法。

　　我从地上站（准确地说是爬）起来时，膝关节已经僵硬了，我想颤抖一下，哪怕就一次，可我的腿真的一点儿也不能动了，一些很薄的泛黄色的冰凌子斑驳地挂在两只裤管上，那上面除了零散地粘着的残的雪污，我知道那里肯定还有我的尿。

　　我该回家了。

　　在路上，身体的某个部位正在隐隐作痛，那是一种伴随着炽烈灼伤的痛感。而且，我始终口干舌燥，喉咙间窜跃着某种难以忍受的饥渴，它们一直延伸到五脏六腑之中。这是一件令我倍感奇怪的事，要知道我的胃里已灌满了雪水，连膀胱也胀得快要爆裂，可我还是渴得要命。我又靠近路边那条封冻的小溪，白雪笼罩在冰面上，晶莹的白光无限制地向远方蔓延，茅草枯萎的影子歪斜在天空底下。于是，我歪歪扭扭地跑过去用双手捧起那些洁白的雪，然后迫不及待地送进嘴里。一把，两把，三把……我不知道路边有没有人，他们也许看到一个傻子正在饿狼似的吞咽着雪，可他们自然不会管我的，有谁愿意关心我这样一个傻子呢？雪真是好东西呀，它们就匍匐在脚下，我想吃多少就吃多少。也许，我已经蜕变成一只躲藏在冰雪中觅食的四脚动物。

我觉得自己实在走不动了，我只能平平地坐在银白色的冰面上，我看上去更像一块形状怪异的废弃物，被人随便撂在这里。我听见雪块在口腔里跟舌头牙床发出生硬的碰撞，然后它们由固体变为冰凉的液体，再顺着喉咙抵达我的胃，胃里就会立刻反射出一股很难听的骚动声。

现在，阴霾的天空里开始飘荡那种叫作雪花的东西。起先，它们几乎微不足道，在天地间不留任何痕迹，只假装若无其事地在我脸蛋附着上那样一层水珠潮湿得让人恶心。它们甚至不能叫作雪，它们是一群无耻狂妄的家伙高高在上，它们正张开无数巨大的黑嘴骂骂咧咧涎液飞溅。我抬头看看天，天上没有任何多余的色彩，只是单纯的灰暗，这灰暗令人恐慌、怯懦、自卑、麻木、绝望，甚至想立刻去死掉。这狂妄的灰色掩盖了天空中所有的宁静、美丽、生动、希望、幻想和自由自在，它几乎直接代表了狰狞与丑恶。我知道我不太像自己了，我甚至忘记了我是谁我正在做些什么。雪花终于放肆起来漫天飞舞，它们毫无顾忌地爬满了我的头颅和身躯，我想我的眉毛上一定积上了很厚的雪，我的头发斑驳而又苍白。我忽然觉得自己正在这场雪中衰老。

我渴望老的感觉。人老了该有多幸福呀！谁也不愿意理睬你。你爱做什么或想怎么做都由着你自己了。

路变得又短又仄，只剩下那么一小段，没头没尾的。几根瘦白的影子蚂蚱一样在风雪中稍纵即逝。

那一刻，我突然萌生了一个极其可怕的念头，这一古怪念头的产生让身体在顷刻间激动不已，更确切些说它使我有种茅塞顿开的感动。我知道我想做些什么而且能做些什么了，虽然我并不能完全预料这样做的后果，但我还是在这个寒冷的冬天里双膝倔强地跪在坚硬的冰面上，我甚至感觉到了一丝即将到来的喜悦。

天地间到处是灰蒙蒙的一团。我脱掉了脚上的棉鞋，我不能再让它跟着我受罪，事实上我必须加倍珍爱它，否则这个冬天我的日子会很难熬。棉裤是个令我懊恼的家伙，我不能像鞋那样完全脱掉它，只有尽可能将裤管卷起来，再卷高一些。这样，那些雪块才能完全接触到我的腿，我就是冲它们去的，我讨厌自己的这两条腿。我也曾经无数次地设想自己能变成一只壁虎，那样我就可以很容易地长出新的腿来。

我用大块大块的雪包裹自己的腿脚，堆雪人那样，然后一捧一捧地往上面加雪，再用僵硬的手掌拍瓷实。我想雪也许会使我的双腿从此变得清醒变得聪明，我再也不是从前那个傻了吧唧的家伙。这样一想我竟高兴起来，再说我也豁出去了，就连脚板也跟着此刻兴奋的心情一样滚烫不已。也许我还能重新长出一双像周国强那样灵巧的腿脚，那样我就可以大大方方地去上好每一堂体育课，我再也不必害怕什么了。这种想法真让人激动呀！我好像流眼泪了，起初只是那么一滴两滴，渐渐就多起来，哗啦啦地流淌。我已经很久没有这样痛痛快快地流过泪了。而泪光又使我的视线蒙眬起来，我的心里也朦朦胧胧的，我什么也想不起来了，我都快忘记自己原本是个傻瓜蛋了。我以为我从此会很伟大了！

最开始，双脚还是能融化一些雪的，雪水缓缓地漫流过脚心，但没多大工夫，连那些残雪水也板结在脚趾上了。我的脚形逐渐古怪起来，越来越大，变成一对巨大的鸭蹼。

我忍不住在泪光中笑出声来。笑声中我竟看见自己面前有了一些袅袅的热气，可这笑声实在太小了，也许只有我自己能听得见。最后，连这唯一可能发生的笑也凝固在了冰雪之中。

现在，我的两条腿特别是自膝关节以下肿痛难忍，就连穿裤子也不很方便。医生说我的腿脚弄不好会落下残疾。其实，我一点儿也不想那么快治好自己的腿，为什么要治好它呢？我觉得这样并没有什么不好。我不但免上体育课，就连早操和一切课外活动也不用参加了，想一想这该有多幸福呀。

所以，大家很快都管我叫瘸子，瘸子听起来比傻子好多了。我希望他们一直这样叫我，又有谁愿意去挑剔一个残疾人的行走呢？

班里的同学去上体育课或者参加其他室外活动时，我通常会很自由地坐在教室里发呆或透过玻璃窗四处张望，几只清瘦的鸟儿一掠而过，它们飞翔的样子却很美。

有时，尖锐的哨音和响亮的口号声会从不远的操场上传过来，然后在空荡荡的教室里飘来飘去，同学们的书本和文具盒平放在桌面上，一阵风无缘无故地从窗间吹进来，纸张翻动的声音清脆至极。

　　一个人坐久了，四周便没了丝毫生气，只剩下心脏和脉搏跳动的声音。我在百无聊赖中扶着左右的桌角在过道上来回走动，走上一阵，竟觉得更无聊了。

　　后来，我决定找点事情打发时间。我基本算不上是个爱学习的人，仅限于将作业应付完事，而一个不爱学习的人大概是最害怕寂寞与孤独的。我忍着隐隐的疼痛，盲目地把那些凳子一个个地从地板上搬到课桌上，再将清水胡乱洒在地面上，教室里洋溢着一种清洁前的润湿气息。如果时间充裕的话，我还可以慢慢地扫完一遍地再将那些凳子放回原处，这样，无聊的时间会流水一样熬过去。

　　那次课外活动，我刚把凳子搬到一小半的时候，他们就从后门进来了。我忽然手足无措起来。我看见自己的半截矮短的影子一高一低地起伏在桌面上。我害怕他们看见我干活的样子，要知道我现在的样子比以前还要难看几百倍呢。我在进退两难中摇摇晃晃地将手里的板凳举在空中，却听见有人正站在教室门口鼓掌，那掌声既均匀又响亮，我忽然幻想着那是一只美丽的鸽子在空中挥动翅膀。

　　我不敢回头看，因为我清楚地听到班主任牛老师正贵族马似的嘚嘚嘚走过来，同学们也跟着她鱼贯而入。牛老师的手已经摸到了我的脑门，她动情地向全班学生说："我们班出了个活雷锋，你们大家要向他学习呀！"说着，她的手已经很轻柔地抚弄了我的头发。

我始终不敢抬头。我的头被一只柔软的手来回拨弄着，头发和老师的手指之间发出某种令我既惊恐又享用的声音，柔柔的，暖暖的。我一点儿也不敢动了，生怕会影响了脑袋上那种温顺的节奏。我甚至努力控制着自己的呼吸和心跳的节奏，可呼吸越来越不均匀，心跳也变得无序而又粗糙。

后来，令我担心的问题出现了。我的一只眼睛很不争气地渗出一些暖暖的液体，一种想大哭一场的冲动突然间犹如冰天雪地里的一股寒气直逼肌骨。这使我强烈地打了个激灵，身体的剧烈震颤让我险些跌倒在地。牛老师的手也在那一刻突然触电般地缩回一截。她的手终于离开了我的头。而我的心也完全落在了平地上，我很平静地穿过老师和门框之间的空隙向外望，外面依旧有很蓝的天空。我呼出一口憋足的气来，我看不见那气息真实的模样甚至颜色。

周国强就站在老师的背后，他的脸上有一种很复杂的表情，一闪一闪的，他也许很想越过老师走回自己的座位，但他的腿始终没有动。

我转过身扶着过道两旁的桌角一高一低地往回走，我的影子很突兀地贴到了教室后面的墙壁上，我讨厌那种怪模怪样的东西尤其是此刻……隐约中听见后面有人不小心憋出一个很响的屁，教室里的空气一下子变得古怪异常了。

羔皮帽子

　　我们的爷爷是远近有名的老皮匠，经他手干出的皮活简直就没得说。爷爷大半辈子都在替七村八庄的乡亲熟皮子。那时候，青羊湾人就有养羊的习惯，一户人家喂养两三只绵羯羊，逢年过节，人们宰羊吃肉，喝萝卜炖骨头汤，一张张皮子就送到爷爷手上。

　　那些硬邦邦的、捆成卷儿、染沾了斑斑乌血的羊皮、狼皮、狗皮，当然也有兔子皮，经过我爷爷的手，浸、漂、揉、刮，再悉心打磨一通，便会焕然一新、光彩十足。原先板结的皮毛变得顺溜光滑了，最初肮脏僵硬的皮板，也变得雪白柔软，富有了弹性。用爷爷糅制过的皮子缝大氅、坎肩和皮裤子，那是再好不过的。

在记忆当中，爷爷那间专门用来干皮活的低矮的耳房，一年四季都臭烘烘的。生皮子的腥膻臊臭和熟皮子特有的芒硝气焰，混杂一处，在空气中肆意弥漫，简直像日本鬼子的毒气弹（尽管这味道我们并没闻过，都只是从电影里看到的恐怖情景）那样具有杀伤力，别说是钻进去闻一下，就是站在院门外，往往也会被熏得胃脾痉挛头脑发胀的。

爷爷这辈子大大小小到底接过多少件皮活，恐怕连他自己也搞不清楚了，反正他熟过皮子的那种发黑泛绿的芒硝污水，从我们家后院墙根的小土坡涌出，蜿蜿蜒蜒一直流到距羊角村二里以外的青水沟里。每年到了夏天，干农活的人从青水沟经过的时候，都得捏着鼻子骂两句娘，臭死了，臭死人了……妈的都是那老臭皮匠弄的。即便这样，一旦冬季农闲下来，羊畜被宰杀了，皮子剥下来，人们还是鱼贯而来，赔着笑脸，亲手把皮子交给爷爷。

这种时候，爷爷佝偻着腰背，那条不知什么时候就瘸了的腿脚，轻轻离开了地，他尽量用另一条好腿支撑着身体，后背靠在耳房门框上，不慌不忙接过别人递来的皮子。爷爷用他灰白色像鸟爪似的粗糙的瘦手，把皮子慢慢展开，一会儿正着提皮子的头部，一会儿又倒着拎皮子的尾巴，在眼前抖了又抖，还要背着太阳光，反反复复盯着皮子查看一番。那架势仿佛是，白发苍苍的老军事家，在观察一幅至关重要的地形图。

其实，爷爷那是看皮面上有没有刀伤或鼠洞，有的皮子主人在晾晒时不小心，可能让野狗叼过，也可能是在交配时期被同类撒野咬伤的，留下深深浅浅的几排牙孔。因为，这些情况都会直接影响到日后皮子熟成的质量和效果，爷爷当然会很经心的。用爷爷的话说，这叫丑话说在当面，免得人家秋后算总账。假如看过以后，皮子确实都没有任何瑕疵，爷爷就会眯缝着那双苍白蒙眬的老眼，对主顾说一声："可是张好皮子啊。"

然后，爷爷再细细跟人家谈好取货的时日。如果主顾不等着急用，爷爷会说好活不怕等，熟好了就托人给你捎口信。至于手工费，爷爷这人面情太软了，从来不敢主动跟人家提，多数情况下，都是对方问及了，他才埋着头一边干活一边小声应一句，你就看着给吧，手头实在不宽余，活先拿走，缓过一阵子再说。这世上偏有些人是喜欢蚂蚱喝露水——顺着杆儿往上爬的，他们送活的时候催命似的讲得诚心诚意十万火急，恨不得当天送来，当天就能取走才好，可等到活干出来，有时都拿走十天半月了，甚至更久，费用却是一拖再拖，迟迟没有结果。

为了这些琐事，家里人确实没少埋怨过爷爷："咱们凭手艺吃饭，一不偷，二不抢，干吗那么心虚？"可是，爷爷却有自己的一套准则，他说："我把活给干到那里，谁心里没有本账！"或者，他又悄声嘀咕说："啥时候老天爷也饿不死手艺人。"

这话倒是不假，据说村里最困难的那几年，我们家也挺过来了。原因是，爷爷那些年给人家熟皮子，边边角角的碎皮子积攒了半麻袋，本来爷爷打算用这些边角料连缀起来缝一件皮坎肩，结果灾难临头，爷爷不得不悄悄地把皮子拿出来熬了汤，一家人才幸免于难。

在耳房布满蛛网和灰尘的墙上，钉着一排生了锈的长钉，钉帽朝外露出来有半寸来长，爷爷专门用它们来挂晾已经熟好的皮子。有时是两张羖羊皮和一张兔子皮，有时还会有巨大的牛皮或骆驼皮，它们都被爷爷撑得平平展展，头尾背腹蹄爪，都是完完整整的。通常，皮子尾部朝上，活灵活现，威风凛凛，感觉它们正慢悠悠地从墙上往下爬着，很像《智取威虎山》里那个座山雕的虎皮靠背。

有一次，趁着爷爷外出，我们捏住鼻子钻进耳房，站在凳子上把挂在墙上的一张黑山羊皮摘下来，然后，拿出来铺在堂屋的一把木头椅子上。兄弟几人学电影里土匪的那样，轮番坐交椅，"天王盖地虎，宝塔镇河妖"，简直就玩疯了。结果，争来抢去，一不小心，好好的一张皮子，硬被椅面上翘起来的钉子挂了个三角形口子。

尽管一开始，我们都守口如瓶，假装不知情，可事情还是让细心的爷爷发现了。他对那些皮子总是如数家珍，一张皮子上面哪怕有一丁点儿杂毛或疵点，都逃不过他的眼睛，何况一道口子呢？爷爷手里拎着残破了的黑山羊皮，颠瘸着腿脚满院子边撵边骂："把你们这些小坏狨，今天别让我逮住……"

其实，即便逮住了也于事无补，皮子已经挂破了，爷爷只是心疼罢了，这下他没法向人家主顾交代。等把我们挨个数落够了，他也就基本消了气，自己又猫着腰，默默钻进耳房里，在昏暗中穿针引线，密密实实地将那破口缝合好，若不仔细检查，是根本看不出来的。可是，主顾上门取活的时候，爷爷却并不隐瞒，跟人家一五一十说了，而且，他还主动提出，不收一分工钱。家里人都很纳闷，觉得他脑子有问题，点灯费油熬夜的，咱们容易吗，干吗那么死心眼呢？爷爷后来在饭桌子上，只跟家里人说了一句话：骗得了人家一时，骗不了一世啊。

那以后相当长的时间里，我们对爷爷那些挂在墙上的皮子保持了足够的警惕。耳房里另有一样东西，我们虽然不敢轻易去碰，但对它却无时无刻不充满了好奇。它一直用牛皮纸包裹着，上面拿线绳子横竖打十字系着，有一包点心那么大小，挂在靠里面墙角的钉子上。时间太长了，牛皮纸都被芒硝熏得发了白，看上去有点儿半透明的迹象，里面究竟包着什么，起初是没有人知道的。

我们都还记得，每回熟皮子前，爷爷先要把一张硬撅撅的皮子从架子上拿出来，浸到一只盛满水的大木桶里。那只桶经常用来泡各种皮子，桶壁一年四季都爬满了黑绿色的东西。一般情况下，皮子都要美美地泡上那么三五天，直到它彻底变软和了，爷爷才取出来，很小心地平摊在一块木头案子上，并且是有毛的一面朝下。

爷爷腰里系着那件磨得油光发亮的脏兮兮的帆布围裙，整个上半身像倔强的枯树干似的趴伏在案子上，手里攥着一把小铲刀，小心翼翼地开始干活。他首先要做的是，将附着在板皮上的残余的肉和油一一剔除干净。爷爷几乎是屏住气息的，手里的工具仿佛手术刀那样，在疙疙瘩瘩的皮面上不疾不徐，游刃有余。通常，小铲刀是爷爷事先精心打磨过的，刃口银光闪亮，非常锋利，如果用力过猛或不小心走神的话，很容易把皮子割破的，那可就得不偿失了。

如果主顾的要求是，只要板皮而不要皮毛，爷爷还要在一盆石灰里兑上特制的硫化盐水，均匀搅拌一会儿，制成那种神奇的脱毛液。然后，他用一把细密的棕毛刷子，饱饱地蘸上配制好的溶液，一下一下涂刷在皮毛的根部。那样子有点儿像理发师傅给白头发客人染色，真的是一丝不苟。等脱毛液完全涂抹匀称了，再把皮子对着折一下，然后搁在案头焐上四个来钟头，皮上的毛就很容易脱落了。这时，爷爷跟剃头匠那样，雷厉风行地挥动手里的铲刀，霍霍几下子，厚厚的一层毛就被清除光了，眼前只剩下一张平展的裸皮。

爷爷耳房的灶上有两口铁锅，还有一拉起来就咣当咣当响的风箱。爷爷拉动风箱的拉杆，一股股风从风箱侧面的洞眼鼓吹到灶坑里，火苗子就呼呼地舔着锅底了。与此同时，火星子从灶口一群群蜂蝶般飞舞出来，爷爷顿时有点儿红光满面，像刚刚喝了二两烧酒似的。火光中，爷爷的神情里流露出几分憧憬和几分凝重，那大概是手艺人特有的情愫吧。

水是不用烧开的，锅里一冒热气基本就行了。爷爷会按照一定的比例，开始往水里加那种刺鼻子的芒硝水，一边加一边用手里的水瓢一圈一圈在锅里搅荡。接下来，爷爷才把搁在一边的皮子从装满清水的桶里捞出来，一把一把拧着水，再用双手抓住使劲抖几下，直到水珠变得像雾雨一样细密，爷爷这才将这皮子重新投进水锅里。

这种时候，爷爷嘴里咝咝响着，双手开始不断地在锅里搓揉，间或用一把石刀反复刮磨皮板。这活看起来简单，有点儿像女人和面团似的。其实不然，加热的芒硝水对人的皮肤伤害极大，手伸进去像插进火炉中一般，火烧火燎，痛苦熬煎，一张皮子从头到尾揉刮完一遍，若是没几年磨炼和功夫，手上得活活脱掉一层皮。那时节当然没有胶皮手套，没有任何的劳动保护，干活的人全凭着一双手和一身好耐力（爷爷一直想从我们几个兄弟里挑一个人，跟着他好好学手艺，可我们都太贪玩，而且最怕吃苦了，终究没人能承接他的衣钵）。

等皮子让芒硝水喂得饱饱的了，就得把它从锅里捞出来，这可是件费力气的活。这时，锅里的水分几乎都被皮子吸收了，一张皮子往往重得像头死羊，手上没把力气，根本就捞不起来。所以，爷爷常对我们说，手艺人耍的是手艺，卖的却都是真力气，光靠耍嘴皮子门也没有。

通常，活干到这里，爷爷已经累得筋疲力尽，岁月不饶人，他毕竟是上了年纪的人。爷爷一面用手背捶着自己的后腰，一面一瘸一拐地从那间气味嚣张的屋子走出来。如果碰巧我们还在院里，就会七嘴八舌围到他身边，跟爷爷问问这问问那，那时候，好像一切东西都让人感到好奇。赶上活干得顺，心情又畅快，爷爷是愿意跟我们扯一扯闲淡的。说心里话，他总是一个人蹾在那间矮屋里，一年到头除了不停地干活，简直跟哑巴没什么区别了。

羔皮帽子的故事，大概就是这种时候从爷爷嘴里听来的。

那时间，还没你们几个哩。

咱们队不管开大会小会，都要把我揪出去，硬说我这老不死的是啥走资派，要割我的尾巴。人家想割就割呗，刀子捏在人家手里嘛，我反正是死猪不怕开水烫。

那时候我成天也闲着，又不许我干皮活，整天闷在家吃闲饭，心慌得要命。唉，那年头呀人人遭殃受罪，庄稼人不去种庄稼，学生娃不去上学堂，手艺人不能干手艺，好人都得活活憋出一身病来。所以我就想，拉我出去开开会游游街，也不算啥坏事情，总比成天窝在家里强。

有那么一回，好像是正在外头开啥会，天突然下起暴雨来了，风还大得很。开会的人也全跑光了。我让他们拿绳子反捆着，又在地上跪了老半天，腿都跪麻了。眼看天上又开始往下落雹子，雹子少说有核桃那么大，砸得树叶都哗哗啦啦往下掉，我满头都是疙瘩，疼得钻心呢。可我的腿脚就是使不上劲，像是跪瘫了，有心想爬呢，手又让反绑着，真是应了那句话：叫天天不应，叫地地不灵。只能躺在雨里等死。

就在这个时候，有人蹚着雨水冒着雹子，朝我跑过来，我还没看清楚呢，那人一猫腰就把我从地上拽起来，随后蹲下来，二话不说，背起我就往前面跑。那人瘦得皮包骨头，后脊梁硌得我胸口疼。他背我好像都有点儿困难，我的手又被绑在后面，我根本没有办法搂住他的脖子，他用两只手死死托着我的屁股，我们身上都是泥水，他一跑我就往下打出溜。

刚跑了没几步远，"扑通"一下，那人一不留神，栽进前面的大泥坑里了，两个人一起摔倒了，满嘴满身都灌了泥。可他吭哧着又爬起来，照旧半蹲着把我往他背上拽，好不容易背起来，又摇摇晃晃拼命往前跑开了。

我心里不是滋味，那时间像我这种人，说难听一点儿的话，连自己家人都要跟我划清界限呢，何况一个跟我素不相识的外人，肯冒着那么大的雨和雹子来背我，想一想那是个啥感情啊！我当时就想，虽说时世纷乱得很，可到啥时候好人还是有呢，我这一把老骨头，若不是遇上恩人搭救，那天恐怕早让雹子打稀烂了。

他总算是把我背到他自己的住处，又是给我从箱子里找干衣裳，又是忙着蹲在灶坑前生火烧开水。柴火的烟熏得他眼泪巴巴的，他像刚哭过一鼻子的娃娃，眯缝着眼对我说："老伯，快趁热喝吧，把身上的冷气逼出来，就不落病根了。"我捧着人家递给我的白搪瓷缸子，看着缸子面上印着的火红的太阳和万丈光芒，水还没喝一口，我的心就一下子暖和起来了。

　　我这才细细端详，他是个年轻的小伙子，脸上跟他身上一样精瘦，面皮又青又薄，嘴唇刚冒出一圈小胡楂子，戴着二转辘片子，坐在那里不声不响的。我猜他一定是个念过很多书的人，要不镜子片子咋那么老厚老厚的？他换衣裳的时候，好像还特意把身体背过去，跟个大姑娘似的，生怕别人看见，可我还是瞥见他身上一道一道的肋巴条，好像一根根细木棍支在腔子里，着实瘦得可怜吧唧的，真难为他把我一路背回来。

　　等他自己穿戴好了，才回过头腼腆地冲我笑了一下，看见我还没有换上他给我找的衣裤，就有些不高兴地走到我跟前问我。我已经咕咚咕咚喝了一肚子开水，浑身都发热了，我吁吁喘着热气说："不用换，喝口开水就好了。"他抓起衣裤重新递给我，嘴里说不行不行，还是快换上吧，当心感冒发烧。我看了看他递来的衣裳，确实洗得干干净净的，都能闻出一股日头的气味呢，我又推辞说："不了不了，我身上一点儿也不冷。"他多少有点儿生气地盯着我，镜片后面的眼睛一眨不眨的，"哪能不冷呢？你都湿透了，快换上吧老伯！"我有些难为情地说："我身上脏得很，怕把你的东西弄脏了。"他听了很严厉地睁了一下眼睛，反问我说："是人当紧，还是这些破衣服当紧？！"

　　我看拗不过他，就坐在那里把湿衣裤都换掉了。

他的衣裳裤子我穿多少有点儿紧巴，但他个头比我高些，所以袖子裤腿还得往上卷两圈。外面雹子停了，刚才还把屋顶敲得牛皮鼓一样响，这阵子雨又下得没个消停，人一时半会还走不出去。别看我年纪比他大得多，先头挨了场透雨，好像啥事也没有，他倒是打起喷嚏来了。我说："都怪我这老不死的把你害的。"他一个劲地擤鼻涕，鼻头都捏红了，嘴里还说没事没事，可能有人念叨他了。可话音没落，不给他争气的喷嚏又接二连三打出来了。我心里实在不落忍。

这当间，他冒雨出去了一趟，时辰不大又进来了，手里牵着一只母羊，他倒退着用劲往屋里拽羊，羊呢偏偏又不好好走，进两步退四步，人跟羊就僵在门口了，凭他咋吆喝，羊就是不听话。我赶忙跑过去帮他的忙，双手分开从后面拥着往屋里推羊。我一伸手就摸出来了，这只羊怀了羔，肚子从两侧往出鼓凸着，少说也有仨月光景了。

我们把羊连推带搡弄到灶坑跟前，他马上找来干抹布，忙乎着给羊擦头脸和身上的雨水。我看这年轻人真是细心，难怪他对人那么好呢。可母羊有些扭扭捏捏的，拧着脖子左躲右闪咩咩直叫，一副不领情的样子，好像他会吃了它似的。果不其然，趁他佝下腰给羊擦肚子的时候，那羊忽然一头把他抵了个坐蹲，他咧着嘴冲我嘿嘿了两声。我说母羊肚子有了羔，脾气就变得暴了，怕人惊动它。他从地上站起来，又去锅边舀了一瓢热水，倒在空脸盆里，随后在里面掺了半瓢冷水，还捻了撮咸盐撒进去，用指头搅了一会儿，再端来给羊喝。羊先把头试探着伸过来，拿鼻子闻了又闻，咩咩上叫几声，才把嘴头子埋进去，吧嗒吧嗒舔起来。

他重新蹲在灶坑前，连着往里送了几把柴火。灶里的火又烧了起来。屋子里已经有点儿暗了，火光一跳一跳地闪着，他的影子在墙上乱晃，火光也照亮了母羊的半拉身子，看起来好像镀了一层金。没想到这家伙喝完水，突然就用力筛起身子来了，大概跟人一样喝暖和了，藏在羊毛里的雨水纷纷扬扬散落，溅了我们满脸满身。

我和他谁也不说话，眼睛都直直盯着羊，好像看着一个进屋避雨的女人。羊这么可劲一筛啊，它的个头身架好像变大了两圈，跟个牛犊子似的，连羊毛都变得金灿灿松蓬蓬的，比先头的落汤鸡相可受看多了。别看羊没心没肺地甩了人一身臭泥点子，我心里却有种又踏实又舒坦的感觉，觉得自己身上都开始冒热汗了。

过了些天，我去找他还那身衣裳，我们俩也就算熟了。知道他姓袁，是下到青羊湾生产大队的一个知青，他农忙季节参加集体劳动，有时头头也抓他跑跑腿，再不去写写大字刷刷标语，平日里就给大队放放羊，也算清闲。

那天，我跟着他把羊赶到一片沟边的草滩上，等羊吃稳当不胡乱跑了，他就从裤兜里掏出一卷子书，斜靠在土坡上不停地翻啊看啊。我是个大老粗，一辈子不识字，可一见到这念书人，就打心眼里服气他。我想，人家小袁对咱有恩哪，我反正又没啥事，干脆来替他放放羊，好让他腾出工夫多念会儿书。

打那以后，我一大早就去那片草滩上等着，等他把羊群从大队部里赶出来。

只要讲起来那些陈芝麻烂谷子，爷爷总是唠唠叨叨没完没了，生怕别人听不明白——这可能跟他干皮活时间太久有直接关系，复杂，琐碎，不厌其烦，拉七杂八，简直就是在熟一张老羊皮子。

我们一开始还竖着耳朵听，后来听着听着就烦了，再后来连瞌睡虫都快被他勾了出来。见我们一个个张着哈欠，爷爷似乎也没了兴致，忽然想起自己的活还没干完呢，他忙从门槛上起来转身回屋去。

屋里的皮子已经在芒硝水里揉刮过两遍了，此前又被爷爷捞出来晾了好一阵子。这时，爷爷还得让皮子第三次下锅里去吃硝。爷爷说这些工序一道也不能少，少哪一道皮子将来就熟不透，像夹生饭一样皮焦里生不软不硬。等把这遍皮子揉刮完了，爷爷的那双手红赤赤的，真的就像刚刚剥了皮，看着人心惊肉跳。

吃透芒硝的皮子晾过以后，很快就会蒙上一层浮硝。这种东西白花花的，会把皮子变成了一片盐碱地，爷爷又开始用硬刷子仔仔细细刷上一两遍，直到浮硝像灰尘一样被彻底清理干净。而后，爷爷在另一只铁锅里倒上清油，同样不紧不慢拉动风箱，直到把锅里的油煨热，再把喝饱芒硝的皮子投进温油中。

这时爷爷的嘴里啷啷得更厉害了。他不停地用力推拉揉捏着，像在锅里炒整只羊似的。按他的说法，要让皮子的每一个毛孔都浸足了油，这样清油就会一点一滴渗进皮板里。经过油水的充分滋润，爷爷手里的这张皮子也就该熟透了，它会变得柔韧牢固非常耐磨，而且，在今后相当长的时间里，皮子是很不容易腐烂变质的。爷爷说这好比一个人来到世上，不能成天只泡在蜜罐罐里，酸咸苦辣都得尝上一遍，这样他身上才能有点韧性和魄力，将来遇上再大的苦难，也才能挺得住劲。

等锅里的皮子确确实实喝足了清油，爷爷才把皮子"呼啦"一下捞起来，然后晾在屋里的一根木杠子上——那根木头杠子就吊在屋梁下，有点儿像运动场上的单杠，爷爷长年累月往上搭各种皮子，杠子被蹭磨得油光放亮。有时候，趁爷爷不注意，我们会用双手抓住杠子来回荡秋千，在我们幼稚的眼瞳中，爷爷耳房里的很多东西都是好玩具——等待它慢慢阴干。

现在，爷爷看上去跟虚脱了似的，走路都轻飘飘的，像一团影子。他需要好好歇息一会儿，美美地抽上一袋烟，解解浑身的疲乏。他照样从屋里一颠一瘸地走出来，随手解下腰间的围裙，静静地坐在门槛上，有滋有味地咂巴着那只黑黢黢的烟锅子。抽烟时的爷爷神情变得淡淡的，目光也颤颤悠悠飘出很远很远，好似一缕缕炊烟。让人感觉到，在烟雾散尽的地方，仿佛藏着无数个谜团。

爷爷连着抽了两锅子烟，精气神好像一下子又来了，他将抽过的烟锅子在翘起的一只鞋底上使劲磕了磕，灰烬纷纷落在地上，晚风轻轻一吹，倏忽就散开了。爷爷的眼睛在暮色中熠熠闪动，像一头反刍的老牛，他又把我们叫到身边，话匣子就拉开了。

也不知为了啥，我再去跟小袁放羊，他跟变了个人一样。羊吃草的时候，他往草上一躺，书也不看了，唉声叹气望着天，要么眼睛一闭，一动不动，半天也不跟我搭一句话。我猜他八成是想家了。小袁老家离咱们青羊湾老远老远呢，坐火车恐怕也得几天几夜吧。将心比心，换了我也一样，他岁数又这么小，不想家才日怪呢。我是死活想不通，把这么年纪轻轻的城里娃放在穷山沟沟里，到底图了个啥？虽说心里这么想，可我一点儿也帮不上他的忙。

又隔了些日子，我再见到他时，着实把人吓了一跳。他胡子拉碴的，眼窝都凹进去了，下巴子尖得像镰刀头，见了我也不吭气。有几只捣蛋的羯羊撒欢跑到庄稼地去啃玉米叶了，他还仰面躺着晒太阳呢。我赶忙撒开腿去玉米地帮他撵羊，等我把羊赶回草滩上，他还是死人一样不动窝。我这才觉察到，他不光是想家那么简单，肯定还有啥心事吧。

我这人天生嘴笨，也不知道该咋问他劝他，结果三问两劝地就把他惹烦了，人家侧过身彻底不愿意搭理我了。我呢，又死皮赖脸凑过去，想把他从地上拉起来，没想到他发火了，还撵着让我回去，他让我以后再也别来了，说他一看见我就烦。我愣了一会儿，想想也是，我一个糟老头子总缠着人家小伙子，算咋回事，就转身闷闷地走了。没走几步，他又从后面追上来，一个劲说刚才都怪他不好，不该把火发在我身上。

那天后来，小袁还是主动跟我说了他的事，我才知道他来这里劳动，一直在偷偷看书学习，他听广播里说他们这些人又能参加考试了，他可高兴坏了，乐颠颠地去大队找头头，可人家告诉他名额早就定下了，没他，他傻眼了。我说："好事多磨嘛，咱先别上火，再好好想想法子。"他说自己好话说了一筐箩，嘴皮子都磨薄了，一点儿用处也没有。他还说跟自己一起分到这儿的几个知青，人家托了关系找了门路，事情就办成了。他说着，就用手狠命地撕扯自己的头发。看他灰心丧气的样子，我着实替他着急啊！

回到家里，我是吃不好睡不香的，一合上眼睛就看见小袁顶着雹子背我，要不是人家，我这条老命说不准早没了。人到啥时候都要讲个良心，人家救过我的命，如今他遇到坎了，我得想方设法帮帮他。他在这里无亲无故的，我不帮他谁帮他。可又怎么帮呢？我一个平头百姓，能有啥好法子？翻来覆去，思前想后，一宿心里也没个着落。

转过天，我又去帮他放羊，远远看见小袁低头赶着一群羊在前面走着，那只母羊摇摇晃晃跟在最后头，大肚皮眼看快擦到草尖上了。也可能是老天爷开眼吧，我的脑子突然就闪出小袁要找的那个头头的样子。我在外面参加过好多次大会，对大队头头的长相穿戴早都认熟了。特别是小袁跟我说起的那个管事的头头，我记得最清楚的是，那人冬天爱戴一顶羔皮帽子，还老爱把帽子抹了戴上，戴上再抹掉，显不够一样。我是干皮活的，一见到皮帽子皮大氅这些东西，就由不住自己要多看两眼，所以能记在心上。我还记得，那个头头的羔皮帽子好像已经破旧得不成样子了，帽顶上可能让老鼠啃过，还补了两三个小圆疤，看着怪寒碜的。

那只母羊又在我眼前晃晃悠悠，它边走边低下头吃青草，我的脑瓜子也跟着那只羊转了起来，一个连我自己都想不到的好主意，猛不丁就跑了出来。想到这里，我的手都激动得抖了起来，我把双手举到眼前看了又看，好久没干过皮活了，除了吃饭开会，手都养得有些细皮嫩肉的了，这可不像是咱手艺人的手啊！不过，我自始至终也没把自己的想法对小袁讲，一来我怕他心善根本不同意这么干，二来万一不成功的话，害得他空欢喜一场，反而不太好。

拿定主意，我照旧假装去跟他放羊，趁他躺着不动窝的时候，我尽量把羊赶远一些，赶到他看不到的地方，才悄悄地从后面把那只母羊抓住。我从裤兜里拿出在家预先备好的一卷麻绳子，先把母羊四个蹄子绑结实了，母羊趴在地上动不了了，只能咩咩叫唤。我又怕声音惊动了旁人，赶紧薅了一团青草，掰开羊嘴，硬塞进去，它再想叫声音可就小得跟猫娃子一样了。

我抬头朝四周瞧瞧，连个鬼影也没有，我急忙又蹲下来，小声对母羊说："别怪老汉心狠手辣啊，你是牲畜啥也不懂，我这也是为了一个年轻人啊，你就受点苦头吧。"随后，我就跪在草上，举起两只拳头，使劲往羊的肚子上抡砸，羊咩咩叫，听得人心发毛。我咬紧牙关，拳头像天上下的雹子，最后捣得自己骨头都麻了，一点儿也使不上劲了。我就一屁股坐在草上，脱掉鞋，用两只光脚片子踹羊的大肚子。母羊脖子抻得老长，眼角湿乎乎的，泪水哗哗的，羊疼得冒汗，连肚子上的皮毛都湿透了，汗珠子沾得我满手满脚。我心里也不好受，闭上眼睛不敢多看它。

第二天，我早早就跑去找他，其实我是想看看那只母羊。我发现那羊明显不活泛了，病快快的，腰来腿不来，也不怎么吃草，老爱卧着不动，远远瞥见我，就凄惶地躲到一边咩咩起来。小袁还是心事重重的样子，他心思不在这里，所以根本没觉察出母羊有啥异常来。我跟他了打声招呼，说要赶羊到沟边饮水，他懒懒地应了一声，依旧斜靠着一棵树，两眼发直。我又像昨天那样，放快速度把羊群往远处赶，那只母羊跑得气喘吁吁的，到沟边喝了一肚子凉水，又让我绑住，美美拾掇了一顿。

母羊本来怀羔快足五个月了，我这样连番折腾，它到底吃不消了。就在这天后半晌，我注意到，一股血水从尻尾底下淅淅沥沥渗出来，又顺着羊的两条后腿一路往草上滴答。这一切虽说是我一手造成的，可当时还是吃了一惊，觉得母羊确实怪可怜的。想一想，要是把它换成人，一个大肚子女人，她恐怕早该哭天喊地叫人救命了。我转念又想，畜生究竟是畜生，生来就是任人宰杀的，如果能用它们帮上一个好人的大忙，那也算是它的造化。这样想着，我才心安理得地把小袁叫过来，告诉他母羊可能要下羔了。他跑过来时有些惊慌失措，眼睛瞪得铃铛大，我说："别担心，有我在呢，过去我接过几次羔。"

这天挨到傍晚，羊水先破了，母羊在地上来回转着圈子，嘴里咩咩个不停，脾气很暴躁，蹄子不停地刨挖着沙土，跟人发疯一样。羔当然是我亲手接下来的。说心里话，我的手抖得很厉害，特别是第一只羊羔从母羊身下露出头的时候，那种发紫的颜色，确实有点儿怵人，跟蔫茄子没啥两样。不用猜我就知道那是只死羔（必须得让它死啊，还得让它早产，如果它迟迟地产下来又是活的，那对小袁可就一点儿用处也没了），羊羔死了就可以随手丢掉了，别人不会有任何怀疑，小袁也不会有啥意见。

　　小袁真的一点思想准备都没有，只是呆呆地看看我，又看看躺在血泊里的死羊羔。我那时满手都是血，好在我把第二只羔也顺利地接了下来，这只小家伙倒是命大啊，居然还活着，我心里稍稍安稳了一点儿，这样母羊多少还能有个寄托，要不然太凄惨了，羊天生就是又温顺又慈爱的家畜。母羊果然疲疲沓沓地卧在一片干沙地上，用它的舌头一下一下舔着只剩一口气的小羊羔，好像要把自己身上的全部热气都舔到这只羊羔身上，好给小家伙取暖。

　　这种时候，我当然要把责任全都揽过来，说自己老糊涂了，不该让母羊喝那沟里的水，怀羔的牲畜最怕凉水激着。他没有怪罪我的意思，更不知道事情都是我一手操办的，他只是不停地叹气摇头，听天由命的样子。

　　眼看天快黑了，我说自己要先走一步，顺路帮他把那只死羔子扔到沟里让水冲走，省得叫人看见影响不好。他木木地冲我点头。我临走又再三叮嘱他，不论谁问只说母羊下了一胎羔，他懵懂地答应了。我当然没有把死羊羔子扔掉，而是悄悄地带回家，又神不知鬼不觉精心地把羔皮子剥了下来。我怕皮子一半天干不了，就在屋里生了盆柴火，美美烤了一宿。

　　随后几天里，我是大门不出二门不迈，一门心思干起活来。要知道，我可有日子没熟皮子了，俩手都闲得直痒痒了，浑身上下都不得劲。有时就连做梦都在揉弄皮子呢，醒来才知道，身下的褥子让我抠出了好几个破洞，棉花都露出来了。

正是讲到这里，爷爷突然停下来的。

我们头顶已是满天星光，每个人的肚子都开始呱呱乱叫。爷爷起身撇下我们悄然回屋去了。很快，灯就亮了，爷爷的身影在纸糊的窗前时大时小地晃动起来。我们也好奇地走进屋里。爷爷戴上了自己的一副老花镜，他腿脚不好，当然又得让我们帮他从墙上把那个牛皮纸包摘下来。

爷爷颤巍巍地接过去，把嘴凑到近前，吹了吹上面很厚的浮尘，空气中顿时弥漫着呛人的土味。我们却都心跳加速，一个个不由得抿了抿嘴唇，下意识地在自己衣襟前揩了揩手心，仿佛摆在眼前的是一顿令人垂涎的美味。我们全神贯注地盯着爷爷，他用鸟爪一样的老手慢慢将绳线一道道解开，再将牛皮纸包四平八稳地拆展开来，那件神秘的东西终于闯进了我们的视线当中。

接下来，我们简直失望透了，那不过是一个类似半拉西瓜壳样的皮帽子，尽管它表面的羊毛又卷曲又细密，摸上去轻软而又蓬松，皮子的颜色还有些奇怪地发紫，可除此之外，我们实在看不出它到底有啥好的，况且，这东西不知搁了多久，那股陈腐的味道实在让人厌嫌。我们都想溜出这间低矮的屋子，却发现爷爷双手紧紧抓着那顶羔皮帽子，浑身颤抖着，老泪纵横。这就让人觉得他真够可怜的，我们只好把腿脚又老老实实收回来。

爷爷一边抹着混浊的眼泪，一边絮絮叨叨跟我们讲下去。

计划不如变化快啊！那年忽然摊上个连雨天，到处闹洪水，人心惶惶的，各个生产队抽派了一大批精壮的民兵和社员，都到河边抗洪抢险。听说小袁也跟着大队头头下去了。

我去找他的时候，人已经走了，大队重新换了个老汉接管那群羊。我一打问才知道，母羊下完羔血哩哩啦啦流个不停，当夜就死在圈棚里了。那只小羊羔没有奶水吃，没熬过两天也断了气。我心里真不是个滋味啊，不管咋说，好端端的三条性命，就这么让我给糟蹋了。我之所以要用这个法子，也是不得已啊，说起来这还是早年跟师傅学手时听来的。为了得到一张上好的紫羔皮子，有人挖空心思想出这种歪点子，据说像我那样见天折磨怀羔的母羊，等羊羔子生下来皮子就会紫黑发亮，用它做成的帽子能换来大价钱。当时，我只用这法子来给母羊催生，至于别的我可没来得及多想。

屋里的皮子还没有阴干呢，我就被队上抓了起来。不知是哪个狗日的嘴长告的密，说老远就闻见咱们家一股臭皮子味，他们把我提溜去好一通拾掇啊，硬要我交代皮子打哪儿弄来的，受谁指使的，后台是哪一个。我把牙一咬，心想就是刀搭到脖子上，我也没话可说。这时偏偏又有人跳出来，说留意到我前一阵子老跟大队的羊倌黏糊在一起，还说我成天起早贪黑鬼鬼祟祟的。这样一来，情况可就复杂多了。

大队临时开揪斗会，我又被戴上了高帽子。外面还在滴滴答答下着雨，天好像这辈子都晴不了了。这种节骨眼上开会，严重程度是可想而知的。台前几个民兵都端着真家伙，台下社员挤得黑压压的，跟一片长疯的高粱一样密。我老老实实跪在台沿子上，感觉看啥都模模糊糊的。

头头们开始讲话了，下面好多人都跟着大声喊口号。头头话音刚落，我忽然一扭头，却看见小袁一路小跑，从侧面走上台来。我当时脑子嗡的一声，心想这回完蛋了，我真是该死啊，活活把人家娃娃给坑了。

小袁往台中间一步步走去时，好像也回头扫了我两眼，不过他马上就扭过脖子不再看我了。我想他这样做就对了，这种时候他非得装作不认识我的样子，而且，这事他一定得说自己啥都不知道，把责任全都推给我。

正在我瞎琢磨的工夫，小袁已经开始讲话了，他声音响亮，底气足得很。我认识他以来，还是头一回听他这样放开嗓门讲话，他一向斯斯文文的，特别是前一阵子，他成天一声都不吭像个哑巴。我耳朵里乱七八糟的，隐隐听见小袁在台上讲，这个臭皮匠是披了羊皮的狼，他趁我放羊的时候，假惺惺过来跟我套近乎，我当时没有觉察出他的狼子野心，怪只怪我放松了警惕，让这只狡猾的资本主义老狐狸钻进人民公社的羊群里……

可能是上年纪的缘故，我还没反应过来究竟咋回事呢，台下的社员已经呼啦一下子冲了上来，霎时间拳脚跟天上的雹子一样落下来。好在，我还算命大，只搭上了一条腿，这没啥大不了的，我的两只手还好好的，我就知足了。至少，后来我还能凑合着把这顶羔皮帽子做了出来。

——唉，不说了，不说了，事情早都过去了。

人这一辈子呀，谁不遇上个沟沟坎坎的？我这心里跟明镜一样，小袁那也是被逼得没法子了，关键时候，谁人又能不为自己的前程作打算呢？真的，我从

来不怨他，也不恨他，我自始至终都相信，那娃娃心
肠还是好的。

　　爷爷慢慢地垂下白发苍苍的头，他自言自语地说了一句，
人走到那一步，还能咋样呢？我们乘机像老鼠那样，一个个刺
溜刺溜钻出了矮屋。
　　外面的空气可真好！